DESCRIPTION
SOMMAIRE
DE
VERSAILLES
ANCIENNE ET NOUVELLE.

Avec des Figures.

Par Monsieur FELIBIEN, *Des-Avaux.*
Historiographe des Bâtimens du Roy.

A PARIS,

Chez ANTOINE CHRE'TIEN, Imprimeur
Juré-Libraire de l'Université,
Pont Saint Michel.

M. DCIII.
AVEC PRIVILEGE DU ROY.

AVERTISSEMENT.

VOICI un ouvrage, où sous le titre de Description sommaire de Versailles ancienne & nouvelle ; l'on a rassemblé divers essais composez en différens tems, & à des occasions particuliéres au sujet des travaux somptueux de cette Royale demeure : en attendant qu'il en soit fait une entiére description telle qu'on peut l'espérer sous la Sur-Intendance de Monsieur Mansart Comte de Sagone, qui a été l'Ordonnateur général des travaux les plus considérables de Versailles.

Quelques-uns de ces eſſais ont déja été rendus publics par feu Mᵣ. Félibien. Ils ſeront diſtinguez ici en marge à côté des lignes par des doubles virgules ou guillemets : & ces lettres A.F. marqueront ſon nom à la fin de chacun des autres ouvrages qu'il n'a laiſſez qu'en manuſcrit, & qu'on a jugé à propos de mettre auſſi dans ce volume.

Mᵣ. Félibien des Avaux ſon fils, ayant depuis compoſé une deſcription nouvelle de la vile de Verſailles, & des bâtimens du château, a crû devoir l'entremêler avec la deſcription ancienne dont on vient de parler, & ne former qu'un ſeul corps des deux ouvrages, pour éviter de raporter deux fois les mêmes

choſes, & pour mieux faire connoître les divers changemens
qui ſe ſont faits juſqu'aujour-
d'hui dans les mêmes édifices.
Les vûes & les plans que l'on a
ajoûtez ſerviront avec leurs explications à faire trouver les
déſcriptions qui ſont contenuës
dans le livre: De même une table
indiquera en particulier à la fin
tout ce qui eſt expliqué plus am-
plement dans les deſcriptions.
Il eſt à obſerver que cette table,
& les explications des planches
contiennent encore chacune par
ſuplément, beaucoup de particularitez qu'on a obmiſes dans ce
qui précéde ; ou qu'on n'a pas
jugé à propos de raporter ailleurs , comme les noms de
ceux qui ont travaillé aux em-

belliſſemens de Verſailles.

Il n'y a dans tout le livre aucune deſcription nouvelle du petit
parc, de la ménagerie & de trianon, On s'eſt propoſé d'en
faire un volume particulier, &
méme de pouſſer plus loin dans
un troiſiéme volume la ſuite de
ce travail, afin qu'il reſte peu de
choſe à deſirer au ſujet de tous
les travaux de Verſailles, & des
Maiſons Royales qui en dépen-
dent : Mais on ne promet pas
d'expoſer ſi - tôt au jour ces
nouveaux ouvrages quoy qu'ils
ſoient la plûpart en état d'étre
imprimez

PRIVILEGE DU ROY.

LOUIS par la grace de Dieu, Roy de France & de Navarre : A nos amez & feaux Conseillers les gens tenans nos Cours de Parlemens, Maîtres des Requêtes ordinaires de nôtre Hôtel, Baillifs, Senéchaux & autres Juges qu'il apartiendra, SALUT. Par nos Lettres du treize Septembre 1671. Nous aurions permis à nôtre cher & bien amé le Sieur ANDRE FELIBIEN, Historiographe de nos Bâtimens, de faire imprimer, vendre & debiter par tout nôtre Royaume les ouvrages par lui composez, contenant *les Descriptions de nos Maisons Royales, & tout ce qui concerne nos Bâtimens & Manufactures*, lesquels ouvrages ont été reçûs du public, avec toute la satisfaction que ledit Sieur Félibien en pouvoit attendre. Ce qui auroit donné lieu aprés son décés à nôtre cher & bien amé le Sieur J. FR. FELIBIEN son fils, aussi Historiographe de nos bâtimens, Arts & Manufactures ; & Garde de nos Antiques ; de continuer lesdits ouvrages, les augmenter & en composer de nouveaux, ayant même déja donné au public plusieurs ouvrages concernans lesdits Arts & Manufactures.

ã iiij

que nous avons agréez, tous lefquels ouvrages il feroit bien-aife de faire imprimer,
s'il nous plaifoit de lui accorder nos Lettres
fur ce néceffaires. A CES CAUSES, voulant
favorablement traiter ledit Sieur Félibien
fils, nous lui avons permis & accordé,
permettons & accordons par ces préfentes,
de faire imprimer, graver, vendre & debiter
par tout nôtre Royaume les ouvrages qui
reftent à imprimer dudit Sieur Félibien fon
pere, & ceux que ledit Sieur Félibien fils a
compofez, contenant les Défcriptions de
nos Maifons Royales, & de tous les ornemens qui fe rencontrent en icelles, & généralement tout ce qui concerne nos bâtimens, arts & manufactures, architecture, peintures, fculptures, & carou-
zels, & autres ouvrages qu'il compofe-
ra, avec figures ou fans figures, enfemble
ou féparément, autant de fois & par tel
Imprimeur & Libraire que bon lui fem-
blera, pendant l'efpace de dix années
entiéres & confécutives, à commencer du
jour que chaque ouvrage fera achevé d'imprimer, iceux faire vendre & debiter par
tout nôtre Royaume, faifant trés expref-
fes défenfes à tous Imprimeurs & Libraires
& autres d'imprimer, vendre & debiter
lefdits ouvrages fous quelque prétexte que
ce foit, d'augmentation, correction, chan-

gement de titre, impreſſion étrangere en quelque ſorte & maniere que ce ſoit ſans le conſentement de l'expoſant, & de ſes ayans cauſes, à peine de confiſcation des exemplaires contre-faits, trois mille livres d'amende, & de tous dépens, dommages & intereſts, à la charge par ledit expoſant de faire Imprimer leſdits ouvrages ſur de bon papier, & en beaux caracteres ſuivant les Reglemens dés années 1618. & 1686. que l'impreſſion en ſera faite en nôtre Royaume & non ailleurs, & de faire regiſtrer ces préſentes ſur le Regiſtre de la Communauté des Imprimeurs & Libraires, mettre deux exemplaires de chacun deſdits ouvrages dans nôtre Biblioteque publique, un en celle de nôtre Château du Louvre, & un en celle de nôtre trés-cher & Féal Chevalier Chancelier de France, & Commandeur de nos ordres le Sieur Boucherat, avant que de l'expoſer en vente, à peine de nullité des preſentes, du contenu deſquelles vous mandons faire joüir l'expoſant & ſes ayans cauſe, pleinement & paiſible-ment, ceſſant & faiſant ceſſer tous troubles & empeſchemens contraires. Voulons qu'en mettant au commencement ou à la fin de chacun deſdits ouvrages l'Extrait des pre-ſentes elles ſoient tenuës pour bien & dûë-ment ſignifiées, & qu'aux copies colla-

Privilege.

tionnées d'icelles par l'un de nos amez &
feaux Conseillers Secretaires, foy soit ajoûté comme à l'Original. Commandons au
premier nôtre Huissier ou Sergent sur ce
requis, & faire pour l'execution des presen-
tes tous actes requis & necessaires sans de-
mander autre permission: CAR tel est nôtre
plaisir. Donné à Paris, le vingt-unième jour
de Mars, l'an de Grace mil six cens quatre-
vingt-dix-sept. Et de nôtre Regne le cinquante-quatre. Signé, Par le Roy en son
Conseil. LE NORMAND.

Registré sur le Livre de la Communauté des Imprimeurs & Libraires, conformément aux Reglemens.
A Paris le 13. Octobre 1698.

Signé, C. BALLARD, Syndic.

DESCRIPTION
SOMMAIRE
DE
VERSAILLES.
ANCIENNE ET NOUVELLE.

VERSAILLES n'eſt Les che-
qu'à quatre lieuës de Paris. mins de
On y alloit autrefois par Paris à
le haut des montagnes de Verſail-
paſſy, de ſaint Cloud, de vileda- les.
vray & de picardie. A préſent de
nouveaux chemins plus faciles ſe
trouvent aux côtez de la riviére de
ſeine, l'un dans la plaine de grenelle, & un autre proche du vilage
d'auteüil. Le dernier eſt d'un travail
conſidérable. On y a fait des levées
de terre fort hautes, avec des pon-
ceaux de pierre de diſtance en diſtan-

A

ce, & des ponts de bois pour traverser la rivière & passer dans le vilage
de séve. Le chemin de la plaine de
grenelle va aussi se rendre en cet endroit. Delà une grande route conduit
par une chaussée encore plus nouvelle
& fort commode, ou par les hauteurs
de viroflay * dans la principale avenuë de Versailles, d'où l'on découvre dans un valon spacieux la vile,
le château, les jardins, & une partie
du grand parc.

* ou Gi-
roflay,

VERSAILLES.

L'O N aperçoit assez prés de la
nouvelle chaussée dans le vilage
de montreüil un acqueduc construit
avec beaucoup de solidité. Il a cinq
cens toises de longueur & soixante-
dix-huit pieds dans sa plus grande
hauteur, sur une largeur de 12. pieds
par le bas & de huit pieds par le haut,
dont quatre pieds sont occupez par
le canal où l'eau passe : & ce canal a
cinq pieds de hauteur jusqu'à sa couverture qui est faite de grands cartiers
de pierre taillée en plate forme. Sous
ce même canal l'aqueduc a dans des
intervalles éloignez quatre grandes

L'aque-
duc de
Mon-
treüil.

arcades qui servent de passage à autant de différens chemins, dont le plus proche de Versailles conduit dans une autre avenuë du Château, appellée l'avenuë de Saint Cloud.

Soit que l'on suive ce chemin de traverse, ou que par la route ordinaire l'on entre dans la principale des avenuës de Versailles appellée la grande avenuë de Paris, il faut de côté ou d'autre passer au pied de la butte Monboron. Les changemens qu'on y a faits l'ont renduë célebre. Elle fut aplanie en 1684. à la hauteur qu'elle est aujourd'huy ; & pendant que plusieurs Regimens de Soldats étoient employez à ce travail, deux mile Ouvriers bâtirent l'Aqueduc de Montreüil ; un pareil nombre de Travailleurs firent dans la même année la chaussée d'Auteüil, le Pont de Séve, & le chemin de Viroflé : & plus de vingt mile hommes étoient occupez à plusieurs autres travaux des dépendances de Versailles. La butte Monboron est enfermée par le bas d'une clôture de muraille de plus de mile toises. Cinq portes y donnent entrée par differens côtez. La butte conserve

La butte Monboron.

A ij

œncore vingt cinq à trente pieds de
hauteur : & elle eſt terminée par une
eſplanade tres-vaſte, où des reſervoirs
ſurprennent par leur étenduë & par
leur conſtruction.

L'eſplanade a ſix cens cinquante
pas de l'Orient à l'Occident, & quatre cens cinquante pas depuis le côté
du Midy où la butte Monboron eſt
bornée par la grande avenuë de Paris, juſqu'au côté du Septentrion, où
l'avenuë de Saint Cloud ſe rencontre.
Au milieu de cet eſpace il y a cinq
baſſins profonds de dix huit pieds,
diſtans de neuf pas les uns des autres, & qui occupent enſemble une
longueur de cinq cens vingt pas, ſur
trois cens cinquante pas de largeur.
Le plus petit de ces baſſins eſt rond.
on le nomme le receptacle des eaux.
Il a ſoixante pieds de diametre, qui
ſont pris des angles des quatre autres
baſſins ; & ceux-cy qui ſervent de
réſervoirs ont chacun dans œuvre
cinq cens dix pieds de longueur &
trois cens vingtquatre pieds de largeur. Outre les angles intérieurs
qu'on en a retranchez en portion de
cercle pour former le receptacle
d'eaux, l'on a fait des pans coupez

chacun de cent quatre vingt pieds aux quatre angles exterieurs de ces mêmes réservoirs.

Des allées de traverse bornent le bas de la butte du côté de l'Occident & s'étendent de l'avenuë de Saint Cloud au delà de la grande avenuë de Paris, jusqu'à une troisiéme avenuë qu'on nomme l'avenuë du Parc aux Cerfs. Le Chenil n'est séparé de la butte Monboron que par la largeur de ces allées de traverse. Il est facile de comprendre la grandeur de ce premier logement, quand on sçait combien le Roy a d'Officiers pour la Chasse du Cerf ; la quantité de Gentilhommes, de Pages, de Gardes, d'Archers , de Valets , d'Artisans, de chevaux, de chiens & d'équipages : Car toute cette suite si nombreuse se trouve rassemblée dans le Chenil auprés du logement de M. le Grand Veneur , qui est le principal corps de logis qu'on y doit remarquer.

Avant que de parvenir à ce logement par l'entrée la plus proche de la butte, il faut à travers la longueur de trois Cours passer entre huit autres Cours qui sont à droit & à gau-

Les avenuës &
les allées
de traver-
se.

Le Chenil.

A iij

che une fimetrie agréable, tant par
leur figure particuliere que par huit
corps de Logis féparez de celuy de M.
le Grand Veneur, d'où l'on découvre
par la principale cour qui eft octogone, toutes les autres cours.

Quant à ce principal corps de Logis, qui eft différent de tous les autres & plus magnifique, on le bâtit
dés l'année 1670. pour le Duc de
Chaulnes, duquel le Roy l'a acheté.
Cet édifice a cent cinquante pieds de
longueur & quarante huit pieds de
largeur. Un portique orné de colonnes & de pilaftres d'ordre dorique,
eft au milieu de la face du côté de la
cour, & accompagné dans la même
face de douze fenêtres de même fimetrie. Il y a quatre fenêtres femblables à chaque face des extrémitez du
même bâtiment & quinze dans la
face Occidentale. Un attique de la
hauteur des frontons qui ornent les
deux grandes faces a auffi des fenêtres qui répondent à celles du grand
étage de deffous : & cet attique qui
cache les combles eft terminé par des
vafes en amortiffement à la maniere
des plus beaux Palais d'Italie. Les
apartemens du dedans font tres-com-

modes. Un jardin plus haut que les cours environne de trois côtez par dehors ce principal corps de Logis: & jufqu'à une baluftrade qui termine le jardin vers l'Occident, le Chenil a trois cens foixante pas de longueur fur environ deux cens pas de largeur du Septentrion au Midy.

La reffemblance & la fimetrie parfaite que l'on trouvera par dehors entre l'Hôtel de Conty & le logement de M. le Grand Veneur, doit faire connoître que l'un & l'autre bâtiment ont été faits fur un même deffein. L'Hôtel de Conty fut achevé le premier. Il a d'abord appartenu au Maréchal de Bellefons. Le Chevalier de Loraine, & enfuite Mr le Duc de Vermandois pour qui le Roy l'acheta l'ont poffedé fucceffivement : Enfin Madame la Princeffe de Conty l'occupe depuis la mort du jeune Prince fon frere, & l'a beaucoup fait reparer & embellir.

L'Hôtel de Conty.

Il n'y a que la largeur de la grande avenüe de Paris à traverfer pour aller du Chenil à cet Hôtel. Les entrées des cours de l'un & de l'autre font fermées de portes de fer fufpendües à des maffifs de pierres ornez de pilaftres , d'entablemens & de vafes. La premiere cour de l'Hôtel de Conty & une autre plus grande, qui eft la principale, font environnées d'arbres jufqu'auprés du logis de la Princeffe.

Le portique ou veftibule ouvert de cet édifice donne entrée dans un falon qui conduit à main droite à un apartement , & à main gauche à une galerie fuivie de deux cabinets. L'appartement eft compofé vers le jardin d'une antichambre avec une Chapelle , d'une chambre, de deux cabinets, dont le dernier a vûë fur la cour , & d'une autre piece avec un coridor qui fe termine à l'un des bouts du portique.

La galerie a vûë auffi fur les jardins où l'on defcend par une terraffe qui s'étend le long de la face du bâtiment. Il faudroit une defcription particuliere pour en bien faire connoître toutes les beautez, & fur tout pour donner une idée convenable d'un bain magnifique qui a été conftruit pour la Princeffe depuis quelques années à l'extrémité des jardins proche l'avenuë du parc aux Cerfs qui borne ces jardins vers le Midy.

Mais pour ne nous pas éloigner de nôtre principal fujet, commençons à raporter mot à mot ce qui a déja été écrit touchant le Château de Verfailles dans la premiere defcription qui en a été donnée, & d'ajoûter à cette defcription fommaire un récit un peu plus étendu des divers changemens qui ont été faits depuis, dans cette Royale demeure ; ce que nous entre-mêlerons avec le plus de convenance qu'il fera poffible, fuivant l'ordre de la premiere defcription.

Entre toutes les maifons Royales ce celle de Verfailles ayant particulie- ce rement eu le bon-heur de plaire au ce Roy, SA MAJESTE' commença ce en l'année 1661. à y faire travail- ce ler pour la rendre plus grande & ce plus logeable qu'elle n'eftoit. Car ce ce Château que LOÜIS XIII. ce avoit fait bâtir, n'étoit compofé ce alors que d'un corps de logis fim- ce ple, de deux aîles, & de quatre ce pavillons : Deforte que pour y lo- ce ger une Cour auffi grande qu'eft ce aujourd'huy celle du Roy, il a falu ce l'augmenter beaucoup. Cependant ce comme SA MAJESTE' a eu cette ce pieté pour la memoire du feu Roy, ce

» fon pere, de ne rien abattre de ce
» qu'il avoit fait bâtir ; tout ce que
» l'on y a ajoûté n'empêche point
» qu'on ne voye l'ancien Palais tel
» qu'il eſtoit autrefois, excepté que
» l'on a pavé la cour de marbre,
» qu'on l'a enrichie de fontaines &
» de figures, qu'on a orné les encoi-
» gnûres de volieres, & les faces de
» balcons dorez; & qu'enfin l'on en a
» embelly toutes les parties, pour ré-
» pondre en quelque forte au reſte
» des grands bâtimens qu'on y a
» ajoûtez, & faire que la propreté
» & la délicateffe des ornemens fiſt
» fupporter ce qu'il y a de trop pe-
» tit dans l'ancien bâtiment. Tout
» cela rend à prefent cette maifon fi
» magnifique, qu'elle eſt fans doute
» un des plus beaux lieux qui foit
» au monde; l'art ayant non-feule-
» ment reparé par fes foins les de-
» fauts que la nature y avoit laiffez,
» mais l'ayant enrichy de tout ce
» qu'on peut rencontrer de plus rare
» & de plus beau dans toutes les au-
» tres maifons de plaifance.
»　　Comme celle-cy eſt aujourd'huy
» les délices du plus grand Roy de
» la terre, qu'elle eſt tous les jours

visitée de tout ce qu'il y a de per- "
sonnes en France, & que les Etran- "
gers, & ceux qui ne peuvent pas "
avoir le plaisir de la voir, sont "
bien-aises d'en ouïr raconter les "
merveilles; il a esté trouvé à pro- "
pos, qu'en attendant que toutes les "
choses qui sont commencées, & "
ausquelles on travaille sans cesse "
dans cette maison Royale, soient "
entierement achevées & donnent "
lieu d'en faire une description am- "
ple & exacte, l'on en commençât "
une qui bien que bréve & som- "
maire ne laissera pas de donner "
quelque idée de cet agréable se- "
jour à ceux qui en sont éloignez. "
Elle pourra même servir à beau- "
coup de personnes qui vont la "
visiter; car en leur faisant obser- "
ver par ordre une infinité de cho- "
ses, sur lesquelles ordinairement "
la vûë ne s'arrête pas à cause de "
la grande quantité d'objets qui "
dissipent les sens, & qui cepen- "
dant meritent toutes d'être consi- "
dé- "
rées en particulier; ils auront en- "
core moins de peine à s'en souve- "
nir, & à repasser agréablement "
dans leur esprit ce qu'ils auront "

» vû pour en faire part à leurs
» amis.

»   Versailles est composé , comme
» je viens de dire, de l'ancien Châ-
» teau que le Roy a trouvé bâty ;
» des édifices de même simetrie qu'il
» y a fait ajoûter pour le rendre plus
» logeable ; & outre cela d'un grand
» corps de bâtiment qui l'environ-
» ne du côté du Jardin , & dont
» l'architecture est tres-magnifique.
» N'étant éloigné de Paris que de
» quatre petites lieuës , on y peut
» aller aisément sans être obligé de
» coucher dehors ; ce n'est pas qu'un
» seul jour puisse suffire pour en bien
» voir toutes les parties ; toutefois
» ceux qui employent bien l'espace
» d'une grande journée peuvent en
» parcourir tous les lieux.

»   La Maison est bâtie sur une pe-
» tite éminence élevée au milieu
» d'un grand valon entouré de co-
» lines. Lors qu'on a descendu celles
» qui le cachent du côté de Paris,
» on entre dans une avenuë de qua-
» tre rangs d'ormes qui forment trois
» allées , dont celle du milieu a
» vingt cinq toises de large, & les
» deux autres chacune dix toises,

Cette avenuë qui eſt d'une grande «
longueur , ſe termine devant le «
Château , dans une place qu'on «
appelle la grande place Royale , «
au milieu de laquelle il doit y «
avoir une Fontaine, & où abou- «
tiſſent encore des deux autres cô- «
tez , deux autres avenuës un peu «
moins larges que celle dont je «
viens de parler. Ces trois avenuës «
font un effet fort agréable, quand «
on les regarde du côté du Palais. «
La grande place a cent quatrevingt « *La gran-*
toiſes de face dans ſa plus grande « *de place*
largeur. Elle eſt environnée avec « *Royale.*
ſimétrie des pavillons que les Prin- «
ces & les Seigneurs de la Cour ont «
fait bâtir , & des maiſons particu- «
lieres qui forment la nouvelle Vile. «

Deux Hôtels ornez de dômes
faiſoient face autrefois ſur la grande
place Royale entre les trois avenuës.
Ils furent bâtis l'un pour le Duc de
Noailles , & l'autre pour le Comte
de Lauzun & le Marquis de Guitry.
Ces mêmes Hôtels ont depuis été
abattus pour faire place à d'autres
édifices incomparablement plus magnifiques, qu'on appelle aujourd'huy
la petite & la grande Ecurie.

La petite Ecurie.

La petite Ecurie fituée entre l'avenuë du Parc aux Cerfs, qu'on nomme auffi l'avenuë de Sceaux, & la grande avenuë de Paris, eft bornée à l'Orient par les jardins de l'Hôtel de Conty, dont il a été parlé. Delà cette Ecurie occupe un efpace de plus de fix cens pieds de longueur jufqu'à une grille de fer enrichie d'ornemens dorez, & dont la porte fert à paffer de la grande place Royale dans la principale cour de cette Ecurie. La grille contient toute l'étenduë de l'entrée de cette cour qui a cent quatrevingtdouze pieds entre deux pavillons qui la terminent. On ne voit gueres d'ouvrages d'architecture d'une compofition auffi excellente que celle des bâtimens qui décorent cette cour. Ils forment enfemble une parfaite fimetrie, & il y a de l'élégance jufque dans les moindres ornemens. Un corps de logis large de quarante deux pieds & long de cent vingt s'étend derriere chacun des deux pavillons de l'entrée jufqu'à un autre pavillon femblable où la cour s'élargit, & contient environ trois cens pieds du Midy au Septentrion.

Pour la face oppoſée à la grille
une demilune ou portion de cercle
de plus de cent pieds d'ouverture ſur
quatre vingt cinq pieds de profondeur ſert à borner la vûë plus agréablement de ce côté. Il y a dans le
milieu un avantcorps, où des maſſifs
ornez de bas reliefs repréſentans des
trophées, ſoûtiennent un grand fronton. Une arcade contenuë entre ces
maſſifs a quinze pieds de largeur
ſur vingt huit pieds de hauteur.
Elle renferme une porte couronnée
de ſon fronton particulier, audeſſus
duquel on voit un groupe de figures
d'hommes & de chevaux de grandeur naturelle; & cette porte eſt la
principale de toutes celles des bâtimens qui environnent la Cour.

Dix huit arcades décorent le reſte
de la demilune de part & d'autre de
l'avantcorps. Les autres bâtimens
qu'on a diſtinguez dans la même
cour ſont ornez d'arcades en enfoncement, où l'on a pratiqué les ouvertures des fenêtres. Et tous ces
édifices hauts de trente cinq pieds
juſqu'à l'entablement qui couronne
l'étage ſuperieur, ſont terminez &
couverts par des combles briſez de

quinze à seize pieds d'élévation.
On laisse à juger de la quantité de
logemens contenus dans l'enceinte de
cette cour.

M. le Premier Ecuyer en occupe
l'appartement le plus considérable.
Trois grandes galeries jointes à un
Manége couvert, & toutes voutées
de pierre & de brique servent avec
des écuries séparées par six cours
particuliéres à loger quatre à cinq
cens chevaux d'attelage & de selle,
dont la petite Ecurie du Roy est ordinairement composée.

Le Manége couvert, deux des
trois grandes galeries & les édifices
des cours les plus proches des avenuës forment à l'Orient une face de
bâtiment de prés de cinq cens pieds
d'étenduë le long d'un Manége découvert qui contient soixante & douze
pieds dans sa moindre largeur jusqu'au jardin de l'Hôtel de Conty.
Et c'est au milieu de cette face Orientale qu'un avantcorps, où il y a
trois grandes arcades, est couronné
par un fronton remply d'un basrelief où Alexandre paroît dompter le
cheval Bucephale.

L 2

La grande Ecurie située entre l'a- *La gran-*
venuë de Paris & l'avenuë de Saint *de Ecurie.*
Cloud au lieu qu'occupoit autrefois
l'Hôtel de Noailles se fait distinguer
d'abord par des ornemens qui luy
conviennent, & qui se présentent du
côté de la place. M. le Grand Ecuyer
occupe le principal logement. Il
y a aussi un logement considérable
pour le premier Ecuyer de la même
Ecurie.

Mais combien d'autres Ecuyers,
de Pages, d'Officiers & de gens de
livrée sont logez dans les appartemens hauts, ainsi qu'à la petite Ecurie? Car la grande dont nous parlons
contient à peu prés la même étenduë de bâtiment, & un pareil nombre de cours; & elle offre un aspect
tout semblable du côté de la place
& vers les avenuës: Les façades sur
la principale cour sont bâties de
pierres taillées en bossage. Il y a deux
étages. Un entablement couronne
chaque étage de part & d'autre de la
cour jusqu'à l'avantcorps du milieu
de la demilune. Cet avantcorps
dans l'une comme dans l'autre Ecurie comprend la hauteur entiere des
deux étages. Il est orné d'ouvrages

de fculpture qui repréfentent des trophées & des groupes d'hommes & de chevaux. Les clefs de toutes les arcades de la Cour font embellies de têtes d'hommes & de femmes. Il y a des figures & d'autres ornemens dans les frontons, tant du grand avantcorps que des pavillons qui s'avancent fur la place aux extrémitez de la grille qu'on voit toute enrichie d'ornemens & de dorures, principalement au deffus de la porte où font les armes du Roy.

Quant aux faces de bâtimens fur les autres cours vers les avenuës, & à cette autre grande façade angulaire de plus de cinq cens pieds oppofée à l'Orient, elles font là plûpart conftruites de pierre avec des tables de brique dans les tremeaux des fenêtres ; deforte que la différence des deux Ecuries confifte plûtoft dans l'ufage & dans la diftribution des dedans que dans tout ce qui fe voit au dehors.

Les édifices dont la démilune de la grande cour eft formée contiennent des portiques voûtez moins profonds que ceux de la petite Ecurie qui fervent de remifes, ce qui rend les deux cours de derriere plus larges de dix-huit pieds dans la grande Ecurie. La porte du grand avant-corps conduit à un Manége couvert long de plus de cent cinquante pieds & large de quarante. Il y a dix arcades de part & d'autre pour passer aux deux cours qu'il sépare. Entre ces mêmes cours & celles dont les portes principales sont du côté des avenuës, deux galeries servent à y loger une partie des chevaux de la grande Ecurie. C'est pour ce même usage qu'au lieu des deux galeries doubles qui sont dans la petite Ecurie, il n'y a icy dans la même disposition que des galeries simples qui se joignent en angle droit aux précédentes sans avoir de portes de communication entre elles, ny même avec le Manége où elles vont se terminer obliquement en angle obtus : car ce sont ces deux galeries qui contiennent toute la façade angulaire opposée à l'Orient. Il y a seulement au milieu de cette façade un enfoncement en portion de cercle de quatre vingt dix pieds d'ouverture sur vingt quatre pieds de profondeur jusqu'à la porte qui sert pour entrer du

Manége couvert à une place très-spacieuse que le jardin du Chenil borne vers l'Orient. La place est un lieu propre pour de grands tournois, tels que ceux qui s'y firent dans les premieres années du mariage de Monseigneur. Elle a cinq cens quarante pieds dans sa plus grande largeur depuis l'avenuë de Paris jusqu'à des Ecuries pour cent chevaux, qui bornent cette largeur du côté du Septentrion. La même place s'étend de plus de quatre cens cinquante pieds vers l'Orient. Elle est terminée de ce côté par le jardin du Chenil élevé en terrasse, jusqu'où toute la grande Ecurie contient par ce moyen neuf cens pieds d'étenduë depuis la place Royale. Il n'est pas nécessaire de nous arrêter icy à marquer ny les riches équipages entretenus dans la petite Ecurie, ny tous les chevaux de selle & de main qui se rencontrent, tant dans la même Ecurie pour le service ordinaire du Roy, de Monseigneur, de Monseig. le Duc de Bourgogne & de Mrs les Princes Enfans de France, que dans la grande Ecurie pour aller en campagne. Il n'y a personne qui ne sçache qu'en cela la ma-

gnificence de Sa Majesté surpasse infiniment celle des autres Monarques.
Les Princes Etrangers se font gloire
même d'envoyer de tous côtez au
Roy les chevaux les plus estimez
qu'ils ayent chez eux ; desorte qu'on
voit dans les seules Ecuries de Versailles, ce qu'on ne pourroit rencontrer ailleurs que par de longs Voya-
ges ; je veux dire une élite admirable
de chevaux d'Angleterre, de Pologne,
de Dannemark, de Prusse, d'Espagne, d'Affrique, de Perse, & de divers
autres Païs éloignez, sans parler de
ceux de France.

Outre divers Hostels qu'on peut
considérer dans la place Royale,
tant du côté du Midy vers le quartier qu'on nomme le vieux Versailles que du côté du Septentrion, vers
cet autre quartier qui est appellé la
Vile neuve, il y a dans ce dernier *La Vile*
quartier tout ce que l'on peut desi- *neuve.*
rer pour la commodité d'une grande
Vile. Le Roy en fit faire les ali-
gnemens en 1671. Des places y furent
distribuées pour plusieurs Hôtels,
& Sa Majesté donna aussi le moyen
par ses liberalitez à quantité de Particuliers d'y bâtir des maisons de

même simetrie. Ce quartier s'étend
de quatre à cinq cens pas vers le
Septentrion depuis la place Royale
jusqu'au grand Etang, & il a plus de
mile pas d'étenduë vers l'Orient le
long de cet Etang & du Parc de
Clagny, qui se trouve joint par ce
moyen à ce même quartier de Versailles.

La place.   Si l'on veut parcourir les princi-
Dauphi-   paux lieux de la Vile neuve, on en-
ne.   trera d'abord dans une place publique de figure octogone, qu'on nom-
L'Eglise   me la Place Dauphine. L'Eglise Pa-
Paroissia-   roissiale de tout Versailles est située
le.   au delà dans la grande ruë. C'est un
bâtiment qui merite d'être considéré.
Il a hors œuvre quarante sept toises
de longueur sur environ dix huit toises de largeur, compris les aîles ou
bascôtez & les Chapelles. Toute
l'Eglise est construite & voûtée de
pierre. Le portail est accompagné de
deux clochers un peu moins élevez
qu'une espéce de coupole ou dôme
qui couronne le haut de l'Eglise,
& qui répond au milieu de la
croisée. Il y a proche de là même
Eglise d'un côté la maison de la
Charité, & d'un autre côté un grand

logement que le Roy a fait faire pour le Curé & pour la Communauté des Peres de la Mission qu'on a établie à Versailles en l'année 1676.

La grande ruë de la Paroisse où la face du portail de cette Eglise est construite, conduit vers l'Orient dans la place du Marché qui est carrée, tres-réguliere, & la plus grande de Versailles aprés la place Royale. Elle a environ quatre vingt toises de chaque côté. Il n'y a guere que la largeur de l'avenuë de Saint Cloud à traverser de cette place pour passer proche le Chenil à une autre partie de la Vile-neuve moins spacieuse que la partie qui est du côté de l'Etang. Mais pour ne nous arrêter à considérer dans l'une & dans l'autre partie de ce quartier, & même dans le vieux Versailles, que les bâtimens du Roy; je diray seulement que dans une grande ruë qui traverse la place Dauphine de l'Orient à l'Occident, on voit dans la partie Orientale du côté du Septentrion les Ecuries de la Reine. Une petite place carrée qu'on nomme la place de Bourgogne n'est pas éloignée delà : Et il y a de même côté proche des Ecuries de Monsieur.

La place du Marché.

Les Ecuries de la Reine.

La place de Bourgogne.

Frere unique du Roy, un gros pavillon appellé le Château d'eau qui

Le Châ-
teau d'eau.

fert de réfervoir, & qui eft différent
d'autres grands réfervoirs dont il
fera parlé dans la fuite.

Le vieux
Verfail-
les.

Pour le vieux Verfailles ou le
quartier oppofé à celuy de la Vile
neuve, on y defcend par plufieurs
rampes que la grande place Royale a
du côté du Midy. Un ancien Vilage
ou Bourg fort petit & mal bâti qui a
donné le nom à Verfailles, fe trouvoit fitué autrefois dans ce quartier.
Il n'en refte plus aucun veftige. L'on
commença à le rebâtir fur de nouveaux allignemens dés que le quartier de la Vile neuve fut fait. Entre
plufieurs Hoftels que le vieux Verfailles a proche de la place Royale,
l'on y voit l'Hoftel de la Chancelle-

La Chan-
cellerie.

rie. Plus loin à côté de l'avenuë de
Sceaux, & au delà du Bureau des
Coches font les Ecuries des Gardes du
Corps, vis-à-vis defquelles de l'autre côté de la même avenuë & derriere l'Hôtel de Conty, dont il a
été parlé, un autre logement affez
vafte & fort fimple eft occupé par la
Compagnie des Galiotes employée à
entretenir fur les Canaux de Verfailles

des

des Galeres, des Navires & d'autres semblables bâtimens.

Quantité d'Hôtels & de Maisons considérables remplissent le vieux Versailles, tant dans la partie la plus éloignée vers une place qu'on a commencée proche le Parc aux Cerfs dont elle porte le nom, qu'aux environs du Jeu de paulme, & dans la partie la plus proche du Château. L'on a construit de ce côté l'Hôtel nouveau de la Surintendance occupé par M. le Surintendant des Bâtimens. Divers magazins accompagnez de logemens sont auprés de la pépinière : Mais il n'y a pas dans tout ce quartier du vieux Versailles d'édifices plus remarquables, qu'une Eglise & un Convent des PP. Recolets, & qu'un logement tres-spacieux que l'on nomme le grand Commun. Ce bâtiment contient environ cinquante toises de face de chaque côté par dehors. La cour située au milieu a trente toises. Le logement est double tout autour & voûté dans l'étage du rés de chaussée qui sert la plus grande partie à des cuisines, à des dépenses, à des offices & à des salles pour les Officiers du Roy qui ont bouche à cour.

La place du Parc-aux-Cerfs

Le Jeu de paulme.

La Sur-Intendance.

Les Recolets.

Le grand Commun.

C

Il y a auſſi une Chapelle dédiée à S.
Roch. L'étage audeſſus a autour de
la cour un balcon de fer. Un autre
grand étage eſt élevé ſur celui-cy :
& il y a un fort grand nombre de
logemens proche des combles qui
ſont briſez & diviſez en trois petits étages : deſorte qu'on compte
dans le bâtiment du grand Commun
plus de ſept cens pieces de logemens
de toutes grandeurs. Il eſt conſtruit
dedans & dehors de pierre & de brique avec des frontons dans chaque
face où l'on a repréſenté par des bas
reliefs dans les faces de dehors les
figures des quatre Saiſons avec les
fruits & les fleurs qu'elles produi-
ſent. Il y a une fontaine au milieu
du grand Commun ; & l'on en a fait
dans toutes les places, dans pluſieurs
rües de l'un & de l'autre quartier de
Verſailles & aux entrées du Château
qu'il eſt temps d'aller viſiter par l'entrée principale qui eſt du côté de la
grande Place Royale.

LE CHÂTEAU.

DE la grande Place Royale, « *L'avant-*
l'on monte au Château par « *cour.*
une autre place en forme de demi- «
lune. Elle contient dans le haut «
toute la largeur de la face du logis ; «
& elle fait partie de l'avantcour, «
qui depuis le commencement de la «
demilune jusqu'à la grande cour «
du Château a quatre vingt-cinq toi- «
fes de long, & aux quatre coins «
quatre gros pavillons qui servent «
de logement à plusieurs Offi - «
ciers. «

De cette avantcour l'on entre « *La gran-*
dans la grande cour qui est fermée « *de cour.*
d'une balustrade de fer avec deux «
corps de logis sur les aîles. Ils ont «
en face chacun un pavillon avec «
des balcons soûtenus de colonnes, «
& ornez de statuës. Ces deux grands «
corps de bâtiment avec leurs pa- «
villons, servent pour les Offices, «
& ont derriere eux des cours & «
d'autres logemens séparez. Joi- «
gnant ces deux aîles, il y a d'autres «
corps de logis doubles, qui atta- «

» chent le Château neuf avec le
» vieux, & rétreſſiſſant le bout de
» la grande cour, ſe terminent avec
» beaucoup de grace à la petite qui
» eſt plus élevée.

»　　Il eſt bon de remarquer d'abord
» que comme le Soleil eſt la deviſe
» du Roy, & que les Poëtes con-
» fondent le Soleil & Apollon, il
» n'y a rien dans cette ſuperbe mai-
» ſon qui n'ait raport à cette divini-
» té. Auſſi toutes les figures & les
» ornemens qu'on y voit, n'eſtant
» point placez au hazard, ils ont re-
» lation, ou au ſoleil, ou aux lieux par-
» ticuliers où ils ſont mis. C'eſt pour-
» quoy comme ces deux aîles de la
» grande cour ſont particulierement
» deſtinées aux Offices de la bouche,
» du Gobelet, de la Panneterie, de la
» Fruiterie, & autres Offices de
» Sa Majeſté; ceux qui ont la con-
» duite de ces grands ouvrages, ont
» fait repreſenter les quatre Elémens
» ſur le haut des portiques de ces
» deux aîles; puiſqu'à l'envi l'un
» de l'autre ils fourniſſent ces Offi-
» ces de tout ce qu'ils ont de plus
» exquis pour la nourriture des hom-
» mes. Car la terre donne liberale-

ment'ses animaux, ses fruits, ses «
fleurs & ses liqueurs: L'Eau four- «
nit les poissons: l'Air les oiseaux: «
& le Feu le moyen d'aprêter la «
plûpart de tous ces alimens. Et «
parce qu'il y a douze figures sur «
chaque balcon, chaque Elément à «
trois figures qui le représentent. «
La Terre est figurée par Cerés, «
Pomone & Flore. Ces trois figu- «
res sont sur le balcon à gauche en «
entrant. L'Eau est représentée par «
Neptune, Thetis & Galathée qui «
sont ensuite sur le même balcon. «
L'Air est représenté par Junon, «
Iris & le Zephire. Ces figures «
sont sur le balcon à main droite. Le «
Feu représenté par Vulcain, & deux «
Cyclopes, Sterops & Bronte, sont «
ensuite sur le même balcon: & cha- «
cun de ces balcons a dix toises de «
long qui est la largeur de chaque «
pavillon. «

   De cette grande cour l'on entre « *La petite*
dans la petite cour où l'on monte « *cour.*
d'abord par trois marches ; & «
après avoir passé un large pallier, «
on monte encore cinq autres mar- «
ches. Cette cour est pavée de mar- «
bre blanc & noir avec des bandes «

» d'autre marbre blanc & rouge.
» Au milieu eft un baffin de Fontaine
» de marbre blanc avec un groupe
» de figures de bronze doré.
»   La face & les aîles du petit Châ-
» teau font bâties toutes de briques
» & de pierre de taille ; & dans les
» tremeaux entre les fenêtres, il y a
» une infinité de buftes de marbre
» fur des confoles auffi de marbre
» pour la décoration du Palais. Au
» devant de la face eft un balcon
» foûtenu par huit colonnes de mar-
» bre jafpé de blanc & rouge. Elles
» font d'ordre dorique, ayant leurs
» bafes & leurs chapiteaux de marbre
» blanc. Dans les deux angles des aîles
» de la face il y a deux trompes de
» pierre de taille qui portent deux
» cabinets environnez de volieres de
» fer doré, & audeffous deux baf-
» fins de marbre blanc en forme de
» grandes coquilles où font de jeu-
» nes Tritons qui jettent de l'eau.

A préfent le Château de Verfailles
eft compofé d'un fi grand nombre de
corps de logis, qu'outre l'avant-cour,
la grande cour, les deux cours que l'on
voit à fes côtez, la petite cour pavée de
marbre, & deux autres petites cours,

environnées de bâtimens qui l'accompagnent; il y a deux grandes aîles
qui s'étendent l'une vers le Septentrion & l'autre vers le Midy. Dans la
premiere qu'on nomme l'aîle neuve
sont deux cours particulieres ; & dans
l'autre aîle vers le Midy il y a
quatre grandes cours outre les petites & celles de l'ancienne Surintendance , dont le principal logement
occupé à present par M. le Contrôl-
leur General est à l'extrémité de cette
aîle.

Un espace de prés de cent toises *L'avant-*
de longueur sur soixante cinq toises *cour.*
de largeur forme ce que l'on appelle
l'avantcour ; & l'on comprend dans
cette étendüe toute la demilune qui
s'avance de trente-cinq toises au dedans de la grande Place Royale , &
qui dans sa plus grande largeur a
soixante-cinq toises de même que
le reste de l'avantcour dont elle fait
partie. Le milieu de cette demilune
sort davantage en dehors que le reste,
& contient trente-huit toises de face.
Une balustrade ou grille de fer hauté
de douze piéds posée sur un soûbassement de pierre qui l'éleve encore de
quatre à cinq piéds occupe cette éten-

duë; & c'eſt la porte du milieu de cette
grande grille qui ſert de principale
entrée au Château. Son ouverture
à dix à-douze piéds de largueur ſur
dix-ſept à dix-huit piéds de hauteur.
Il y a deux manieres de pilaſtres aux
côtez ; & audeſſus eſt un amortiſſe-
ment, où l'on a repréſenté le Chif-
fre du Roy ſurmonté d'une couronne & accompagné de feſtons. Ces
ornemens ſont dorez ainſi que les
pilaſtres, dans chacun deſquels on a
figuré une grande lyre avec un Soleil & trois fleurs-de-lys au deſſus.
Trois autres pilaſtres ſemblables, &
diſtans de deux à trois toiſes l'un de
l'autre, ornent encore la grille à chà-
que côté de la porte ; & leurs intervalles ſont remplis de barreaux qui
ont en haut comme des houpes &
des fers de piques dorez. Deux petits
corps de garde voûtez de pierre ſont
conſtruits aux extrémitez de la grille.
Ils ont trois toiſes de face de chaque
côté par dehors ſur ſeize à dix-huit
piéds de hauteur ; & il y a audeſſus
deux groupes dont les principales figures repréſentent des Victoires exprimées par des femmes couronnées
de laurier aſſiſes ſur des trophées

& qui ont des aîles au dos. Celle qu'on voit à main droite lors qu'on veut entrer dans l'avantcour a une aigle Imperiale abatuë à fes pieds, & deux Captifs attachez à des chaînes; & celle qui eft à main gauche terraffe un Lion qu'elle a fous le pied droit. Elle tient auffi deux Captifs enchaînez. Ces groupes font de pierre & furent faits en l'année 1673.

En entrant dans l'avantcour par la grande grille de fer, on trouve à droit & à gauche de la demilune deux rampes d'environ huit toifes de largeur. Elles occupent le deffus de divers corps de Garde voûtez qui s'étendent jufques fous deux pavillons, où il y a des efcaliers pour defcendre de l'avantcour dans les corps de Garde. Des baluftres & des appuis de pierre, où il y a deux Fontaines féparent ces deux rampes ou efpece de banquettes du refte de l'avantcour qui a quarante-huit toifes dans fa plus grande largueur, & qui s'éleve auffi en glacis vers le Château.

Les Soldats des Regimens des Gardes Françoife & Suiffe font fous les armes dans cette avantcour & fe rangent en haye chacun proche le corps de Garde qui eft deftiné pour loger ceux de fa Nation; fçavoir les Soldats Suiffes à main droite en entrant, & les Soldats François à main gauche qui devient la droite, lorsqu'on fort du Château. Deux bâtimens qui font aux côtez de cette avantcour fi fpacieufe ont chacun un grand corps de logis double, & deux pavillons aux extrémitez. Ces bâtimens ont chacun cinquante toifes de longueur fur environ dix toifes que les pavillons ont de face, n'excedant de part & d'autre l'épaiffeur du corps principal que d'un ou de deux pieds. Ils ont par dehors au rés de chauffée de la grande Place Royale & des ruës du Nouveau & du Vieux Verfailles, un étage où font les deux corps de Garde des deux premiers pavillons. L'étage de deffus eft de plein-pied avec le haut du glacis de l'avantcour; un autre grand étage élevé fur celui-cy eft terminé par des combles brifez qui contiennent encore quantité d'apartemens fort commodes. Et les principaux étages de ces bâtimens font occupez par M. le Chancelier, & par plufieurs de

Mrs les Miniſtres & Secretaires d'Etat.

Ces deux grands logemens, qui avec le grand Commun, le Château d'eau & pluſieurs autres édifices du nouveau & du vieux Verſailles empêchent que l'on ne découvre du bas de l'avantcour les bâtimens des deux grandes aîles du Château, ſont de même que tous ces bâtimens & que toute la face du Château ſur l'avant-cour conſtruits de pierre de taille & de brique, avec beaucoup de ſolidité & de ſimetrie. Les quatre pavillons des logemens de l'avantcour ont leurs combles enrichis de pluſieurs orne-mens dorez : & les couvertures des bâtimens qui forment les ſix princi-pales cours du Château ſont toutes dorées ; ainſi que les balcons de la grande cour, & de la petite cour pavée de marbre. L'on a ôté les Fontaines, les deux Trompes de pier-re & les Volieres dont il a eſté parlé dans l'ancienne deſcription. Et en l'état que le Château ſe trouve au-jourd'huy, la diſpoſition des bâti-mens, & l'aſpect qu'ils offrent du côté de la grande Place Royale, dans toute la largeur de l'avantcour ſem-

blent former comme une magnifique
Scene de Theatre par l'élevation en
glacis du terrain, & par la diminution comme en perspective de la
largeur des cours, de la hauteur & de
la grandeur des bâtimens qui sont
plus petits & plus resserrez à mesure
qu'ils sont plus éloignez de la principale entrée. Mais il n'y a pas de
lieu si avantageux pour considérer
l'étenduë de tous les logemens du
Château de Versailles, que le haut
de l'avantcour. L'on peut de cet endroit par la grande cour, & par la
petite cour pavée de marbre porter
la vûë jusques dans les jardins à
travers trois arcades qui servent à y
entrer par un vestibule, & par une
galerie basse. Deux grilles de fer
l'une vers le Midy & l'autre vers le
Septentrion, attachées aux pavillons
du haut de l'avantcour & à des grilles semblables qui ferment vers l'Occident la grande cour du Château
& les deux cours des côtez : ces
deux grilles, dis-je, par où l'on peut
entrer du Vieux & du Nouveau Verfailles dans l'avantcour, laissent découvrir sur l'alignement même de
ces principales cours les bâtimens

Qui renferment les cours des deux
grandes aîles : Et fans changer de
place, on peut en fe retournant vers
la demilune & la grande Place Royale remarquer au bout de cette Place,
la grande & la petite Ecurie qui
femblent alors n'être qu'une partie
avancée du Château : Deforte que la
grande place paroift véritablement
tenir lieu d'une premiere avantcour,
ainfi qu'on la nomme fort fouvent.
On ne peut point auffi jetter les
yeux de ce côté fans y remarquer la
difpofition agréable des trois avenuës qui font féparées par les deux
Ecuries, & dont le point de vûë eft
à l'entrée de la grande cour du Château d'où l'on voit comme d'un centre les trois autres différens afpects
que nous avons obfervez.

Toutes les grilles ou baluftrades *Les cours.*
de fer du haut de l'avantcour font
dorées, & plus richement ornées que
celles d'enbas. Deux petits corps de
Gardes conftruits & couvers de pierre aux côtez de la porte de la grande cour font chargez en maniere de
piedeftaux de deux grands groupes
de figures, dont l'un repréfente la
paix & l'autre l'abondance. Des

barreaux dorez ferment les intervalles des colonnes de pierre qui soutiennent les deux grands balcons des extrémitez des aîles de la grande cour : & quoy qu'on passe par dessous ces balcons aux deux cours des côtez, elles ont néanmoins chacune une porte particuliere sur l'avant-cour. C'est dans l'une de ces deux cours au côté du Septentrion qu'on *La Cha-* bâtit la nouvelle Chapelle ; & l'au-*pelle.* tre cour vers le Midy sert aux apartemens des Princes qui sont logez de ce même côté. Elles ont chacune environ douze toises de largeur & vingt toises de profondeur. La grande cour a trente toises dans sa plus grande largeur, & cinquante-quatre toises de longueur compris la demilune que sa grille ou balustrade dorée qui s'avance de dix toises dans l'avantcour forme à son entrée de ce côté : mais sa largeur diminuë peu à peu vers l'Occident par divers corps de bâtimens avancez : Et l'ancien Château au fond de la petite cour pavée de marbre n'a de face que douze toises sur quinze à seize toises que cette petite cour a de profondeur.

Le corps de logis du milieu «
de cette face a trois ouvertures, «
dont les portes par où l'on voit «
de loin l'entrée des jardins, com- «
me nous avons dit, font de fer «
doré. Par ces mêmes portes revê- «
tuës de marbre, on entre dans un «
veſtibule auſſi pavé de marbre. Il «
ſe communique à droit & à gauche «
à deux apartemens compoſez d'an- «
tichambres, de chambres & de «
cabinets. Et plus bas eſt une galerie «
voûtée de pierre qu'on traverſe ſous
le nouveau Château pour entrer dans
les jardins, & qui vers ſes extrémitez
a deux portes de dégagement: l'une,
pour l'apartement de Monſeigneur,
qui eſt vers le Midy; & l'autre pour
l'appartement des Bains, occupé
par Mr le Duc du Maine. L'un &
l'autre apartement ont toûjours eu
leurs principales entrées par la grande cour, & dans les deux petites
cours environnées des bâtimens de
l'ancien & du nouveau Château; au
milieu deſquelles dans l'étenduë de
ſix toiſes qu'elles ont de largeur,
on a élevé de nouveaux logemens
ſur deux coridors ornez; l'un de colonnes & l'autre d'arcades.

Dans la grande cour jusqu'aux ex-
trêmitez de ses aîles qui sont occu-
pées par les Offices de la bouche du
Roy, & par des corps de Gardes pour
les Gardes du Corps de Sa Majesté;
il y a, outre plusieurs escaliers divers
passages, & quelques logemens d'un
côté le vestibule de la Chapelle, &
de l'autre côté des Salles pour le
Conseil Privé, & d'autres Salles
pour les Ambassadeurs. Au même plein-
pied de la grande cour proche de

Les deux l'apartement de Monseigneur, la
grandes Salle des Comedies & quantité de
aîles du logemens environnent la petite cour
Château. des Princes; & un passage qui est
au bas d'un grand escalier conduit
à un coridor de soixante toises de
longueur sur trois toises de largeur.
Il sert dans la grande aîle que ce
Château a de ce côté à donner entrée aux apartemens de Madame la
Princesse de Conty, de Mr le Prince,
de Mr le Duc, & d'autres Princes qui
occupent les apartemens du côté du
jardin. Il conduit aussi à l'ancienne
Surintendance, & à un nombre extraordinaire de logemens d'Officiers
qui environnent toutes les cours que
l'on

l'on découvre dans la même aîle de l'autre côté du coridor par de grandes arcades ouvertes. Sous ce coridor, il y en a un autre semblable qui est de plein pied avec les cours , & qui donne entrée à des caves & à d'autres lieux soûterrains du côté des jardins ; & un troisiéme coridor audessus du premier dont on a parlé , sert de passage pour les apartemens de Monsieur , de Madame , de Mr le Duc de Chartres & de Madame la Duchesse de Chartres , qui ont vûë sur les jardins , & qui sont de plein pied à l'étage haut du Château. L'aîle neuve a trois coridors semblables, accompagnez presque d'un aussi grand nombre de grands appartemens du côté des jardins , & de quantité de logemens autour des cours, excepté qu'à l'extrémité de cette aîle vers le Septentrion , on a commencé de construire une salle & un théatre magnifique pour les spectacles de l'Opera.

Aux deux aîles de la petite cour du Château sont deux escaliers de marbre jaspé de rouge & de blanc, qui conduisent aux apartemens hauts. Celuy qui est à droit, mene

« *Les prin-*
« *cipaux*
« *apparte-*
« *mens.*

D

» d'un côté fur l'aîle à une falle &
» à une galerie, & de l'autre côté à
» plufieurs chambres qui font l'a-
» partement du Roy feparé de celuy
» de la Reine, par un falon qui
» occupe le corps de logis du milieu,
» & d'où l'on va de plein pied par
» trois portes fur une grande terraffe
» qui regarde le jardin. Cette ter-
» raffe eft toute pavée de marbre
» blanc, noir & rouge, avec un baf-
» fin de marbre blanc au milieu,
» d'où s'éleve préfentement un gros
» jet d'eau, & où l'on doit mettre un
» groupe de figures de bronze doré
» qui jetteront l'eau.

Le Châ- » On apelle le château neuf, ou
teau neuf. » grand château tous les corps de
» logis que le Roy a fait joindre à
» l'ancien bâtiment de Verfailles.
» Ils ont vûë fur le jardin & fur
» les cours qui les féparent du petit
» château, auquel néanmoins ils
» font joints par de grands efcaliers
» qui communiquent aux aparte-
» mens hauts.

L'aparte- » Le Bâtiment qui eft à main droi-
ment des » te, & du côté de la Grotte eft com-
Bains. » pofé par bas de plufieurs pieces de
» différentes grandeurs.

Lorsque de la grande cour on «
a passé sous un portique, on ren- «
contre le grand escalier qui a treize «
toises & demie de face, sur plus de «
cinq toises de large. On peut entrer «
dans le grand apartement bas par «
la cour qui est audelà de cet esca- «
lier, ou bien par une arcade qui «
est au bas du même escalier, & «
qui conduit dans un vestibule, qui «
a vûë sur le jardin comme toutes «
les autres pieces qui suivent. «

De ce Vestibule l'on entre dans un «
salon qui doit être orné de la mê- «
me maniére que celuy qui est en- «
suite, lequel est peint dans ses côtez «
& dans son plafond de peintures à «
fraïsque. Les différens morceaux «
d'architecture qu'on y a représen- «
tez font paroître ce lieu, comme «
environné de plusieurs colonnes «
diversement ornées, & encore plus «
grand & plus élevé qu'il n'est en «
effet. «

De cette salle on passe dans une «
autre qui sert de vestibule, lors «
qu'on entre par la Cour dans ces «
apartemens. Le plafond en est soû- «
tenu par huit colonnes d'ordre «
dorique, qui sont d'un marbre «

D ij

>> jaſpé de blanc & rouge qui vient
>> de Dinan & du païs de Liege. Les
>> chapiteaux & les bazes ſont d'un
>> autre marbre un peu plus gris,
>> qu'on apelle petite bréche. Ces
>> huit colonnes ſont diſpoſées en
>> deux rangs, quatre d'un côté, &
>> quatre d'un autre, & ſéparent le
>> veſtibule en trois parties. Contre
>> les murs & vis à-vis les colonnes
>> ſont dés pilaſtres de même marbre
>> qui portent la corniche qui regne
>> audeſſous du plafond : Et du côté
>> qui eſt oppoſé aux fenêtres, il y a
>> deux niches pour mettre des fi-
>> gures.
>> 　　Enſuite de ce veſtibule eſt une
>> autre ſalle, dont la corniche qui
>> ſoûtient le plafond eſt portée par
>> douze colonnes d'ordre ïonique
>> avec leurs pilaſtres en arriere-
>> corps. Les quatre colonnes qui ſont
>> dans les angles avec les douze pi-
>> laſtres ſont d'un marbre blanc &
>> noir, & les huit autres colonnes
>> ſont d'un autre marbre, apellé
>> bréche, qui vient du côté des Py-
>> renées, dont le fond eſt blanc
>> tacheté de couleurs rouges noir
>> violet bleu & jaunâtre. Les cha-

piteaux & les bases des colonnes «
& des pilastres sont d'un beau «
marbre blanc. «

De cette salle l'on entre dans un «
autre de même grandeur, dont le «
plafond est de figure octogone. «
Tout autour sont placez contre les «
tremeaux des portes & des fenêtres, «
douze piedestaux doubles de marbre «
tres-rare, sur lesquels sont douze «
figures de jeunes hommes de bron- «
ze doré, ayant des aîles au dos «
qui représentent les douze mois «
de l'année. Les chambranles ou «
bandeaux des portes & des croi- «
sées sont de marbre de Languedoc «
couleur de feu & blanc. «

A côté de cette salle est la cham- «
bre & le cabinet des Bains. Dans «
un des côtez de la chambre, il y a «
quatre colonnes d'un marbre vio- «
let avec leurs bases & chapiteaux «
de bronze doré. Elles servent à «
séparer la place où sera une table «
en forme de buffet, sur laquelle «
doivent estre arrangez tous les «
vases, & autres choses necessaires «
pour les Bains. «

Le Cabinet est comme séparé en «
deux; car la partie où l'on entre «

» d'abord, a dix-huit pieds en quar-
» ré, & dans le milieu il y aura
» une grande cuve de marbre ; mais
» l'autre partie qui fait comme une
» espece d'alcove, & où l'on monte
» quelques degrez, n'a que neuf pieds
» de large sur trois toises de long.
» C'est - là que seront les petites
» Baignoires de marbre ; & au
» derriere est le reservoir pour les
» eaux.

»   Tous ces lieux sont pavez & en-
» richis de différentes sortes de mar-
» bre que le Roy a fait venir de plu-
» sieurs endroits de son Royaume,
» où depuis dix ans l'on a découvert
» des carrieres de marbre de toutes
» sortes de couleurs & aussi beaux que
» ceux que l'on amenoit autrefois
» de Grece & d'Italie. L'on a ob-
» servé d'employer ceux qui sont les
» plus rares & les plus précieux
» dans les lieux les plus proches de
» la personne du Roy. Desorte qu'à
» mesure qu'on passe d'une cham-
» bre dans une autre on y voit plus
» de richesses, soit dans les marbres,
» soit dans les sculptures, soit dans
» les peintures qui embellissent les
» plafonds.

L'on a tenu la même conduite dans l'apartement d'en haut ; Car lorſqu'on a monté l'eſcalier qui a deux rampes, l'une à droit & l'autre à gauche, & qu'on eſt arrivé par la premiere dans le grand pallier ; l'on entre dans ſept autres pieces de plein pied, qui ſont toutes diverſement ornées de peintures & de marbres de différentes eſpeces.

La premiere, eſt un ſalon qui a cinq toiſes & demie de long ſur cinq toiſes de large. Les bandeaux des portes & des fenêtres ſont de marbre jaſpé de blanc & rouge. Les embraſures des portes, des fenêtres, & des lambris qui regnent tout autour, ſont de marbre blanc remply par compartimens de marbre rouge & blanc, d'un autre marbre verdâtre qu'on nomme de Campan & qui vient des Pyrenées, & d'un marbre blanc & noir.

La ſeconde, qui eſt la ſalle des Gardes, a les bandeaux de ſes portes & de ſes fenêtres d'un marbre qui vient de Bourbonnois, qui eſt mêlé de rouge, de blanc, de noir

Apartement haut.

» & de jaune. Les embrasures & les
» lambris sont de pieces de raport
» de même marbre, & de petite bré-
» che sur un fond blanc.

» La troisiéme, est une anticham-
» bre. Le marbre dont sont faits les
» bandeaux des fenêtres & des por-
» tes, est de celuy qu'on nomme
» bréche. Les lambris & les embra-
» sures sont aussi de raport du même
» marbre, & d'un autre de cou-
» leur verte qui est sur un marbre
» blanc.

» La quatriéme, est une chambre
» ornée dans ses portes & dans ses
» fenêtres de marbre vert, brun &
» rouge; avec des taches & veines
» d'un vert de la couleur des éme-
» raudes. Les Ouvriers l'apellent
» vert d'Egypte, quoy qu'il soit aussi
» tiré des Pyrenées. Les lambris
» & embrasures sont de marbre
» blanc, remply par compartimens
» d'un autre marbre d'Egypte, mais
» plus rougeâtre, d'un autre marbre
» noir & blanc, & d'un beau mar-
» bre d'agathe qui vient de Serenco-
» lin & du côté des Pyrenées.

» La cinquiéme, qui est le grand
» cabinet, est de même grandeur
que

que la chambre. Les bandeaux de
ses portes & de ses fenêtres sont
de marbre noir avec des veines
jaunes. On le nomme *Portoro*,
& vient aussi des Pyrenées. Les
lambris & embrasures sont de raport du même marbre de celuy
qu'on nomme d'Egypte & de celuy de Serancolin, sur un marbre
blanc.

La sixiéme, est la petite chambre à coucher. Tout le marbre
dont elle est ornée est de couleur
de feu, avec des veines blanches,
& se nomme marbre rouge de
Languedoc.

La septiéme, est le petit cabinet
qui a ses issuës sur la grande terrasse pavée de marbre dont il a esté
parlé cy-devant. Les chambranles
des portes & des fenêtres sont de
marbre vert & rouge avec des
veines blanches, qu'on apelle de
Campan. Les embrasures & les
lambris sont de même marbre de
celuy de Languedoc & de celuy
qu'on nomme d'Egypte, raportez
par differens compartimens sur un
marbre blanc.

Toutes ces pieces sont parquetées

E

" de menuiferie, & les portes doi-
" vent être de bronze doré travaillé
" à jour. Les plafonds doivent être
" enrichis de peintures par les meil-
" leurs Peintres de l'Academie
" Royale. Et comme le Soleil eft la
" devife du Roy, l'on a pris les fept
" Planettes pour fervir de fujet aux
" Tableaux des fept pieces de cet
" apartement ; deforte que dans cha-
" cune on y doit repréfenter les
" actions des Héros de l'antiquité,
" qui auront raport à chacune des
" Planettes & aux actions de Sa
" Majefté. On en voit les figures
" fymboliques dans les ornemens de
" fculpture qu'on a faits aux corni-
" ches & dans les plafonds.
"   De l'autre côté qui regarde
" l'Orangerie, eft un logement fem-
" blable à celuy dont je viens de
" parler. L'efcalier n'eft pas fi grand
" que celuy du Roy, parce que la
" Chapelle qui eft tout proche oc-
" cupe une partie de la place. L'a-
" partement d'en bas fert à loger
" Monfeigneur le Dauphin, il eft
" auffi orné de différens Tableaux
" dans les plafonds.
"   L'apartement qui eft audeffus,

est le logement de la Reine, com- «
posé d'un pareil nombre de cham- «
bres que celuy du Roy. Elles sont «
toutes revêtuës des mêmes sortes «
de marbres, mais raportez & mis «
les uns dans les autres de diffé- «
rentes maniéres ; les Peintures qui «
orneront les plafonds doivent aussi «
représenter les actions des Heroïnes «
de l'antiquité avec raport aux sept «
Planettes. «

Entre tous les apartemens dont
nous venons de raporter l'ancienne
description, il n'y a que l'apartement des Bains occupé par Mr le
Duc du Maine, où l'on n'ait pas fait
d'embellissemens nouveaux. Il est
vray même que les plafonds ayant
la plûpart esté rétablis, il ne reste
plus aucune des Peintures qu'on y
voyoit autrefois, si ce n'est dans
quelques lambris du vestibule dont
la porte est toûjours vis-à-vis d'une
des portes de la Chapelle sous un
grand passage qui donne entrée dans
les jardins. Un passage semblable
pour aller aux jardins par l'autre
côté de la grande cour a vers l'Occident une des principales portes de
l'apartement de Monseigneur depuis *L'aparte-*

que cet apartement , qui n'a pas à
préfent moins d'étenduë que l'apartement des Bains , a été augmenté.
C'eſt chez Monſeigneur, que dans
les deux grands cabinets de ſon apartement l'on voit un amas exquis de
tout ce que l'on peut ſouhaiter de
plus rare & de plus précieux non ſeulement pour les meubles necef-
ſaires , pour les tables , les cabinets , les porcelaines, les luſtres,
& les girandoles ; mais encore pour
les Tableaux des plus excellents
Maîtres , pour les Bronzes, pour les
Vaſes d'agathe, pour les Camayeux,
& pour d'autres ouvrages & bijoux
faits des métaux les plus précieux
& des plus belles pierres Orientales. Le plus grand de ces riches
cabinets occupe à préfent la place
de trois piéces qui eſtoient autrefois
proche de la chambre du lit ; Mi-
gnart le Romain a peint le plat-
fond du cabinet où il a repréſenté
le portrait de Monſeigneur : Et le
troiſiéme cabinet qui a une iſſuë
dans la galerie baſſe du milieu du
château , a comme nous avons dit,
de tous côtez & dans le plafond des
glaces de miroirs avec des compar-

timens de bordures dorées fur un fond de marqueterie d'ébéne. Le parquet eft auffi fait de bois de raport & embelli de divers ornemens, entr'autres des chiffres de Monfeigneur & de Madame la Dauphine.

Aux côtez de la petite cour pavée de marbre du milieu du château , & aux côtez de la grande cour par où l'on a été voir les grands apartemens bas, il y a huit efcaliers outre ceux des quatre petites cours voifines. La plûpart des uns & des autres fervent à dégager les grands apartemens hauts , & à monter à quantité d'autres apartemens que les principaux Officiers de la Maifon du Roy, obligez par leurs Charges d'être proche de la Perfonne de Sa Majefté occupent, tant dans les logemens qui font aux côtez des grands apartemens , que dans les attiques & proche des combles du vieux & du nouveau Château. Les deux efcaliers les plus confidérables fervent pour monter aux apartemens du Roy. Ils font enrichis de marbre & fituez aux côtez de la grande cour proche des paffages où l'apar-

E iij

tement des Bains & l'apartement de Monseigneur ont leurs principales entrées.

Le petit escalier de marbre. Le moins grand de ces deux escaliers, appellé le petit escalier de marbre, est auprés de ce dernier apartement où l'on entre même d'ordinaire par une porte qui est proche de la rampe de cet escalier. Il n'y en a pas de plus frequenté & qu'on connoisse davantage dans Versailles. Trois arcades donnent d'abord entrée par la grande cour dans un vestibule fait en forme d'une double galerie voûtée de pierre, & pavée de carreaux de marbre blanc & de marbre noir. C'est delà qu'on va à l'escalier proche duquel une des portes de l'apartement de Monseigneur est ouverte vers le Midy. Une autre porte vers l'Occident donne entrée dans la petite cour qui est environnée de ce côté des bâtimens du vieux & du nouveau château, & partagée par un coridor orné de colonnes. Tout l'escalier est pavé de marbre. Les apuis des rampes & des paliers sont de marbre noir avec des balustres, & les quatre faces des murs aux côtez des rampes, & jusqu'au

dernier palier font revêtuës de compartimens de marbre de différentes
couleurs. Un grand ordre de pilaftres
ioniques orne le haut de l'efcalier.
Les pilaftres font faits de marbre de
Dinan & incruftez avec leurs bafes
& leurs chapiteaux dorez fur un
fond de marbre blanc veiné de noir.
Trois ouvertures de fenêtres auffi
revêtuës de marbre occupent les intervales de la face du bout vers
l'Occident. Des pilaftres accouplez
dans les faces des côtez vers le Midy
& vers le Septentrion forment auffi
en chacune de ces faces trois intervales, dont le plus grand qui eft celuy du milieu, & un autre vers le
côté des fenêtres, font ornez de
peintures. Elles repréfentent des perfpectives où l'on voit dans le lointain à travers une colonnade feinte,
les arbres d'un grand jardin, & fur
le devant proche d'une baluftrade
plufieurs gens des livrées du Roy
peints au naturel, & qui femblent
aporter de grands baffins remplis de
fleurs & de fruits. Le troifiéme intervale a dans la face vers le Midy
une porte qui du grand palier par le

E iiij

bout le plus proche du haut de la derniere rampe conduit à l'apartement de la Reine, occupé par Madame la Duchesse de Bourgogne. Et dans la face vers le Septentrion à l'autre bout du même palier, il y a une semblable porte qui donne entrée dans les apartemens du Roy. Deux autres portes proche des précédentes servent à l'autre bout de l'escalier vers l'Orient à entrer dans la grande salle des Gardes la plus proche de l'apartement de la Reine.

L'apartement de jour de Monseigr le Duc de Bourgogne.

C'est en traversant un petit passage qui est au bout de cette salle qu'on peut aller par une autre grande salle à un petit apartement de jour de Monseigr le Duc de Bourgogne, & par la même salle à un grand escalier de pierre par où l'on va aux apartemens de Monsieur, de Madame, de Mr le Duc de Chartres & de Madame la Duchesse de Chartres, qui comme nous avons déja dit, sont de plein pied avec ceux du Roy. Ils occupent du côté des jardins toute l'étenduë de la grande aîle que le château a de ce côté, & ils sont tous embellis de riches ornemens, & meublez avec beaucoup de magnificence & de somptuosité.

Les portes du petit escalier de marbre sont enrichies de divers ornemens de sculpture dorée. Il y a entre les deux portes du bout vers l'Orient dans un chambranle de marbre semblable à ceux des portes, une niche toute revêtuë de marbre, où l'on a placé deux figures d'Amours & un Trophée. Les Amours avec leurs carquois & avec leurs mains élevent un bouclier, où les noms en chiffres du Roy & de la Reine entrelassez de branches d'olivier sous une couronne de France, sont environnez d'une couronne de laurier & accompagnez en haut de deux flambéaux allumez avec une couronne de rose qui termine cette sorte de groupe. Tout l'entablement du haut de l'escalier audessus des pilastres ioniques est aussi enrichi de quantité d'ornemens de sculpture, où l'on a encore placé les chiffres du Roy & de la Reine.

Tâchons à présent par une description la plus sommaire qu'il nous

*Le pre-
mier apar-
tement du
Roy.*

sera poffible de faire connoître l'é-
tat où les apartemens du Roy & les
autres apartemens hauts du vieux &
du nouveau château font aujour-
d'huy. Le premier apartement du
Roy, où l'on entre comme nous
avons dit par le petit efcalier de
marbre du côté du Septentrion, a
vûë fur la petite cour pavée de marbre qu'il environne de trois côtez.
Un veftibule que l'on trouve d'a-
bord proche du petit efcalier, fert
vers l'Orient à donner paffage à un
apartement particulier qu'occupe Madame la Marquife de Maintenon dans
une des aîles de la grande cour; &
vers l'Occident à entrer par une falle des Gardes dans une grande antichambre, où l'on fert le Roy quand
il mange en public. Cette antichambre ornée de quantité de Tableaux tres-bien peints, où l'on a
repréfenté des batailles, a depuis
peu vers le Midy une porte par où
l'on entre dans un petit apartement
de nuit de Monfeigr le Duc de Bourgogne que l'on a conftruit de nouveau
audeffus du coridor qui traverfe en
bas le milieu de la petite cour la plus
proche de l'apartement de Monfei-

*L'aparte-
ment de
nuit de
Monfei-
gr le Duc
de Bour-
gogne.*

gneur. Mais pour aller par la grande antichambre du Roy dans l'apartement de Sa Majesté, on entre vers l'Occident dans la chambre des Baſſans, ainſi appellée à cauſe qu'il y a pluſieurs Tableaux de ces anciens Maîtres audeſſus des portes & dans les lambris ; car le tableau de la cheminée qui repréſente J. C. lorſ qu'il apparut à la Madelaine ſous la figure d'un Jardinier eſt de Lambert Zuſtrus. Cette chambre a trois portes, outre celle de la grande antichambre par où l'on eſt entré. Une porte au Midy conduit à un eſcalier de dégagement par où Monſeigneur monte de ſon apartement à celuy du Roy. Une autre porte à l'Occident conduit dans la grande galerie haute du nouveau château du côté des jardins : Et la troiſiéme porte au Septentrion eſt celle par où il faut paſſer dans la ſuite du premier apartement du Roy, & premierement dans la chambre où couche Sa Majeſté. Des pilaſtres dorez d'ordre corinthien ornent les lambris. Il y a des glaces de miroir audeſſus de la cheminée, un grand tremeau de gla-

Suite du premier apartement du Roy.

ces vis-à-vis dans le côté oppofé,
deux autres tremeaux femblables entre les fenêtres vers l'Orient : & le
côté vers l'Occident où le lit du
Roy eft adoffé audedans de la baluftrade, eft couvert d'une tenture
de velours rouge en Hiver ou de
brocard d'or & d'argent à fleurs
en Eté. Le lit les fieges & les portieres font auffi de brocard ou de
velours felon les différentes faifons.
Quatre tableaux qui repréfentent les
neuf Mufes, avec quelques Amours
ou Genies ornent le deffus des portes , dont celles des côtez de la
cheminée donnent entrée vers le
Septentrion dans un grand falon
quarré fitué au milieu de l'ancien
château fur le veftibule pavé & lambriffé de marbre qu'on a remarqué en
bas.

Ce falon plus exhauffé qu'aucune
autre piece du premier apartement du
Roy occupe, outre la hauteur entiére
de l'étage où il eft, toute celle de
l'attique qui eft audeffus , & une
partie de la hauteur du comble dont
la voûte du même falon eft couverte en forme de pavillon. Il a
environ trente pieds de chaque côté.

Dans son lambris dont tous les
ornemens sont dorez on voit seize
grands pilastres d'ordre composite.
Il y en a huit proche des angles, &
les huit autres placez de distance en
distance dans les quatre faces, y forment avec ceux des angles douze intervales presque égaux. Des fenêtres
du côté de l'Orient & de grandes
portes qui servent du côté de l'Occident à entrer dans la grande galerie haute, dont il a esté parlé, & qui
occupe la place de la terrasse men-
tionnée dans l'ancienne description,
remplissent six de ces intervales : &
des six autres intervales du côté du
Midy & du côté du Septentrion,
quatre sont occupez par des portes
audessus desquelles des tableaux représentent l'un le portrait de Vandeik
peint par luy-même, un autre le
portrait du Marquis d'A*** peint
aussi par Vandeik ; le troisiéme est
un Saint Jean - Baptiste de Michel
Ange de Caravage, & le quatriéme
une Sainte Madelaine de Guide. Le
grand tableau de Sainte Cecile du
Dominiquin est audessus de la cheminée dans l'intervale du milieu du
côté du Midy, & le grand tableau

de David joüant de la harpe du même Peintre eſt placé vis-à-vis vers le
Septentrion.

Un attique qui répond dans le
ſalon à l'attique de dehors eſt par-
tagé en autant d'intervales que le
grand ordre inferieur. Trois fenêtres y ſont ouvertes à la face du côté
de la cour, & les neuf intervales des
trois autres faces ſont ornez de tableaux d'anciens Maîtres, entre leſquels il y a le tableau d'Agar dans le
deſert de Lanfranc, celuy de Sainte
Catherine qui épouſe l'enfant JESUS
entre les bras de la VIERGE d'Alexandre Veroneſe: ſix autres tableaux
ſont du Valentin; ſçavoir ceux des
quatre Evangeliſtes, un où les Phari-
ſiens préſentent à J. C. une piéce de
monnoye de Ceſar; & un tableau
de Boëmiens. Le neuviéme tableau
fait par Manfrede repréſente des jeunes gens qui boivent & qui joüent.

Enſuite du ſalon on trouve une
autre piéce apellée la chambre du
Conſeil. Elle eſt toute revêtuë de
glaces de miroir audeſſus & aux
côtez de la cheminée, dans la
face vis-à-vis entre les chambranles
des portes, du côté de l'Orient

contre les tremeaux des fenêtres ; & du côté de l'Occident où il y a des chambranles remplis aussi de glaces pour faire simetrie avec les fenêtres. Quantité de consoles de bronze doré attachées sur les glaces sont chargées de vases faits d'agathe, de prime d'émeraude & d'autres pierres précieuses : & il y a sur les portes quatre tableaux représentans, l'un le jeune Pyrrhus qu'on porte à Mégare pour le sauver, le deuxiéme une Bacchanale, le troisiéme l'Aveugle né du Poussin de même que les deux tableaux précédens, & le quatriéme Saint Pierre & Saint Paul qu'on sépare hors des murs de Rome pour les faire mourir, peint par Lanfranc.

Mais combien d'autres ouvrages excellens des plus celebres Peintres ne voit-on point dans les cabinets du même apartement & dans une petite galerie accompagnée de deux salons qui le termine ? On ne peut aussi exprimer les meubles somptueux & les richesses presqu'infinies qui les remplissent ; car sans parler des marbres antiques, des bronzes, des médailles modernes d'or & d'argent,

des médailles antiques de tous métaux ; c'eft-là que l'on voit plus de
vafes précieux d'agathe, d'heliotro-
pes , de cornalines, d'émeraudes &
d'autres pierres d'Orient , des camayeux d'un travail plus exquis,
& en plus grande quantité qu'il n'y
en a dans tout le refte de l'Europe:
ainfi l'on peut penfer de quelle richeffe font tous les autres meubles,
& avec quel art & quelle magnificence ces différents lieux qu'il refte
à parcourir dans le premier apartement du Roy, & qui font tous boi-
fez de même que ceux qu'on a déja
confidérez dans cet apartement, ont
efté embellis de dorures & de fculptures propres à renfermer plus pré-
cieufement les glaces de miroir & les
tableaux qu'on y a placez de toutes
parts.

Le premier des cabinets du Roy
eft entierement revêtu de glaces
dans les tremeaux, entre les portes
& les fenêtres ; & il y a de tous
côtez fur des confoles dorées des
vafes & d'autres ouvrages encore plus
précieux que ceux qu'on a vûs dans
la chambre du Confeil. On le nomme
le cabinet des Thermes, parce que vingt
figures

figures de jeunes enfans en forme de
thermes, qui soûtiennent des festons
dorez, ornent une maniere d'attique
élevé audessus de la corniche dans
le même cabinet. Il reçoit son jour
vers le Septentrion par la petite cour
de l'apartement des Bains. Le second
cabinet qui a vûë vers le Septentrion sur la même cour, & vers
le Midy sur la petite cour pavée de
marbre, est orné de tableaux de tous
côtez. Il y a dans quatre bordures
rondes audessus des portes, la Sa-
maritaine de Guide, la Sainte Catherine qui épouse l'enfant Jesus du
Parmesan, les Païsans métamor-
phosez en grenoüilles de l'Albane,
& Adam & Eve chassez du Para-
dis terrestre peints aussi par l'Albane. Audessus de la cheminée qui est
vers l'Occident proche de la porte
du cabinet des Thermes, on voit le
tableau où le Brun a peint J. C.
qu'on attache sur la Croix ; & un
autre tableau où Mignard le Romain
a peint J. C. portant sa Croix est
placé vis-à-vis. Deux tableaux du
Poussin, l'un des serviteurs d'Abraham qui offre des joyaux à Rebecca,
& l'autre du petit Moïse sauvé

E

font vis-à-vis l'un de l'autre proche
des fenêtres, & deux tableaux de le
Brun placez devant les tremeaux des
mêmes fenêtres repréfentent, l'un
vers le Septentrion, les filles de
Jetrho deffenduës par Moïfe; &
l'autre vers le Midy, le mariage du
même Moïfe. Ce cabinet eft apelié
le cabinet de Billard, parce qu'en
effet il y en a un placé au milieu.

La piece fuivante fert comme de
veftibule à un efcalier par où le Roy
defcend de fon apartement pour fortir du château. Cette piece ou veftibule eft auffi enrichie d'excellens
tableaux, la plûpart du Pouffin; car
c'eft de luy le tableau de Moïfe qui
foule aux pieds la couronne de Pharaon, un autre où la Verge de
Moïfe changée en ferpent dévore
celles des Magiciens de Pharaon qui
avoient efté changées de même; un
grand tableau de la Manne, & un
autre de la Pefte placez vis-à-vis l'un
de l'autre avec deux petits tableaux
du Mole audeffus. Une Nativité
peinte par Annibal Carache, &
plus haut un Saint Bruno du Mole
occupent enfemble le tremeau d'entre les deux fenêtres vis-à-vis def-

quelles deux portes ont encore deux
tableaux du Poussin, & dans le tremeau entre les chambranles le tableau
du raviffement de Saint Paul du même Peintre furmonté d'un tableau
rond repréfentant Venus & l'Amour
chez Vulcain.

Les deux derniers cabinets dont
les lambris font entierement dorez,
& enrichis de glaces & de quantité de
tableaux de toutes grandeurs de même
qu'il y en a dans cette galerie & dans
les deux falons où l'on change & re-
nouvelle fouvent ces tableaux, afin
que le Roy puiffe joüir de la vûë
d'un plus grand nombre de ces rares
ouvrages, & principalement d'une
tres-grande quantité des plus excellens qui font fortis des mains de
Raphaël, du Corege, du Georgeon,
de Jule Romain, du Titien, des
Caraches & de tous les meilleurs
Maîtres d'Italie, tant des Peintres
Lombards que des Romains & des
Florentins ; tous ces lieux, dis-
je, demanderoient une defcription
plus étenduë: mais les bornes qu'on
fe prefcrit ici obligent de remettre
à parler plus particulierement ailleurs de tant d'excellens ouvrages

E ij

qu'ils contiennent , ainſi que des
médailles, des bronzes, des agathes,
des camayeux & de tout ce qu'il y a
de meubles & de bijoux recomman-
dables par l'excellence du travail, encore plus que par le prix de la ma-
tiere. Je ne crois pas cependant devoir décrire ailleurs qu'ici les peintures dont Mignard le Romain a
embelli toute la voûte des ſalons &
de la petite galerie qui termine avec
eux le premier ou petit apartement du
Roy. Voicy meſme une deſcription
aſſez étenduë de ces peintures , qu'on
en fit incontinent aprés qu'elles furent
achevées, & dont on n'a pas jugé à
propos de retrancher beaucoup de
choſes.

La petite galerie.   La petite galerie peinte à Verſailles par Mignard eſt dans l'aîle
droite du château à côté du grand
eſcalier. Il y a deux ſalons aux deux
bouts. L'un joint les cabinets de l'a-
partement du Roy, & l'autre a vûë
ſur la grande cour & regarde l'O-
rient. Ces trois pieces ſont encore
éclairées par pluſieurs fenêtres du
côté du Midy. La voûte de la galerie eſt peinte en marbre de différentes couleurs. Deux bandes riches

ment ornées partagent sa longeur en
trois espaces inégaux. L'on a feint
dans celuy du milieu une grande ouverture qui comprend presque toute la
largeur de la voûte, & dans les deux
autres il y a aussi des ouvertures
feintes, mais d'une moindre grandeur. Une Architecture où la perspective est observée fait paroître la
voûte plus vaste & plus élevée qu'elle n'est en effet. Il y a de l'or ré-
pandu par tout, mais avec discretion, plûtôt pour accompagner l'ouvrage que pour l'enrichir : & l'on
voit parmy les marbres & les métaux
toutes sortes de fleurs.

Le Peintre a crû que cette galerie
étant destinée à mettre ce que le Roy
a de rare & de curieux dans les plus
beaux ouvrages de l'art, il devoit
inventer quelque chose de nouveau
qui convint aux arts & aux sciences.
Au milieu de la voûte à travers d'u-
ne ouverture, on voit Minerve &
Appollon assis sur des nuages. Un
jeune Enfant presque nud & debout
entre ces deux Divinitez représente
le genie de la France. Il tient d'une
main un lis, & il s'apuïe de l'autre
main sur les genoux de Minerve.

Un manteau bleu luy couvre les épaules. Minerve eft peinte avec un air noble & ferieux & marque affez qu'elle a de l'amour & du refpect pour le jeune Enfant qui eft auprés d'elle. Elle luy met une couronne de laurier fur la tête, & elle tient dans l'autre main une branche d'olivier.

Audeffous d'Apollon & de Minerve plufieurs enfans ont auprés d'eux divers Inftrumens propres aux Sciences & aux Arts dont ils repréfentent les différens Génies. Apollon leur diftribuë des Médailles & d'autres piéces d'or : Et pour joindre à ces liberalitez d'autres marques d'honneur, Minerve leur fait donner des couronnes de laurier. Il y a un jeune Enfant qui tend les mains pour recevoir celle qu'un autre Enfant qui vole, & qui femble defcendre en bas luy préfente ; pendant qu'un troifiéme dans une action toute opofée paroift fortir de la galerie & s'élever vers celuy qui defcend. Ces Enfans ont des aîles au dos. Une partie font nuds, & les autres vêtus légérement ; mais tous font dignes d'être confidérez tant par leurs différens airs de tête

que par les attitudes naturelles &
ingénieuses que le Peintre leur a
données, faisant voir dans leurs actions & sur leurs visages des expressions agréables & conformes à leur
âge, & au plaisir qu'ils ressentent.

Auprés d'Apollon & sur le devant d'un nuage l'on a représenté l'Abondance par une femme qui
tient une corne remplie de diverses sortes de fruits. On ne la voit
que par derriere. Pluton est un
peu plus éloigné. Deux hommes
forts & robustes l'accompagnent
& portent un vase & une cassette
remplie de richesses qu'il vient offrir
au Génie de la France. Dans une
plus haute partie de l'air on aperçoit
plusieurs autres figures de femmes
assises sur de légers nuages. Ce sont
les Heures du jour qui ont aussi des
aîles, & qui jettent toutes sortes de
fleurs. On voit sur leurs visages &
dans toutes leurs actions la joye
& le plaisir qu'elles ressentent.
Par l'ouverture qui est à côté de
celle dont on vient de parler un
nuage épais & étendu semble descendre jusque dans la galerie. Sur ce

nuage une femme qui a l'air grand
& noble, & dont les cheveux bruns
font couverts d'une guirlande de
fleurs, tient d'une main un œil environné de rayons de lumiére, &
de l'autre une baguette. A côté de
cette femme eft un globe & un amas
de diverfes armes antiques & modernes. C'eft la Prévoyance qu'on a
voulu repréfenter par cette figure.
Auprés d'elle eft un jeune homme qui
tient un cachet fur fa bouche pour
figurer le fecret, & tout proche font
deux Enfans dont l'un tient une
gerbe de bled. La Vigilance défignée
dans l'autre tableau à côté de celuy
du milieu pour accompagner la Prévoyance, tient de la main droite un
livre, & de la gauche une lampe.
Elle regarde le Génie de la France.
Mercure eft un peu plus bas que la
Vigilance. Il femble voler fuivi d'un
jeune Enfant qui tient une Horloge
de fable.

Audeffus de la corniche qui regne
autour de la galerie, il y a dans la
voûte fix ouvertures feintes en forme de lunettes, une à chaque bout
& deux à chacun des côtez. Dans
celle qui eft fous la Prévoyance font
trois

trois enfans de différentes beautez. L'un est une jeune fille qui s'élève en l'air. Elle est couronnée de laurier, & tient une trompette. C'est la Poësie qui chante, & qui en s'élevant regarde les deux autres enfans qui sont assis & qui écrivent ce qu'elle chante. Il y a plusieurs livres autour d'eux, qui sont les Poëmes d'Homere, de Virgile & du Tasse. Dans la lunette sous la Vigilance trois Enfans font un concert de Musique. L'un est debout & tient une lyre ; l'autre un luth ; & la troisiéme un livre. Il y a auprés d'eux des muzettes, des violons & des hauts-bois. Dans les deux lunettes du côté de la cheminée, on voit en l'une un jeune Enfant parfaitement beau. Il est assis sur une espece de trône couvert d'un rideau de velours rouge qui forme comme un dais. Il a un carquois derriere le dos ; & de la main droite il s'apuïe sur un arc avec une contenance grave & un air plein de majesté. C'est l'amour que deux Enfans considérent l'un pour le dessiner & l'autre pour le peindre sur une toile.

Dans l'autre ouverture du même côté il y a deux Enfans qui repré-

G

fentent l'Aftrologie. L'un tient un
compas & prend des mefures fur un
globe celefte, & l'autre tient une lunette de longue vûë. Un grand rideau de
velours rouge eft derriere eux & leur
fert de fond pour leur donner plus de
force & cacher une partie de l'ouverture. De l'autre côté de la galerie & à
l'opofite de cette lunette, on a voulu
figurer la Géométrie auffi par deux Enfans qui ont auprés d'eux une fphére,
& qui s'occupent avec des inftrumens
de Mathematiques. Les Génies de la
fculpture font dans l'ouverture qui
eft à côté de la précédente. L'un
tient un compas avec lequel il mefure un bufte, & l'autre travaille à
ébaucher une tête.

Pour orner davantage l'Architecture de cette galerie, on a mis fur
la corniche huit figures de bronze
grandes comme nature, fçavoir quatre dans les angles de la voûte &
deux à côté de deux cartouches qui
font vis-à-vis l'un de l'autre dans le
milieu de la galerie.

La premiere de ces figures dans
l'angle du côté des apartemens, &
de la cheminée repréfente la Science.
Elle a auprés d'elle une fphére, un

compas, des regles & des livres. La feconde qui fuit eft la Paix qui tient un rameau d'Olivier. La troifiéme que l'on voit avec des balances & des faifceaux Romains repréfente la Juftice. La Vertu héroïque eft la quatriéme, elle eft couronnée de laurier & tient un livre, ayant auprés d'elle un laurier où plufieurs couronnes font attachées comme des marques de victoire. Il y a à fes pieds un globe, un cafque, des palmes & des branches de laurier. La cinquiéme eft la Renommée. Elle eft affife fur des boucliers, tenant une trompette & s'appuyant fur un bufte; car elle parle des Arts & des Sciences comme des victoires & des grandes actions. L'Hiftoire eft la fixiéme qui écrit ce qui fe paffe pour en informer la pofterité. La Rethorique eft la feptiéme. Elle tient un fceptre pour marque de fon empire fur l'efprit des hommes. La huitiéme eft la Perfection qu'on a repréfentée tenant un compas dont elle trace un cercle Il y a encore en divers endroits de la voûte des Enfans qui tiennent des feftons de fleurs. Ce font les Amours des Arts qui femblent exciter les Génies au travail.

G ij

Dans le premier des deux salons qui accompagnent cette galerie, l'on a peint ce que les Poëtes ont écrit de Promethée, qui par l'affistance de Minerve monta au Ciel, d'où il aporta le feu fi utile & fi neceffaire à l'ufage de la vie, & par le moyen duquel il devint l'Inventeur des Arts.

La voûte de ce falon paroît ouverte; & les figures que l'on voit comme en l'air par cette ouverture feinte font aisées à connoître. Dans le milieu & au plus haut du ciel le foleil eft repréfenté dans fon char tiré par quatre chevaux. Comme il eft la fource de la lumiere, c'eft de luy qu'elle fort, & qu'elle fe répand de toutes parts. Il eft accompagné des Heures qui le fuivent. Elles font vêtuës d'habits de différentes couleurs qui participent de la lumiére qui les environne. Celle qui tient une Horloge de fable eft plus élevée que les autres. Il y en a une beaucoup audeffous qui femble s'arrêter, & qui regarde avec étonnement Jupiter affis fur des nuages & tenant un foudre qu'il eft preft de lancer. Son vifage émû, fes yeux étincelans

& ses cheveux tout droits sont des marques de sa colere. Prométhée qui en est la cause s'enfuit tout épouvanté tenant en sa main un faisceau de cannes qu'il vient d'allumer au feu du char du Soleil. Minerve est audessus de luy qui le couvre de son manteau & de son bouclier dont elle se cache aussi elle-même, faisant paroître dans ses yeux de la douleur & de la crainte.

Une femme d'un âge déja avancé, le visage triste, & en action de supliante est debout devant Jupiter. Elle tâche d'apaiser sa colere & le retient par le bras. C'est Climene la mere de Promethée. Jupiter sans tourner ses regards sur elle luy montre son fils, que Minerve dérobe à sa vangeance ; & semble luy marquer de la main avec quelle témerité il emporte le feu du Ciel. On voit audessous de Jupiter un jeune homme tres-beau qui tient une coupe d'or, & qui a plusieurs vases autour de luy. C'est Ganimede. L'Aurore aussi jeune que belle est proche de Climene & tient un vase d'où sortent de la rosée & diverses fleurs mêlées ensemble. Un peu plus bas sont deux petits Zephirs qui soufflent de toute leur force, comme pour éloigner par leurs haleines le nuage qui porte Minerve & Prométhée.

Mercure est derriere Jupiter en état de partir pour executer ses ordres. D'un autre côté & audessus de la fenêtre d'où le salon reçoit son jour, on voit la Déesse Flore qui toute épouvantée fuit à la vûë de deux Satyres qu'elle aperçoit. Deux petits Amours l'accompagnent. L'un soûtient son manteau, & l'autre porte une Corbeille pleine de fleurs.

Le Peintre supposant que dans ce même endroit il pourroit y avoir un jardin ou un bois, a fait paroître des arbres qui s'élevent au delà du salon plus haut que la corniche, & qui font un tres-bel effet. C'est sur les branches de ces arbres qu'on voit un des Satyres dont le corps & les traits du visage sont aussi grossiers & desagréables que ceux de la Déesse Flore sont délicats & charmans. Il tend la main à cette Déesse, comme s'il vouloit aller auprés d'elle. L'autre Satyre tâche aussi de s'en approcher : Et en divers endroits de

la corniche qui termine le haut du
salon, il y a de jeunes Enfans occupez
à parer ce lieu de riches tapis, & de
festons, de fruits & de fleurs. On
en remarque deux qui paroissent plus
surpris & plus épouvantez que les
autres en regardant Prométhée.

L'Architecture feinte audessus de
la corniche du second salon est différente de celle du premier & de
celle de la galerie, tant par les
marbres dont elle semble construite que par les ornemens qui l'enri-
chissent. Un sujet tout nouveau
& traité d'une maniere singuliere
est peint dans la voûte. Jupiter
aprés l'action de Prométhée com-
manda à Vulcain de faire une statuë
de femme la plus parfaite qu'il pourroit, & ensuite de l'animer de ce
même feu que Prométhée avoit aporté
du ciel, ce que Vulcain executa avec
tant de bonheur que Jupiter fut surpris quand il vit cet ouvrage. Il as-
sembla toutes les Divinitez, qui l'ad-
mirerent : & pour le rendre accom-
pli & en faire un chef-d'œuvre parfait, il ordonna qu'elles luy feroient
part de ce qu'elles auroient de plus
exquis. Vénus luy donna la beauté

Minerve la sagesse, Mercure l'éloquence, & ainsi toutes les autres
Déïtez l'enrichirent de quelque grace
particuliere, ce qui fit donner à
cette belle femme le nom de Pandore. C'est ce qu'on voit représenté
dans la voûte du deuxiéme salon
d'une maniére aussi ingénieuse que
sçavante, mais bien différente du
salon de Promethée : car dans le
premier salon tout y paroît terrible,
& dans un mouvement extraordinaire ; & dans le second tout est
tranquille & dans un ordre merveilleux. Audessus de la fenêtre du bout
est un gros nuage qui semble descendre du ciel sur la corniche. Une
belle fille d'environ quinze ans pour-
vûë de tous les avantages de la jeunesse paroît sur ce nuage. Elle est
assise sur un siege à l'antique. Sa taille bien proportionnée, la blancheur
de sa chair, & les traits de son visage sont d'une beauté parfaite. Elle a
les cheveux blonds, les yeux bais-
sez, l'air modeste & la contenance
sage & posée. Une partie de son
corps est couverte d'une draperie
qui luy tombe de dessus le bras &
luy cache la cuisse. Vulcain est der-

 riere dont la couleur de la chair
rouge & bafannée, la mine & les
vêtemens ruftiques & groffiers font
beaucoup paroître la blancheur & la
délicateffe de cette belle & jeune
fille. Il tire un grand manteau de
pourpre pour faire remarquer les
beautez de fon ouvrage qu'il expofe
avec plaifir aux yeux de toutes les
Divinitez.

Le ciel eft pur & ferein, & la lumiére univerfelle caufée feulement
par les reflais de celle du foleil éclaire tous les objets d'un jour doux &
égal. Sur un groupe de nuages, on
voit Jupiter entre Junon & Vénus
qui regardent Pandore avec une
égale aplication, mais avec des fen-
timens différens. Jupiter ravi de ce
que Vulcain a fi heureufement réuffi
en témoigne de la joye. S'il paroît
fur le vifage de Junon des marques
d'admiration, on y connoît en même
temps un certain air chagrin, comme fi elle eftoit jaloufe du trop grand
plaifir que Jupiter reffent. Quoique
Vénus ait contribué à perfectionner
l'ouvrage de Vulcain, elle femble
néanmoins étonnée de voir une nouvelle beauté qui furpaffe ou égale la

fienne. Ces trois figures font peintes
avec beaucoup de force & des caracteres de grandeur convenables à des
Divinitez. L'Amour eft auprés de
fa mere apuyé fur fes genoux, il regarde Pandore avec étonnement, &
à voir fes yeux fi fixement attachez
fur elle, on diroit qu'il examine toutes fes beautez, & qu'il en fait com-
paraifon avec celles de Vénus. Tout
ce groupe eft accompagné de petits
Amours & de Zéphirs qui aportent
à la belle Pandore les préfens des
Dieux, & qui l'environnent de parfums. Les branches d'olivier & la
couronne qui eft à fes pieds font
des dons de Minerve & de Junon:
les chaînes d'or, & les autres richeffes viennent de Jupiter : Et la
conque de nacre, les perles, & le corail
luy font offerts par Neptune.

Sur la même ligne & dans le tour-
nant de la voûte, Mars eft affis armé de fa cuiraffe & couvert de fon
cafque. Il a le vifage noble & guerrier. Il paroît furpris & charmé de
voir une fi belle perfonne. Il eft
accompagné de plufieurs Déeffes qui
comme luy regardent Pandore avec
admiration. L'une eft Cerés vêtue

de jaune & couronnée d'épics de bled.
Celle qui a une guirlande de fleurs,
& qui tient des festons est la Déeffe
Flore. La troisiéme est Ariane qui
sur sa tête a une couronne d'étoiles.
Plus loin entre Mars & Vénus, on
aperçoit Diane avec deux de ses
compagnes vêtuës d'habits legers &
de couleurs changeantes. Bien qu'elles soient fort éloignées on ne laisse
pas de bien remarquer qu'elles regardent Pandore, & prennent plaisir à
la considérer.

Suivant le tour de la voûte de
l'autre côté de la cour on voit sur
la corniche de l'attique un Faune
& une Baccante qui semblent y être
venus pour voir ce qui se passe &
regarder de quelle forte les Dieux
reçoivent ce que Vulcain vient d'a-
chever. La Baccante est assise sur la
corniche & le Faune est en disposition d'y vouloir monter pour luy
tenir compagnie. L'un & l'autre ont
la tête couverte de feüilles de lierre
& un air fort enjoüé & riant. Si le
Faune a quelque chose de rustique
& de farouche dans les traits de son
visage, la Baccante a beaucoup de
douceur & d'agrémens : Ses cheveux

bruns & épars fur fes épaules tombent avec beaucoup de grace fur fon col. Elle n'eft vêtuë que d'une chemife tres-fine, & qui étant ouverte au droit de l'eftomach laiffe paroître fa gorge, & une partie de fon corps qui fait juger de la beauté du refte. Une peau de tigre luy fert de ceinture, & fon manteau fur lequel elle eft affife eft d'un velours rouge dont la couleur vive fert à relever la blancheur de fa chair. D'une main elle tient une grape de raifin, & fe panchant vers le Faune pour luy parler, elle luy montre de l'autre main, comme Pandore attire fur elle les regards & les faveurs de toutes les Divinitez.

A côté de la Baccante on voit plufieurs branches de vigne chargées de grapes de raifin qui viennent d'un cep qui femble naître du côté de la cour, & qui paffant par deffus la corniche retombent dans le fâlon; ce qui fert à remplir une place qui feroit trop vuide, & à marquer mieux l'éloignement qui paroît derriére. Car dans cette partie de la voûte du côté de la cour, il y a au delà de la corniche une montagne dont la cime couverte de neige s'éleve jusqu'aux nuës & jette des flâmes au milieu d'une épaisse fumée. C'est le mont Æthna, au pied duquel on aperçoit la forge de Vulcain, & quelques Cyclopes haves & brûlez qui paroissent à l'entrée, comme s'ils venoient observer le jugement & l'estime que l'on fait de leur ouvrage. Bien que cette demeure semble affreuse, & cette montagne terrible dans son sommet escarpé, elle devient néanmoins agréable & délicieuse à mesure qu'elle s'élargit en bas : car elle se termine & s'étend doucement dans la plaine qui forme un païsage d'une grande beauté. Il y a des colines & des côteaux dont une partie sont couverts d'arbres verdoyans ; & des pâturages où dans l'éloignement on aperçoit des Bergers & des Bergeres assis sur l'herbe qui gardent leurs troupeaux.

Pour finir le tour de la voûte & rejoindre la figure de Vulcain qui est derriére celle de Pandore, on voit plusieurs enfans agréables par leurs différentes attitudes, par leurs beaux airs de têtes & par les expressions naturelles de joye & de plaisir qui

paroiſſent ſur leurs viſages. Il y
en a un qui préſente des épics de
bled avec des couronnes de myr-
the & de roſes .. Un autre qui
eſt ſur la corniche tient une caſſolette & y jette des parfums dont
la fumée s'éleve vers la belle Pandore. Audeſſus de cette belle perſonne & de Vulcain paroiſſent les
trois Graces ſur des nuages & dans
des attitudes differentes. L'une porte
une corbeille pleine de fleurs, & les
deux autres répandent de ces fleurs
ſur Pandore. Enfin tout au haut du
dôme où le Ciel ſemble s'ouvrir il
ſort une ſplendeur qui éclaire tout
le ſujet. Et c'eſt là que l'on voit une
aſſemblée de pluſieurs Divinitez, qui
bien que diminuées de force & de
couleurs pour paroître plus éloignées
de la vûe ne laiſſent pas de ſe diſtin-
guer, enſorte qu'on reconnoît parmi
elles Saturne, Cybelle & Pluton.

Il y a une porte pour paſſer de ce
ſalon par l'un des palliers du haut
d'un grand eſcalier de marbre dans le
château neuf à un grand apartement
qui eſt celuy où le Roy donne ſes
Audiences publiques aux Ambaſſa-
deurs, & où l'on conduit d'abord

les Etrangers pour leur faire voir les apartemens hauts avec plus d'ordre. Tout merite ici une description particuliere, & l'escalier même est d'une magnificence qu'on ne peut assez exprimer.

Dans la grande cour du château du côté du Septentrion, & vis-à-vis le petit escalier de marbre, il y a trois arcades par où l'on passe à un vestibule qui est sous la petite galerie. Delà en montant trois marches, on se trouve au pied du grand Escalier. L'espace qu'il occupe est large de trente pieds & long de soixante & dix-huit. Aux deux bouts sont compris deux passages qui communiquent à l'apartement des Bains : & dans le milieu est un perron d'onze marches coupées à pans. L'on monte par ce perron sur un palier de douze pieds en quarré. Une espece de niche se présente en face dans le mur. Il en sort une source d'eau qui forme comme trois napes de cristal en tombant successivement dans quatre bassins ornez de coquillages, de festons, de masques & de deux Dauphins de bronze doré qui jettent encore de l'eau dans le bassin

Le grand escalier.

d'en bas. A droit & à gauche du
même palier, il y a deux rampes
chacune de vingt & une marches
pour monter audeffus des paffages
de grands paliers communs, l'un &
l'autre au petit & au grand Apartement du Roy.

Jufqu'à cette hauteur tout l'efcalier eft pavé, & lambriffé de différens marbres ingénieufement mis les
uns dans les autres. Les marches &
les paliers font auffi de marbre. Les
apuis ont outre cela des baluftres &
des ornemens de bronze doré, où
l'on a repréfenté des chiffres & des
devifes du Roy. Un foûbaffement
de même hauteur environne tout le
dedans de l'Efcalier au niveau des
grands paliers. C'eft delà qu'un ordre de pilaftres ioniques, dont les
bafes & les chapiteaux font de bronze
doré, & le refte de marbre, foûtient
l'entablement où l'or paroît encore
avec éclat fur les ornemens de la
frife & de la corniche.

Au milieu d'une des quatre faces
de l'Efcalier, & dans l'intervale des
pilaftres, il y a audeffus de la niche
d'où fort de l'eau, un piedouche ou
confole, fur laquelle eft pofé un
buſte

buste du Roy fait de marbre blanc.
Vis-à-vis & de l'autre côté de l'Escalier font les armes de France & de
Navarre, & aux faces des deux bouts
des trophées. Ces armes & ces trophées font environnez de plufieurs ornemens, le tout de bronze
doré fur un fond de marbre, de
même que ceux qui font autour du
buste du Roy, audessus duquel on a
ajoûté en lettres d'or ces paroles qui
font l'ame de fa devife : N E C P L U-
R I B U S I M P A R.

Huit grandes portes enrichies d'or
& de fculpture font proche des encoignûres. Il y en a quatre aux côtez
des trophées avec lefquels elles occupent les deux faces des extrémitez
de l'Escalier. Les quatre autres donnent entrée, d'un côté dans la petite
galerie du premier Apartement du
Roy, & d'un autre côté dans les
grands Apartemens ; & comme elles
fe rencontrent dans des intervales
plus larges & plus profonds, on les a
accompagnées chacune de deux colonnes engagées dans le mur aux côtez du
chambranle & proche des pilaftres.

Auprés de ces dernieres portes, on
a feint quatre pieces de tapifferie

H

dont les bordures ſont remplies d'or
nemens, & le milieu peint par Van-
dermeulen, repréſente dans l'une
la priſe de Valenciennes, dans deux
autres la reduction de Cambray &
de Saint Omer, & dans la quatriéme
la Victore remportée par l'Armée du
Roy proche de Montcaſſel.

Pour les intervales de pilaſtres qui
reſtent à droit & à gauche proche
du buſte de Sa Majeſté & dans la
face opoſée audeſſus du veſtibule, pluſieurs hommes de différentes nations
ſont peints, chacun avec les habits
& les manieres de ſon païs. Ils paroiſſent comme hors de l'eſcalier
dans des loges d'où ils regardent par
deſſus une baluſtrade couverte de tapis
à fleurs d'or.

Audeſſus de l'entablement s'éleve
le plafond de l'Eſcalier. Il eſt fait
en forme d'une voûte percée au milieu. L'ouverture a trente-cinq pieds
de longueur ſur douze pieds de largeur, elle eſt environnée de conſoles
& de feſtons dorez & couverte de
glaces de criſtal: & par là l'Eſcalier
qui juſqu'à cet endroit contient cinquante-quatre pieds d'élévation, ſe
trouve éclairé fort avantageuſement

dans toute fon étenduë.

C'eft dans cette forte de voûte que
l'art fait voir ce qu'il eft capable de
repréfenter quand il travaille à des
fujets dignes de fes plus grands efforts. On y découvre comme une
élévation de bâtimens qui forme un
fecond ordre d'architecture audeffüs
du premier, en quoy le Peintre a fi
bien imité le vray, que tout paroît
de relief & s'unit agréablement aux
corps qui ont des faillies & des
avances audeffous. Les colonnes &
les pilaftres tous d'ordre corinthien
partagent avec douze Thermes la
longueur des deux faces de l'Efcalier.

Entre ces Thermes, ces pilaftres
& ces colonnes on croit voir une
galerie ouverte de toutes parts, &
qui femble regner au haut de l'Efcalier fur la loge dont on a parlé.
Un attique rempli de bas reliefs &
de médailles termine enfin ce fecond
ordre. Mais pour bien comprendre
la grandeur de tout le fujet & avoir
une connoiffance plus parfaite des
parties qui le compofent, il faut
fçavoir quelle a efté la premiere intention du Peintre qui en a formé le *Le Brun*
deffein.

Comme ce lieu eſt le premier en
droit par où le Roy va dans les apartemens de ſon Palais, on a crû le
devoir orner d'une maniere digne de
recevoir ce grand Monarque, lorsqu'il revient de ſes glorieuſes con-
quêtes. Le Peintre a feint que les
Sciences & les beaux Arts ſous la
figure des Muſes ont décoré ce bâtiment, non pas comme dans une
fête ordinaire, mais comme pour un
jour de triomphe ; & il a prétendu
que les Muſes après avoir achévé ce
pompeux apareil, & l'avoir embelli
en mile endroits de feſtons & de
vaſes remplis de fleurs, démeuraſſent
elles-mêmes ſpectatrices de tout ce
qui s'y paſſe.

Sur la corniche du premier ordre
dans la face vis-à-vis le veſtibule on
a repréſenté au milieu d'un fronton
briſé, & dans l'une des ouvertures
de la galerie feinte, le derriére d'un
char de triomphe. Il eſt rempli de
pluſieurs boucliers qui portent les
armes de l'Empire, de l'Eſpagne &
d'autres différens Etats. Un globe
d'azur chargé de trois fleurs-de-lys
d'or avec une Couronne royale eſt
poſé ſur ces boucliers ; & une Hydre

paroît écrasée sous le char : A l'un des côtez & contre le fronton est une belle femme assise & couronnée de fleurs. Sa Robe est d'un vert rompu de jaune, & son manteau est rouge relevé d'or. D'une main elle s'apuye sur un livre, & de l'autre elle semble montrer le globe d'azur. Cette femme représente l'Eloquence. Derriére elle Minerve tient d'une main son bouclier, & s'apuye de l'autre main contre le globe.

De l'autre côté du même fronton est une autre femme assise ; l'air de son visage est grand & serieux, elle est couronnée de laurier. Sa robe est bleuë & son manteau blanc : elle tient un livre & une trompette, & s'apuye encore sur des livres qui sont autour d'elle. Toutes ces marques la font assez connoître pour la Muse qui préside à l'Histoire : Hercule est auprés qui a une partie du corps nud, & le reste couvert d'une peau de lion. Il pose un bras contre le globe, & d'une main il tient sa massuë. Le Peintre a feint un grand tapis de velours violet semé de fleurs de-lys d'or qui passe derriére les figures pour leur servir de fond, &

qui remplissant tout l'espace de l'ouverture est retenu avec des rubans par deux des Thermes qui portent la corniche.

Par le char de triomphe on a voulu représenter la France victorieuse enrichie des dépoüilles de ses ennemis; & par l'Hydre écrasée on a eu intention de marquer ces ennemis mêmes qui s'étant unis ensemble ont formé comme un corps à plusieurs têtes. Cependant ce monstre se trouve surmonté & abattu par la valeur, & par la sagesse du Roy, signifiées par les figures d'Hercules & de Minerve qui instruisent l'Histoire & l'Eloquence des actions & des vertus héroïques de ce grand Prince.

L'on voit une semblable disposition de figures dans la partie oposée audessus du vestibule. Au lieu d'un char, il y a un trépied d'or surmonté d'une Couronne royale. Des arcs & des carquois y sont attachez. Au dessous on voit le Serpent Python percé de flèches. Du côté droit Apollon apuyé contre le trépied tient son arc à la main. Il est couronné de laurier & couvert d'un manteau rouge depuis la ceinture jusqu'en bas. Une

femme devant luy tient plufieurs couronnes de laurier. Elle a l'air grand
& noble, & le teint un peu pâle
comme d'une perfonne qui s'aplique
a de profondes méditations. Sur fes
cheveux blonds eft une couronne d'or.
Elle a plufieurs livres auprés d'elle. C'eft Calliope, celle d'entre les
Mufes qui préfide au Poëme héroïque.

De l'autre côté eft Melpomene qui
repréfente la Tragédie. L'on découvre
fur fon vifage quelque chofe de fier &
de trifte tout enfemble. D'une main
elle tient un poignard & un bandeau
royal. Elle eft affife fur un fiege d'or
fait à l'antique; ayant un carreau de
velours rouge fous fes pieds, & un
fceptre d'or auprés d'elle. Tout proche eft une autre femme couronnée
de fleurs. Elle a l'air gay & enjoüé;
& montrant un mafque qu'elle tient en
fes mains, elle communique de fa joye
à ceux qui la regardent. C'eft la Mufe
qui préfide à la Comedie & aux Bal-
lets.

A l'un des bouts de l'Efcalier & dans
le milieu de la face eft un piedeftal
de jafpe. Il porte un vafe d'or. Deux
femmes paroiffent affifes aux côtez

L'une a l'air grand & majeſtueux. Ses cheveux blonds ſont environnez d'une guirlande de fleurs. Elle tient des plans de bâtimens, ce qui fait juger qu'on a voulu repréſenter l'Architecture. L'autre femme eſt la Sculpture qui a des buſtes de marbre auprés d'elle.

A l'autre bout eſt un piédeſtal & un vaſe deſſus ſemblable à celuy dont on vient de parler. Les deux figures de femmes qui ſont aux côtez repréſentent les Muſes Uranie & Erato qui préſident à l'Aſtrologie & à la Muſique. La premiere a un globe ſous ſes pieds, & regardant en haut ſemble contempler le ciel. Elle a une couronne d'Etoiles ſur la tête & un compas à la main. Sa robe eſt d'une étoffe changeante de verr & de jaune, & ſon manteau d'un pourpre violet rehauſſé d'or. L'autre Muſe qui tient une flûte, & qui a l'air moins ſérieux, eſt couronnée de fleurs : & derriére ces figures il y a des tapis ſemez de fleurs-de-lys ſemblables à ceux des deux autres côtez.

Pour accompagner ces différens groupes on a peint les quatre Parties du Monde, auſquelles ſe raportent les figures d'hommes de toutes nations qu'on a repréſentées au naturel dans les tableaux d'enbas.

d'enbas. L'Afie & l'Afrique font du côté du veſtibule, & l'Amerique & l'Europe à l'opofite. Toutes témoignent de l'admiration & de l'étonnement. L'Europe paroît aſſiſe fur des canons vers le bout du côté de la Cour. On voit dans les traits de fon viſage un air grand, noble & gracieux. Elle a la tête couverte d'un caſque ombragé de grandes plumes blanches. Son habit eſt un corps de cuiraſſe d'or fait à l'antique & couvert par deſſus d'un grand manteau bleu. D'une main elle tient un Sceptre & de l'autre une corne d'abondance remplie de toutes fortes de fruits. A l'un des côtez eſt un cheval qui leve la tête, & femble hannir; & de l'autre côté font des livres, un drapeau, un caſque & un bouclier fur lequel font trois fleurs-de-lys. Toutes ces marques conviennent parfaitement à cette partie de la terre dont les Peuples font les plus vaillans & les plus civiliſez, principalement les François qui à juſte titre tiennent le premier rang.

L'Afrique qui regarde l'Europe eſt une femme More dont le corps

I

est découvert jusqu'à la ceinture. Ses cheveux sont noirs, courts & frisez, & deux grosses perles pendent à ses oreilles. Un voile blanc luy couvre la tête, & de riches bracelets luy parent les bras. Les manches de sa robe sont d'une étoffe changeante de bleu & de vert. Elle est assise sur un Eléphant qui paroît couché, & au dessus de sa tête il y a un parasol qui fait qu'elle est toute dans l'ombre.

L'Asie a le teint haut en couleur, l'air de son visage a quelque chose de fier & de cruel. Elle a l'épaule & le bras gauche découverts, & même une partie de la gorge. Sa coëffure est un turban blanc avec des rayés bleües garni de plumes de Héron. Son habillement est une robe bleüe & un manteau jaune. D'une main elle tient une cassolette remplie de parfums qui s'exhalent en fumée. De l'autre main elle est appuyée sur un bouclier au milieu duquel est un croissant. Elle est assise sur un Chameau : & auprés d'elle sont des drapeaux, des timbales, des tambours, des cimeteres, des arcs & des fléches.

Quant à l'Amerique repréſentée par une femme d'une carnation brune & olivâtre, elle a l'air barbare. Sa coëffure eſt faite de plumes de diverſes couleurs, de même qu'une eſpece de jupe qui ne la couvre que depuis la ceinture juſqu'aux genoux pardeſſous ſon manteau. Elle eſt aſſiſe ſur une Tortuë, tenant d'une main une zagaye ou javeline & de l'autre un arc.

Sur les bords de la corniche & au droit des ouvertures où il y a des baluſtres qui ſeparent les Muſes d'avec les quatre parties du monde, ſont repréſentez des Oiſeaux de divers plumages, & tels qu'ils naiſſent en ces différens climats.

Afin de remplir les quatre arrêtes de la voûte & de joindre enſemble toutes ces figures par des ornemens qui leur ſoient convenables, l'on a feint ſur la corniche du premier ordre & à l'extrémité de chaque encoignûre deux rouleaux en forme de fronton briſé, & qui ſoûtiennent une grande coquille de bronze, aux côtez de laquelle ſont des cornes d'abondance d'où tombent toutes ſortes de fruits.

I ij

Deux Captifs feints de marbre blanc & deffinez d'une excellente maniere font affis fur ces rouleaux. On voit au milieu d'eux & audeffus de la coquille, la poupe d'un vaiffeau de bronze doré. Elle eft chargée de branches de laurier & de palmes. Parmi ces palmes & ces lauriers, & pour marquer les avantages que la France a remporté dans toutes les Mers auffi bien que fur la Terre, on a élevé fur les poupes des quatre angles, des trophées compofez des armes & des vêtemens de differens Peuples. Deux figures de Victoire femblent former chacun de ces trophées & les parer de fleurs. Audeffus font de jeunes Enfans aîlez qui rempliffent agréablement le haut de la voûte. Ce font les Amours de divers Peuples, qui dans cette occafion font voir le refpect & la vénération qu'ils ont pour le Prince qu'ils chériffent. Tous s'occupent à orner avec des feftons quatre bas reliefs où fous différentes figures on a repréfenté la magnificence du Roy, fon activité, fon autorité & fa valeur: & ces Amours agiffent avec tant de joye & de plaifir, & paroiffent fi animez, qu'ils donnent de la vie & du mouvement à tout le reſte.

Pluſieurs autres bas reliefs ſervent audeſſus de la corniche du ſecond ordre à orner l'eſpace de l'attique. Il y en a cinq vis-à-vis le veſtibule, trois quarrez ont le fond d'or & les figures d'azur, & les deux autres ſont octogones en maniére de Médailles d'or. On en voit autant de l'autre côté : Mais aux faces des bouts de la voûte, il y a ſeulement deux bas reliefs feints d'azur à fond d'or, l'un & l'autre de figure quarrée. Dans les quatre bas reliefs octogones des grandes faces l'on a repréſenté la Poëſie, la Sculpture, l'Hiſtoire & la Peinture.

Comme la fin principale du Peintre n'a pas été de ſatisfaire ſeulement la vûë par des ſujets agréables, mais d'inſtruire encore la poſterité des grandes choſes qui ſe paſſent de nos jours ; il a employé toutes ſes connoiſſances & tout l'effort de ſon génie pour décrire d'une maniére auſſi extraordinaire que ſçavante l'Hiſtoire du Monarque pour lequel il a travaillé, & les traits qui forment cette image ſont quelques-unes des grandes actions du Roy que l'on a marquées dans les huit bas reliefs quarrez.

La prudence & la valeur de ce Prince paroissent par un de ces bas reliefs à fond d'or, où Sa Majesté est à cheval avec trois de ses Generaux, lors qu'ayant resolu d'attaquer la Hollande, il les envoye en trois différens endroits pendant qu'il va d'un autre côté, où en même temps & en peu de jours, il remporte quatre des plus fortes Places qu'eussent les ennemis.

Son intrépidité & la grandeur de son courage se font voir dans un autre bas relief où le passage du Rhin est peint, action si hardie, si surprenante & si mémorable que les siécles passez n'en ayant jamais vû de semblable, ceux qui sont à venir en pourroient douter, si une infinité d'autres merveilles qui ont suivi celle-là ne les obligeoit de la croire & de l'admirer.

Sa Justice paroît dans le troisiéme bas relief où le Roy s'aplique luy-même à reformer l'Etat pour le bien & le soulagement de ses Peuples.

Dans un autre qui est au côté oposé

de ceux dont je viens de parler, on
voit comment après le différent sur-
venu en Angleterre entre les Ambaf-
fadeurs de France & d'Espagne ;
l'Espagne fut obligée d'en faire une
fatisfaction folemnelle au Roy par
un acte public & autentique où elle
reconnoît la préféance légitimement
dûë à la France fur toutes les autres
Couronnes.

La clémence & la bonté de ce
puissant Monarque font marquées
dans un autre bas relief où les Peuples de la Franche-Comté viennent
luy rendre hommage, & luy préfenter
les clefs des Villes conquifes.

Dans un autre on voit cette bonté
& cette amitié fincere qu'il a pour
fes Voifins dans le renouvellement
de l'alliance qu'il fait avec les Suiffes.

A l'un des bouts on a fait connoître les foins paternels que Sa Majefté a pour le bien de fes Peuples,
par la protection & l'affiftance qu'il
leur donne pour le commerce & pour
la Navigation.

A l'autre bout on voit comme ce
Prince donne le bâton de Maréchal
de France, & diftribuë des couron-

nes à ceux qui ont merité ces glorieuses récompenses par leur valeur, &
par la fidélité de leurs services.

Combien de raports justes & sçavans ne trouve-t'on point dans l'invention & dans l'ordonnance de
toutes ces differentes parties, qui par
une union admirable ne semblent
former qu'un seul sujet ? Les Victoires que l'on voit les aîles étenduës
& comme soûtenuës en l'air dans
les quatre angles de la voûte, sont in-
dustrieusement placées pour en in-
terrompre les ornemens d'une maniére agréable. Elles ont l'air du
visage charmant, la variété de leurs
attitudes, la noblesse de leur paru-
re, & la grace qui paroît dans leurs
actions ne font pas une des moindres
beautez de cet ouvrage.

Il ne reste plus à considérer dans
tout l'Escalier que deux espaces peints
audessus de l'attique proche des extrémitez de l'ouverture du haut de
la voûte, où l'on a feint deux bas
reliefs de lapis rehaussez d'or & accompagnez de divers trophées d'armes. Dans l'un des bas reliefs, Mercure est représenté avec le cheval
Pégase, & dans l'autre une Renommée

s'élève en l'air avec des trompettes
en ſes mains : & c'eſt par ces figures
que le Peintre a terminé ſon ouvrage.

Si l'on veut pénétrer dans ſa penſée, il y a lieu de croire qu'ayant
tâché par les divers Tableaux qu'on
a décrits, de donner une image des
vertus du Roy ; il a jugé que ny
l'eſpace de cet eſcalier, ny l'étenduë
de tous les apartemens où l'on com-
mençoit dés lors de peindre les actions héroïques de ce grand Monarque, ne pouvant en contenir qu'une
partie, il devoit laiſſer à l'Eloquence & à la Poëſie à inſtruire digne-
ment la poſterité des particularitez
d'un regne ſi glorieux : Et qu'enfin
il reſteroit encore une infinité de
choſes dont la Renommée prendroit
ſoin de conſerver le ſouvenir dans les
temps & dans les lieux éloignez.

De l'Eſcalier que nous venons de *Le Veſti-*
décrire, il faut paſſer à la premiere *bule.*
ſale du grand apartement du Roy ;
mais avant que d'y rien remarquer,
l'on doit voir à main droite au bout
de cette ſale vers l'Orient, un Veſtibule & le Cabinet des Médailles qui
eſt auprés ; tous deux de ſemblable

grandeur. Le Veſtibule donne auſſi
entrée aux tribunes de la Chapelle,
par leſquelles à travers un paſſage
où doit être le veſtibule des tribunes
de la nouvelle Chapelle que l'on
bâtit, on peut aller voir les apartemens contenus dans l'aîle neuve.
Les principaux de ces apartemens qui
ſont de pleinpied avec les grands
apartemens hauts du Château ont été
quelque temps occupez par Monſeigr
le Duc de Bourgogne, par Mgr le Duc
d'Anjou à préſent Roy d'Eſpagne,
& par Mgr le Duc de Berry qui a
maintenant l'apartement le plus conſidérable de cette aîle, où Mr le
Prince de Conty & pluſieurs autres
Princes & Seigneurs ſont auſſi logez
du côté des jardins; tous les apartemens des cours étans occupez une
partie par les Eccleſiaſtiques qui deſ-
ſervent la Chapelle, & le reſte par
divers Officiers du Roy & de Meſ-
ſeigrs les Princes Enfans de France.
  Le Veſtibule proche du Cabinet des
Médailles a trente pieds depuis le
côté du Septentrion par où il reçoit
ſon jour juſqu'à la porte du Cabinet vers le Midy, & ſa largeur eſt
de vingt-quatre piéds ſur environ

trente pieds d'exhauffement. Le pavé
& le lambris font de marbre ; L'entablement eft doré : Et tout le plafond eft orné de peintures. Il y a
des Tableaux & des Buftes de bronze
fur des efcabellons faits des marbres
les plus rares. Deux de ces buftes
placez aux côtez de la porte du Cabinet repréfentent Mitridate & Cara-
calle : & vis-à-vis aux côtez de la
fenêtre font deux Buftes antiques
d'Adrien & de Cléopatre femme du
jeune Juba Roy de Mauritanie.
Quant aux Tableaux il y en a deux
grands de Paul Veronefe. Dans l'un
eft repréfenté le Serviteur d'Abraham
qui offre des Joyaux à Rebecca.
Dans l'autre J. C. accompagné de
fept de fes Difciples parle à la
Femme malade d'un flux de fang qui
toucha fon vêtement, & qui obtint
ainfi fa guérifon. Des tableaux plus
petits de Saint Pierre & de Saint Paul
ont été peints par la Mare, & d'autres où les noms de Guide & du
Carache font marquez repréfentent
le premier la fuite de la Vierge en
Egypte, & celuy du Carache Ænée
qui porte fon pere Anchife fur fes
épaules pour le fauver de l'embrafe-

ment de la Ville de Troye.

Quoique ces ouvrages foient à obſ-
ferver, il eſt encore plus à propos
pour ce qui regarde nôtre ſujet de
conſidérer les Peintures dont tout le
haut du Veſtibule eſt embelli. Audeſſus de la corniche le plafond s'éleve
en maniére de voûte. On a feint
une baluſtrade d'or, où dans le milieu des grandes faces, il y a deux
piedeſtaux remplis de bas reliefs repréſentans des Enfans & de jeunes
Tritons qui ſe joüent. Devant cette
même baluſtrade dans les encoignûres du plafond, l'on voit de grands
vaſes d'or portez par des coquilles ornées de guirlandes, & qui ſoûtiennent d'autres vaſes plus précieux.
Le reſte eſt couvert de riches tapis
ſur leſquels il y a des caſſolettes d'or
& des vaſes d'agathe de différentes
figures, principalement audeſſus de
deux frontons, dont la fenêtre &
une arcade ſemblable qui renferme à
l'autre bout la porte du cabinet, ſont
couronnées. Car on a même pris un
ſoin tres-particulier en ces endroits
d'imiter ce qu'il y a de plus excellent dans le magnifique amas que ce
Cabinet contient.

De jeunes Filles & de jeunes Hommes peints comme hors du Veftibule au derriere de la baluftrade s'occupent à ranger ces ouvrages fi précieux, à mefure que des Enfans aîlez qui rempliffent une partie du haut du plafond femblent en aporter encore de toutes parts. L'action & le mouvement qui paroît dans toutes les figures exprime la diligence avec laquelle tant de chofes rares ont été raffemblées dans ce riche Cabinet.

Sur des nuages & proche les quatre grands vafes d'or à un bout du plafond, on voit Pluton & Neptune avec Thétis ; & à l'autre bout vers le Cabinet font deux Femmes affifes. Celle qui eft du côté gauche repréfente l'Afie. Elle a un Turban fur fa tête, & dans fes mains une caffolette remplie de parfums : Et celle qui eft du côté droit eft l'Europe. Auprès d'elle on voit plufieurs fortes d'armes & d'inftrumens.

Dans la partie la plus élevée du plafond eft une belle Femme, dont le corps eft à demy découvert. Une couronne de rayons environne fa tête ; De la main droite elle porte un fceptre d'or, s'apuyant du même bras fur une corne d'abondance, d'où fe répandent quantité de médailles, de perles, & de joyaux : & de la main gauche qu'elle étend vers le Cabinet , elle marque les ordres qu'elle prefcrit. C'eft la Magnificence. De deux Femmes qui l'accompa-gnent, l'une affife auprés d'elle eft l'Immortalité avec un obélifque & une palme : Et l'autre a des aîles au dos, une flâme fur fa tête & dans fes mains des inftrumens propres aux beaux Arts pour en marquer le pro-grés.

Sans s'arrêter à divers ouvrages de fculpture dont le Veftibule eft en-core embelli , il fuffit d'obferver qu'une efpece de bas relief placé fur la porte du Cabinet des Médailles, exprime en particulier la fcience & la recherche de ces fortes de mo-numens. Car on y voit une figure de Femme vétuë à la Romaine, affife & apuyée fur des vafes remplis de médailles & de pierres gravées. Un enfant aîlé debout devant cette Femme luy préfente un vafe antique en façon de gondole , où elle femble choifir ce qu'elle defire en ôter. Un Enfant plus petit paroît enlever u autre vase, & toutes ces figures sont de bronze doré sur un fond de marbre blanc.

Du Vestibule on monte cinq marches de marbre pour entrer dans le Cabinet vers le Midy. La quantité d'objets qui se présentent d'abord à la vûë, fait qu'on a peine à en remarquer la richesse & la disposition. Tout ce lieu est couvert d'or & rempli de glaces de cristal, excepté quelques endroits ornez de peintures. Le bas forme une maniére d'octogone plus longue que large ; & le haut une espece d'ovale. Dans une coupole de pareille figure au milieu du plafond, l'on a peint un groupe de trois Amours. Des guirlandes de fleurs environnent de relief l'ouverture de ce petit dôme. Delà elles pendent en maniére de quatre festons ; & de jeunes Satyres avec les extrémitez des mêmes guirlandes ornent deux bordures remplies de glaces de miroir dans les grandes faces des côtez du Cabinet au dessus de la corniche. Proche de ces bordures on voit de petits groupes d'Enfans peints en camayeux. A côté de tout cela il y a dans les faces du Cabinet des Enfans

Le Cabinet des Médailles.

de relief affis fur divers trophées
d'armes. Ils foûtiennent des ovales
bordées de fleurs. Ce font comme
autant de tableaux attachez au devant des quatre pendantifs du plafond. On voit dans chacune une
Femme affife, l'une accompagnée de
l'Amour repréfente Vénus, & les
autres l'Abondance, la Magnificence, & la Simetrie. Dans chaque face
des deux bouts du Cabinet, il y a
trois bordures en façon de chambranles. Célles au deffus de la fenêtre contiennent des ouvertures qui
fervent à donner du jour au plafond
avec une ouverture ronde bordée de
fleurs qui accompagne dans la coupole trois miroirs de pareille figure;
& les autres chambranles forment
encore comme autant de miroirs faits
de plufieurs glaces de criftal.

Voilà de quelle forte le haut de
ce Cabinet eft décoré; mais comment
exprimer la magnificence dont on
voit briller le refte? L'entablement
qui foûtient le plafond a dans fa frife cinquante intervales d'un pied de
profondeur, tous remplis de vafes
d'agathe & de filigranes d'or, que
des glaces de miroir dont les intervales

vales sont revêtus, semblent encore
multiplier. Les huit faces autour de
ce même Cabinet, & les enfoncemens qu'on a pratiquez sont enrichis de toutes parts d'ouvrages si
précieux, que ni les lambris de cristal
ni l'or même n'y doivent plus être
considérez.

Avant toutes choses il faut distinguer vingt-quatre tableaux d'anciens
Maîtres, qui font partie du lambris. Il y en a quatre de moyenne
grandeur arrondis par le haut dans
des enfoncemens quarrez aux côtez
de la porte, & de la fenêtre. L'un
est celuy où Raphaël a peint la
Vierge en Païsane assise avec son
Fils & le petit Saint Jean debout
devant elle : Un autre le jeune Tobie
conduit par l'Ange Gabriël, fait par
André del Sarte ; Le troisiéme une
sainte Famille de Léonard de Vinci ;
Et le quatriéme une Vierge avec son
Fils dans ses bras & des festons de
fleurs audessus, d'André Mantegne.
Sous ces tableaux fort bien conser-
vez quoique tres-anciens il s'en trouve huit petits séparez par des glaces,
& par quatre tablettes chargées de
vases précieux. Les tableaux audessus

K

des tablettes font, la décente de Croix
de Vandeik qu'on estime beaucoup;
une Circoncisron du Dosse, de Fer-
rare; un Païsage & Diane dans le
Bain, tous deux de Corneille Polem-
bourg. Pour les tableaux entre les
tablettes & des Armoires qui servent d'apuy, il y en a un de Paul
Véronese où la Fille de Saint Pierre
guérie par J. C. est représentée; un
du Parmesan où la Vierge tenant
son Fils, est figurée avec plusieurs
Saints; Et les derniers peints par
Annibal Carache, représentent l'un
le Sacrifice d'Abraham, & l'autre
la mort d'Absalon. Sur les Armoires audessous de tous ces tableaux
parmi de grands vases & divers
joïaux de fort grand prix, font quatre belles figures antiques de marbre, dont deux aux côtez de la porte représentent Cléopatre, & un
jeune Homme nud; Des deux autres
proche la fenêtre, l'un est un Amour
assis sur un Cheval marin, & l'autre
Cupidon & Vénus.

Dans les enfoncemens aux côtez de
la cheminée, & de l'espace qui est
vis-à-vis, l'on voit en haut quatre
tableaux de Paul Veronese, l'un de

J. C. en croix; un autre où la Vierge, faint George, fainte Catherine, & faint Benoît à genoux font reprefentez; & deux de la fainte Famille, dans l'un defquels le petit Jefus paroift endormi fur les genoux de la Vierge. Plus bas entre des glaces de miroir au devant defquelles font des vafes de pierres orientales pofées fur des confoles, il y a huit tableaux. Quatre reprefentent divers paffages, d'Annibal Carache, du Viole, & de Claude le Lorain, & les quatre autres font l'Adoration des Rois de Paul Veronefe, un Sacrifice d'Abraham d'Holben, une Nativité du deffein de Raphaël peinte par l'un de fes Diciples; & un faint François d'Annibal Carache. Les tablettes qui féparent les huit tableaux, font couvertes de differentes fortes de vafes, & fur les Armoires au deffous il y a huit Statues d'argent de fujets tirez de l'hiftoire & de la fable; & des vafes dans l'un defquels on peut remarquer un modele de galere ou de galiote, dont les agrés font garnis de rubis, d'émeraudes, & de toute autre forte de pierreries.

Un tres grand nombre de Statues, de figures, de buftes, de vafes, & de

caſſolettes rempliſſent quatre niches
en demi octogones revêtuës de glaces
de criſtal dans les plus petites faces du
Cabinet. Combien d'autres ouvrages
ſemblables ſont encore rangez de côté
& d'autre ; mais quelle quantité de
jades , d'agathes , de jaſpes , de cornalines, d'onix, de calcedoines, d'hélio-
tropes, de prime d'émeraudes, d'ame-
tiſtes , & de diverſes autres pierres
orientales , toutes d'un travail exquis
& des grandeurs ſurprenantes , ne
voit-on point ſur plus de cent conſoles aux côtez des enfoncemens & des
niches que nous avons remarquées,
& dans deux grands enfoncemens
qu'occupent la cheminée & l'eſpace
opoſé!

Si l'on regarde la nef du Roy ſur le
haut du chambranle de la cheminée,
deux autres vaſes en forme de burettes
qui l'accompagnent , & diverſes figures d'or & d'argent , d'ambre & de
corail , placées de côté & d'autre ,
on verra que tous ces ouvrages ſont
couverts de perles , de diamans, de
rubis , d'émeraudes , de ſaphirs , de
turquoiſes, d'ïacinthes , de grenats ,
d'opales, & de topaſes. La nef eſt toute d'or du poids de cent cinquante

marcs, & ornée de sculptures & de
cizelures excellentes.

Mais qui peut estimer le nombre &
la beauté des camaïeux & des pierres
gravées tant en creux qu'en relief !
Ces précieux monumens d'antiquité
joints aux medailles, d'où le cabinet
que nous décrivons prend son nom,
font ensemble sa principale richesse.
Une grande table remplie de tiroirs
& faite en forme de bureau placée au
milieu de ce cabinet ne suffit pas pour
les contenir. C'est pourquoy dans
les niches & dans les enfoncemens
dont on a parlé il y a douze armoires
ou cabinets particuliers, qui ne s'é-
levent qu'à hauteur d'apuy. Ils sont
dorez & enrichis d'ornemens : & ont
de part & d'autre des figures d'Enfans
en forme de thermes.

Plus de trois cens tiroirs ou tablettes contenus dans ces cabinets, dans le
bureau & sous un lit de repos placé
vis-à-vis la cheminée, servent à dif-
poser par ordre toutes les médailles,
& les pierres gravées. C'est-là que les
sçavans admireront combien la magnificence de S. M. a donné lieu de faire
de nouveaux progrés, & de nouvelles
découvertes dans les plus doctes re-

cherches. Il y a en or, en argent, &
en bronze tout ce qu'on peut voir
à préfent de plus belles médailles Greques, Romaines, Egyptiennes, Hé-
braïques, Siriaques, Puniques, Gau-
loifes, Gothiques, Arabes, & Rhuni-
que, qui forment des fuites différentes de Confulaires, d'Imperiales, de
Viles, de Rois, de Deïtez, de Mé-
daillons, de Contorniates, de Pa-
douanes, & autres.

Parmy une infinité de monnoies fabriquées par toutes les Nations du
monde, il s'en trouve une fuite com-
plette de nos Rois & de la Monar-
chie Françoife depuis qu'elle a commencé à s'établir dans les Gaules : &
ces monumens joints à divers autres
tels que ceux qui ont efté tirez de la
fepulture du Roy Childeric font des
titres inconteftables du rang que les
François ont fi juftement aquis audeffus des autres peuples. Les médailles
d'or & d'argent fabriquées depuis peu
de fiécles en France, en Efpagne, en
Allemagne, en Angleterre, en Holande, & dans les Roïaumes du Nord
& du Levant, forment encore un
nombre tres grand & un poids même
qui excede celui des premieres qu'on

à remarquées. On ne sçauroit auffi
affez eftimer les pierres gravées dont
le nombre n'eft pas moins furprenant.
Elles font toutes richement enchâf-
fées, mais admirables par l'excellence
de leur travail, par leur antiquité, &
par les fujets illuftres qu'elles repréfentent. Enfin il n'apartenoit qu'à un
Prince auffi magnifique que le Roy,
& qui eût autant d'amour & de connoiffance que Sa Majefté en a pour
toutes les chofes dignes de fa puiffance, d'enrichir la France de femblables
trefors.

Il eft maintenant à propos de parler
du grand Apartement du Roy. Les
cinq pieces qui le compofent ont le
même exhauffement que le veftibule,
& du moins autant de largeur que ce
veftibule a de longueur ; elles reçoivent toutes leur jour du côté du Septentrion. Des portes difpofées vis-à-
vis les unes des autres, affez prés des
fenêtres font voir vers l'Orient, au
travers du veftibule & à l'extrémité
de l'une des tribunes de la Chapelle
une ouverture de fenêtre qui ayant vûë
fur la petite-cour de la nouvelle Chapelle, laiffe découvrir plus loin l'avan-
court & tout ce qu'on a remarqué au

Le grand Aparte-ment du Roy.

delà. Et à deux cens cinquante pieds de la porte du vestibule par les portes de l'Apartement, & au fond d'un des sallons de la grande gallerie une ouverture de fenêtre termine à l'Occident cette sorte d'enfilade, & laisse à la vûë la liberté de s'étendre aussi loin qu'elle peut aller. Le plaisir d'un tel aspect semble s'augmenter par l'air agréable que l'exposition de ces lieux, & les jardins qui les environnent y aportent autant que par tout, ce que les lambris, les peintures, & les meubles offrent de superbe & de beau. Il est aisé néanmoins de juger de leur magnificence. Les marbres y sont plus précieux, & les compartimens de ces marbres sont plus variez que dans l'escalier & le vestibule.

La Premiere Sale.

 Toute la premiere Sale large de trente-trois piéds & longue de quarante-deux en est pavée & revêtuë jusque sous la corniche qui est dorée. Il y a seulement quatre espaces ornez de Peinture dans l'étenduë des lambris. Deux entre les portes des bouts de la Sale représentent des édifices & des jardins en perspective. Les autres entre les trois fenêtres, dans l'une des deux grandes faces font voir

comme

comme des niches enrichies de coquilles & de basreliefs d'or , avec
des statuës de méleagre & d'athalante, mais peintes avec tant d'art &
dans un jour si favorable qu'on a
peine à croire qu'elles ne soient pas
de relief ; & même quatre pilastres
peints de marbre & d'ordre ionique
aux côtez de ces niches semblent si
vrais que les yeux y sont trompez de
prés comme de loin. On ne voit
point de peinture dans la face oposée aux fenêtres. Des pilastres & des
colonnes ioniques de marbre, avec
des bases & des chapiteaux de bronze
doré, ornent de ce côté la porte du
grand Escalier, & une fausse porte
qui fait simetrie avec la véritable ; y
ayant entre deux une niche, & sur
un piédestal au milieu de cette niche
la statuë antique de Lucius Quintius
Cincinatus. Quoiqu'il y ait beaucoup
d'autres ouvrages de marbre, & de
bronze dans la même sale , comme
des basreliefs sur les portes, où il
paroît des figures d'Enfans de bronze
doré sur un fond de marbre de diverses couleurs, six bustes d'Hommes & de Femmes élevez sur des
escabellons ; & enfin deux tables

L

d'albâtre fleuri , & plusieurs vases
de serpentin & de porphire ; tous ces
ouvrages avec ce qu'il y a de lustres
& de girandoles de cristal de roche
portez par de grands guéridons dorez ne servent qu'à faire remarquer
davantage la statuë de Cincinatus :
car elle tient le premier rang. Le
travail en est tres beau , & l'on aime
à voir l'image d'un Dictateur Romain qui fut autrefois un exemple de
valeur & de vertu.

Mais si l'on se plaît aux objets les
plus capables d'émouvoir l'esprit &
le cœur , il faut arrêter quelques
temps les yeux sur les Peintures qui
remplissent tout le plafond ; Dans
la partie la plus élevée , & comme
à travers d'une grande ouverture
ovale , Vénus est représentée à demi
découverte sur son char. Les trois
Graces derriére elle tiennent une
couronne de roses sur sa tête. Cupidon vole au dessus de sa mere avec
un arc & une fléche à la main : &
des Amours chargez de Corbeilles
remplies de fleurs portent le carquois
& le flambeau de ce petit Dieu &
soûtiennent en l'air de grandes guirlandes de roses , que Vénus a dans

ſes mains, & qui ſemblent réünir tout
ce que ſon fils aſſujettit à ſon Empire. Car ces guirlandes environnent
dans le Ciel une aſſemblée de Dieux
où Jupiter préſide : Et par dehors
l'ouverture elles pendent comme
ſur la terre juſqu'au bas des encoi-
gneures du plafond où quatre autres ouvertures feintes ſe rencontrent. Dans chacun de ces endroits
l'on a peint un jeune Heros & une
tres belle Femme liez enſemble avec
des fleurs aux côtez d'un piédeſtal
d'or en forme de trépied. Il paroît
de la douleur ſur leur viſage : Cependant il ſemble qu'ils eſtiment trop
leur captivité pour chercher à s'en délivrer. Des Amours comme fort con-
tens auſſi d'une telle conqueſte ſe re-
poſent ſur le trépied proche d'un trophée orné de fleurs diſpoſées en feſtõs.
Ce trophée marque la valeur du héros
dont ils ſe ſont rendus les maîtres : &
tant de figures qui ſemblent vivantes
& animées expriment la puiſſance que
Vénus & l'Amour exercent chaque
jour ſur tous les cœurs.

Un cordon de relief environne la
grande ôvale. L'on a joint deux bordures rondes aux extrémitez, & les

intervales entre les ouvertures feintes
des encoignures sont occupez par des
piédestaux peints en maniere d'attique
d'or avec des armes, des coquilles, &
des masques, d'où pendent des festons
de fleurs faits de sculpture & retenus
par des Satyres, & par des enroule-
mens qui forment des frontons brisez.
Derriere tous ces ouvrages couverts
d'or l'on croit voir comme de grands
tapis de velours violet ; & au devant de chaque face de l'attique est
un tableau plus haut que l'attique même, mais un peu moins long.

Le tableau vers l'Occident représente le mariage d'Alexandre & de
Roxane. La fable d'Apollon & de Da-
phné changée en laurier orne de part
& d'autre les extrémitez de l'attique : & audessus dans une des bordures rondes proche de l'ovale, est Europe enlevée par Jupiter métamorpho-
sé en taureau. On voit une semblable disposition de sujets dans la face
oposée. Les jeux & les courses du Cir-
que qu'Auguste donnoit au Peuple
Romain forment le sujet du tableau. Il
y a aux côtez la fable de Paon & de
Syrinx changée en roseaux : & Am-
phitrite épouse de Neptune portée par

un Dauphin, & précédée de l'Amour paroît dans l'autre bordure ronde proche l'extrémité de l'ovale.

Un grand tableau du côté de l'Efcalier, entre l'enlevement de Coronis par Neptune, & celui de Rhea ou Cybelle par Saturne, repréfente Nabuchodonofor fur fon char avec la Reine fon époufe. Une fuite nombreufe d'hommes à cheval fuperbement parez les environne : & un Architecte leur montre le plan de divers ouvrages de fon art où l'on travaille avec diligence, & qui paroiffent déja fort avancez. Ce font des jardins de Babilone portez en terraffe fur des arcades pour imiter ceux que les Rois des Medes avoient fur de hautes colines : car la Princeffe que Nabuchodonofor époufa étant iffue du fang de ces Rois, defira d'avoir des jardins élevez comme les leurs.

Pour le dernier tableau peint audeffus des fenêtres, & accompagné de part & d'autre des fables de Proferpine enlevée par Pluton, & d'Orithie par le vent Borée ; on y reconnoît une image de cette armée, que Cyrus employa à fecourir une Reine affligée : & cette Princeffe affife dans un char d'argent couvert d'un dais d'or, paroît regarder les troupes dont Cyrus monté fur un autre char, femble faire la revûë.

Les huit fujets de fables tous peints en maniere de camaïeux d'azur rehauffez d'or, expriment les peines que l'amour caufe. Les quatre tableaux d'hiftoire colorez comme au naturel font les images de ce qu'une grande paffion produit de glorieux quand elle agit dans le cœur d'un véritable héros ; & ces exemples mémorables d'engagement fincere, de réjoüiffance publique, de magnificence royale, & de valeur à défendre les droits d'une Reine tendrement aimée ; ont efté choifis comme plus conformes à ce qui s'eft paffé dans le mariage du Roy, fi célebre par la pompe de fa folemnité, par les courfes de têtes, & de bagues faites à Paris dans le Caroufel de l'année 1662. par les travaux fomptueux dont les Maifons royales commencerent alors d'être embellies ; & enfin par la conquête que le Roy fit en très peu de tems pour la Reine fon époufe, de tout ce que l'Efpagne refufoit alors d'accorder à fes juftes prétentions.

Auprés de la ſale que nous venons de décrire, il y a une chambre de trente pieds en quarré où l'on a mis un billard. Elle eſt pavée de marbre : & ſes ornemens ſe raportent à Diane & à la Lune, eſtimées là même parmi les anciens, & repréſentées ici ſous une ſeule figure. De cinq ouvertures feintes dans le plafond, celle du milieu eſt ronde, & Diane peinte avec un croiſſant ſur la tête ſemble y répandre une clarté pareille à la lueur dont la Lune éclaire les nuits les plus calmes. Diane eſt aſſiſe ſur ſon char tiré par des biches. Pluſieurs figures de femmes l'accompagnent : Les unes avec des aîles de papillon au dos, marquent les Heures ; & d'autres par divers attributs déſignent la nuit, le repos, la fraîcheur du matin, l'étude, mais ſur tout la chaſſe, & la navigation, qui dans les quatre autres ouvertures feintes en arcades ſont encore déſignées plus particulierement par des ſujets tirez de l'Hiſtoire ancienne. Ces quatre grands tableaux repréſentent Cyrus à la chaſſe du Sanglier, Alexandre à la chaſſe du Lyon, Jaſon avec les Argonautes qui abordent enſemble par mer au Royaume de

L iiij

Colchos pour la conquête de la toi-
fon d'or, & Jules Cefar qui envoie
une Colonie Romaine à Carthage. Il
n'eft pas difficile de connoître que de
tels fujets ont efté choifis par raport
au Roy, qui s'eft fait de bonne heure
un plaifir de la chaffe ; & qui n'a pas
plûtôt pris en main le gouverne-
ment de fon Etat, que, penfant à tout
ce qui pouvoit contribuer à la félicité
de fes peuples, Sa Majefté commença
d'établir le commerce dans les con-
trées les plus éloignées, & envoia dés
lors pour cet effet des Colonies Fran-
çoifes à Madagafcar, & en divers autres lieux : car c'eft là ce qui a véritablement donné lieu à ces peintures,
dont la beauté fe fait affez remarquer.

Des piédeftaux dans les encoigneu-
res du plafond chargez de divers ornemens, d'armes, d'inftrumens de
navigation & de chaffe, de globes
& de couronnes de France ; Les bordures des tableaux & la corniche qui
les porte ; tous ces ouvrages de fculpture font dorez ; & le refte des faces
de la chambre au deffous de la corniche eft lambriffé de marbre.

Il y a trois fenêtres d'un côté, &
dans chacun des autres un enfonce-

ment au milieu de deux portes. Sur les portes vers l'Occident l'on a feint deux basreliefs d'or, où sont représentez une offrande de fleurs, & un sacrifice faits à Diane pour le veu de chasteté, qui est marqué par une ceinture qu'une jeune fille offre à cette Déesse. La cheminée de la chambre est placée de ce même côté. Dans l'enfoncement entre les deux portes, sur cette cheminée dans une bordure de marbre accompagnée de guirlandes de fleurs de bronze doré, l'on voit un tableau du sacrifice d'Iphigenie. Il est représenté dans le tems que Diane, pour sauver cette jeune Princesse, fit trouver sur l'autel une biche que Calchas immola au lieu d'elle.

La fable d'Actéon, & celle de la fontaine Aréthuse, que Diane par un nuage défendit des poursuites du fleuve Alphée, sont figurez en maniere de basrelief d'or audessus des portes oposées à celles dont nous avons parlé. Entre ces portes vis-à-vis la cheminée est un grand tableau. Là pour marquer l'amour que Diane eut pour Endimion, on l'a représentée descenduë de son char. Une lueur douce qu'elle répand comme durant la nuit fait

qu'on découvre auprés d'elle de jeunes
Amours. Elle-même femble s'aprocher d'une maniere paffionnée d'Endimion ; Il dort cependant entre les
bras d'un vieillard aîlé qui répand des
pavôts pour repréfenter le fommeil,
& auprés d'eux eft un fleuve qui femble endormi.

Vis-à-vis les fenêtres entre une porte qui conduit au grand Efcalier &
une fauffe porte qu'on a feinte comme
à demi ouverte , il y a dans l'enfoncement du milieu un piedouche avec
des trophées de bronze en bafrelief
pofez enfemble fur un grand focle.
C'eft-là que le Bufte du Roy fait en
marbre blanc par le Chevalier Bernin,
eft placé fous une couronne portée
par deux enfans aîlez. Ils font de
bronze doré ; & s'avancent de deffus une corniche en maniere de fronton qu'un petit avantcorps , & des
confoles de bronze attachées au devant foûtiennent.

Huit Buftes antiques d'Empereurs
& d'Imperatrices pofez fur des efcabellons entre de grands chambranles qui environnent les fenêtres, les
portes & les autres enfoncemens font
confidérables par leur beauté autant

que par les sujets qu'ils représentent;
ils ont leurs draperies d'Albâtre
Oriental, & les têtes sont les unes
de marbre blanc, & les autres de
porphire.

Pour les autres pièces de l'aparte- *Sale des*
ment, elles sont parquetées de menuise- *Gardes.*
rie. Les embrasures des portes & des
fenêtres sont revêtuës de marbre; mais
le reste n'en est lambrissé qu'à hauteur
d'apuy; Et cela même a donné occa-
sion d'enrichir ces lieux de tentures
& d'autres meubles magnifiques.

La Sale des Gardes où l'on entre
d'abord a quarante-huit piéds de
longueur audevant des tremeaux qui
séparent trois fenêtres dont elle est
éclairée. Il y a deux grands miroirs
de glaces de cristal; & sous les miroirs l'on voit des tables de Calcé-
doine accompagnées de part & d'autre de girandoles de cristal de roche,
portées par des gueridons dorez.
Dans la face oposée est une cheminée de marbre. L'on voit audessus
le tableau où Paul Veronese a peint
la Sainte Famille & Sainte Catherine
que le petit JESUS épouse en luy mettant un anneau au doigt. Deux tribunes aussi de marbre ornées cha-

cune de deux colonnes d'ordre ioni que font aux côtez, & fe communiquent l'une à l'autre par derriére la cheminée. Sur leurs apuis l'on a placé quatre vafes de porphire, & dans le fond font attachez deux tableaux dont l'un repréfente la Nativité de J. C. peinte par le vieux Palme, & l'autre eft celuy où le Titien a figuré la Sainte Famille. Des cordons tiffus d'or foûtiennent dans les faces des extrémitez de la Sale deux autres tableaux d'une grandeur extraordinaire, & qu'il fuffit de nommer pour les faire confidérer. L'un vers l'Orient eft la Famille de Darius aux piéds d'Aléxandre, peinte par le Brun, & l'autre vers l'Occident eft celuy où Paul Véronefe a repréfenté J. C. & deux de fes Difciples affis à table avec lui dans l'hôtelerie du bourg d'Emaüs.

Quant au plafond d'où pendent cinq grands luftres de criftal de roche, c'eft-là que par des fculptures dorées & par des peintures fort ingénieufes l'on a continué de tracer l'Image des actions héroïques du Roy. Mars eft peint fur fon char dans la partie la plus élevée du plafond. Les Génies de la Guerre l'accompagnent repréfentez par de jeunes Enfans aîlez à qui des Ciclopes donnent des armes. La Renommée vole devant le char. L'Hiftoire figurée par une femme aîlée femble écrire ce qu'elle entend publier : Et l'on voit auprés de cette Femme plufieurs Génies qui ôtent la faux des mains de Saturne ·

Il y a deux autres tableaux aux extrémitez de ce premier. L'un repréfente fous diverfes figures la Terreur, la Crainte, la Fureur & l'Epouvante qui femblent étonner les Puiffances de la terre à l'arrivée de Mars. Et dans le tableau du bout oppofé eft peinte la Gloire avec la Valeur, accompagnée de la Félicité, de l'Abondance & de la Paix : La Gloire eft exprimée par une Femme qui a des aîles au dos. Hercule repréfente la Valeur. Deux Femmes affifes à fes côtez fur un même nuage expriment l'Abondance & la Félicité ; & des Enfans aîlez qui défignent la Paix portent en l'air des Couronnes & des branches d'olivier.

Audeffous de ces trois grands fujets environnez chacun d'une bordure dorée, on a feint une efpéce d'attique posé sur la corniche, d'où le plafond prend sa naissance. Tout autour de la Sale quantité de jeunes Enfans peints de couleur naturelle dans cet attique, tant du côté des fenêtres qu'au dessus de la cheminée & des tribunes, représentent encore divers Génies qui semblent s'armer & s'instruire de tous les Exercices propres à la guerre. Ces sortes de frises sont interrompuës, chacune par deux bordures rondes appliquées de relief devant l'attique au dessus des tremeaux ; Deux bordures ovales placées en longueur vis-à-vis l'une de l'autre aux extrémitez de la Sale cachent dans le milieu de ces faces presque tout ce qu'on y voit de ce même attique : Et ces six tableaux peints en manière de bas-reliefs d'or, contiennent autant de sujets d'Histoire qu'on a jugé se raporter aux exemples de valeur & de sagesse que le Roy a donnés dés qu'il a commencé à prendre le soin & la conduite de ses Armées.

L'ovale du bout de la Sale vers l'Orient représente un ancien Capitaine Romain qui fait faire l'Exercice & la revûë à des Légions. On

a voulu par ce fujet marquer l'aplication que le Roy avant que d'entreprendre la Guerre fe donna pour
établir dans fes Armées une difci-
pline éxacte.

Des deux tableaux ronds placez
du côté de la cheminée, l'un repréfente Céfar qui harangue fes Soldats
pour les difpofer au combat, &
l'autre Démétrius Paliorcétes qui fait
monter fes troupes à l'affaut d'une
Vile forte.

Le Roy s'eft rendu fameux par
les Victoires qu'il a remportées, par
le grand nombre de Viles qu'il a
prifes; & plus grand encore par
l'empire abfolu qu'il conferve fur
luy même, ne faifant fervir l'heureux fuccés de fes armes qu'à punir
les injuftes, les fuperbes, & les im-
pies: Auffi pour défigner le triomphe dû à Sa Majefté, l'on a jugé
qu'il n'y en avoit point de fi convenable que celuy du grand Conf-
tantin qui eft peint dans l'ovale du
bout de la Sale vers l'Occident.

Les deux tableaux ronds du côté
des fenêtres repréfentent Marc-An-
tonin qui récompenfe les fervices
d'un de fes Officiers, & Aléxandre

Sévére qui caffe & dégrade une
légion entiére à la tête de l'armée
Romaine : Et ces deux exemples
marquent la jufte difpenfation que le
Roy fçait faire des punitions & des
récompenfes felon que chacun les a
méritées.

Pour les ornemens de fculpture
qu'il refte à confidérer dans les encoignûres du même plafond, ce font
quatre trophées. L'un compofé d'armes, d'enfeignes & d'étendards Turcs
fert à faire connoître la victoire que
les troupes du Roy , envoyées au
fecours d'Allemagne , remporterent
fur les Infidelles à la journée de
Saint Gothard. Un autre formé de
dépoüilles navales défigne les avantages qui ont établi le commerce de
toutes les Indes. Et les deux derniers
où les armes de l'Empire , de l'Efpagne & de la Holande fe rencontrent
expriment ce que Sa Majefté a fait
de glorieux malgré les efforts d'une
Ligue que ces trois Puiffances ont fi
fouvent & fi vainement renoüée.
De jeunes Amours ornent de fleurs
ces trophées pour marquer que le
Roy par les loix douces & équita-
bles qu'il impofe fe fait aimer de
ceux

ceux mêmes qu'il a vaincus. Combien d'idées agréables ces différens ornemens n'offrent-ils point quand on peut se donner le loisir d'en examiner toutes les parties?

On n'auroit pas moins lieu de s'arrêter à regarder les Peintures de la chambre qui suit. Dans le tableau du haut du plafond l'on voit Mercure dont le char tiré par des Coqs est précédé de l'Etoile du jour représentée par un jeune Enfant qui vole en l'air avec une trompette à la main, & une Etoile au deffus du front. La Vigilance l'accompagne; & les Génies des Arts & des Sciences marchent aux côtez du char. Le tableau est quarré. Les angles sont coupez par des portions de cercle où sont attachez à chacun un chapeau avec des guirlandes dorées, le tout de sculpture.

Plus bas dans des ovales peintes en camaïeux sont figurées, l'Adresse du corps, la Connoissance des beaux Arts, la Justice, & l'Autorité Royale. Des guirlandes de fleurs portées par de jeunes enfans, & des femmes colorées au naturel & qui représentent encore les Arts & les Sciences, sem-

Chambre du Lit.

M

blent soûtenir ces différentes ovales. Aux quatre faces du même plafond il y a quatre tableaux. Par celuy qui occupe la face vers l'Orient, l'on a eu dessein de figurer une Ambassade que des nations barbares envoyerent à Auguste avec des présens de fort grand prix.

Le tableau oposé exprime une Ambassade d'Indiens, & à leur tête Calanus qu'Aléxandre le Grand retint auprés de luy. Le Peintre par une licence particuliére a représenté dans le lointain, le même Calanus sur un bucher, parce qu'en effet ce Philosophe Indien prit la résolution de se brûler tout vivant, quand il crut être prêt d'arriver par son grand âge à la fin de sa vie.

Le premier sujet sert à marquer l'éloquence, l'autre la constance & le mépris de la vie; mais tous deux ensemble offrent une idée des nations qu'on a vû venir des extrémitez de la terre pour rendre hommage à la grandeur & aux vertus du Roy.

Audessus des fenêtres on a peint Alexandre & Aristote qui reçoit de ce prince divers animaux étrangers dont il écrit l'Histoire : Et dans le tableau vers le midy Ptolomée Philadelphe paroît comme au milieu de sa fameuse Bibliotheque avec des Gens de lettres qu'il avoit attirez de toutes parts. On ne pouvoit trouver des exemples plus propres pour marquer la magnificence de la Bibliotheque Royale qui passe aujourd'huy pour la première de l'Europe. Et si cette Bibliotheque est un monument de la protection toute particuliére que le Roy a donnée aux belles Lettres : Les Académies que Sa Majesté a instituées & qui sont aujourd'huy établies dans le Louvre, où tout contribuë à rendre leurs exercices avantageux, font voir le soin qu'elle prend du progrés des Sciences & des beaux Arts.

Les Sales & les Chambres que nous venons de décrire, & même le Vestibule proche du Cabinet des médailles, sont tendus & meublez en hiver les unes de velours vert & les autres de velours de couleur de feu avec des crépines & des galóns d'or ; & toutes sont tapissées en Eté de brocard à fleurs d'or, d'argent & de soye de diverses couleurs, avec des campanes

de point d'Efpagne d'or. Un Lit
magnifique d'Efpagne d'or mêlé d'un
peu de foye fe voit dans la derniére
chambre dont on a parlé. Il eft placé
fur une eftrade d'ouvrage de raport
ornée de compartimens de feüillages
& de fleurs ; mais couvertes d'un
grand tapis de Perfe à fond d'or.

En Eté deux tableaux d'un prix
ineftimable peints par Raphaël font
dans la même chambre. L'un au
deflus de la cheminée vers l'Occident repréfente la Sainte Famille,
& l'autre placé vis-à-vis eft le Saint
Michel. On les ôte quelquefois tous
deux en hiver, & la chambre eft
alors enrichie de neuf autres tableaux
d'excellens maîtres, parmi lefquels
eft l'Androméde du Titien à la place
du Lit; Une Aflomption & un Saint
Sébaftien peints par Annibal Carache font placez de part & d'autre
vis-à-vis les fenêtres; proche ceux-cy
aux deux autres faces de la chambre,
on voit d'un côté le concert de mufique de cinq jeunes hommes peints
par le Dominiquin, & au côté opofé le tableau où le Titien a peint une
Vierge, Saint Jean & un autre Saint.
Sur la cheminée, & vis-à-vis font

ceux où le même Peintre a représenté dans l'un J. C. qu'on met au
tombeau, & dans l'autre la Confé-
cration du pain faite par J. C. dans
le Bourg d'Emaüs après sa résur-
rection : L'on voit audessus des deux
portes les portraits des Reines Marie
de Médicis & Anne d'Austriche
Mere du Roy, peints par Wandeix.
Entre les deux fenêtres il y a un
miroir avec une table d'agathe dessous, & l'on voit par tout, comme
dans le reste de l'apartement, des
guéridons dorez, des girandoles &
des lustres de cristal de roche.

Enfin la derniére piéce apelée la
chambre du trône paroît encore
ornée plus magnifiquement que la
précédente. L'une & l'autre néanmoins sont lambrissées de marbre
d'égipte ; mais celle dont il s'agit
icy est tapissée en été d'un ouvrage si riche qu'on a peine à l'exprimer.

Chambre du Trône.

De dessus le lambris qui n'a que la
hauteur de l'apuy, l'on voit s'élever jusque sous l'architrave autour
de la chambre dix-huit grands pilastres d'un tissu d'or posé sur des
piédestaux tous bordez en cartisane

de deux pouces de relief. Les pilaſtres diſposez de ſimetrie ſont apli-
quez en hiver ſur un fond de velours rouge dont toute la chambre
eſt alors tenduë, avec les quatre
grands tableaux des travaux d'Hercule peints par le Guide & placez vis-
à-vis les uns des autres à côté des
portes. Deux tableaux de Wandeik,
ſçavoir le portrait de deux Princes
Palatins, & une Vierge accompagnée de pluſieurs figures de Saints
& de Saintes ſont dans le même
temps ſur ces portes. Vis-à-vis les
fenêtres aux côtez du trône eſt à
droit le tableau où Rubens a repréſenté la Reine Tomiris qui fait
plonger la tête de Cyrus dans le
ſang : Et à gauche eſt Saint François d'Aſſiſe peint en extaſe par le
Valentin.

Mais en été les intervales des
mêmes pilaſtres d'or ſont remplis par
de grandes piéces de broderie d'or,
d'argent & de ſoye d'un relief extraordinaire où l'on a repréſenté des
feſtons, des vaſes remplis de fleurs,
des trophées d'armes, des chiffres &
des deviſes du Roy, de jeunes
Amours & des figures de Femmes

affifes comme à l'entrée de plufieurs
pavillons avec des attributs qui fervent à les diftinguer. Le nud des
figures eft d'argent cifelé, & les draperies font brodées d'or, d'argent &
de foye.

Quelques-unes des figures expriment la gloire qui s'acquiert par les
armes & par les fciences. D'autres
figures repréfentent Mars & la Paix,
la Richeffe avec l'Abondance, la Vertu militaire ; Minerve avec l'Immortalité. Une derriére le Trône eft la
Victoire figurée par une autre Femme qui a des aîles au dos, & qui
porte en fes mains une palme & une
couronne de laurier. Le dais du
trône où l'on voit dans un ovale
la Renommée en l'air avec deux
trompettes à fa bouche eft travaillée
de même que le refte ; mais avec
moins de relief, auffi bien que le
grand tapis de pied qui couvre toute
l'eftrade, & que deux autres tapis
qui fervent de portiéres.

Le Soleil fait le fujet principal
des peintures du plafond de cette
chambre : Et comme la magnificence & la magnanimité conviennent
aux Héros que cet aftre domine,

ces vertus fe trouvent exprimées dans
quatre grands tableaux par des fujets
tirez de l'hiftoire. Le tableau de la
face vers l'orient, repréfente Co-
riolan au moment que fa mere le
fléchit & l'empêcha d'exercer fur
Rome une vengeance que cette Vile
s'étoit attirée.

Dans le tableau audeffus des fenêtres on a peint Alexandre qui rend
à Porus tous fes Etats , touché de
l'infortune & du courage extraordinaire de ce Roy des Indes. C'eft
par ces exemples mémorables qu'on
a crû devoir exprimer les marques
que le Roy donne fi fouvent de fa
magnanimité.

Les deux autres fujets qui repréfentent Augufte & Vefpafien, dont l'un
fait bâtir le port de Miféne, & l'autre l'amphiteâtre de Rome apelé le
colifée, ont raport à la magnificence des bâtimens de Sa Majefté; entre lefquels le port de Rochefort
qu'on a voulu particuliérement déli-
gner ici par celuy de Miféné, furpaffe ce que les Romains ont jamais
fait de plus fomptueux en ce genre.

Huit figures de femmes & plufieurs
têtes d'enfans aîlez tous de relief,

aux

aux extrémitez & au deſſus des bordures de ces quatre tableaux terminez par
le haut en portion de cercle, ſoûtiennent une grande bordure ronde d'où
pendent divers feſtons. Ces ouvrages
de ſculpture ſont dorez de même que
toute la corniche. Et au milieu de la
bordure ronde qui occupe la partie la
plus élevée du plafond on a peint le
ſoleil jeune, & tout éclatant de
lumiére. Il paroiſt ſur ſon char accompagné de pluſieurs figures de
femmes qui repréſentent les ſaiſons
de l'année, la magnificence & la
magnimité. La France s'y trouve
auſſi figurée par une autre femme
qui ſemble joüir d'un plein repos à
cauſe des ſoins que le Roy repréſenté icy ſous l'image du Soleil prend
continuellement à rendre ſes peuples
heureux. Voilà quel eſt le principal
ſujet de ces peintures. Dans les encoignûres du plafond il y a des figures aſſiſes ſur des globes. Elles déſignent les quatre parties du monde
par l'air de leur viſage, par leurs
vêtemens, par divers attributs & par
des figures qui repréſentent les principaux fleuves de la terre. Et dans
les mêmes angles ſont quatre femmes

N

aîlées avec des trompettes à leur bouche & une banderole des armes du
Roy dans leurs mains, afin d'exprimer
la renommée des actions glorieuses de
S. M. répanduës dans tout le monde.

Au delà de cette derniere chambre
du grand apartement du Roy l'on
trouvoit autrefois dans la face du château neuf vers l'occident trois autres
piéces dont il est parlé dans l'ancienne description, & qui devoient
être embellies aussi de peintures.

La premiére étoit un grand cabinet du conseil. On l'avoit déja orné
de divers tableaux qui sont placez
à présent dans la sale des gardes du
grand apartement de la Reine, &
dont le sujet principal est Jupiter
accompagné de la piété & de la
Justice, ainsi que nous le ferons connoître plus particulierement en par-
lant de cette sale des gardes.

Les ornemens des deux autres piéces qui étoient jointes alors à ce
cabinet ne furent point achevez.
Dans l'une l'on devoit représenter
au milieu du plafond Saturne sur son
char tiré par deux dragons aîlez &
accompagné de quelques femmes qui
eussent marqué la prudence & le se-

cret qu'on auroit encore plus particulierement défignez par des exemples
fameux tirez de l'hiftoire ancienne.
Car entr'autres on eût repréfenté
Augufte dans fon cabinet appliqué
luy-même à examiner les revenus &
à régler les dépenfes de la République romaine, pour faire connoître
que le Roy par le bon ordre de fes
finances n'a pas peu contribué à la
félicité de fon regne, qu'on ne peut
mieux comparer qu'aux derniéres
années de celuy d'Augufte.

Pour le dernier cabinet comme
il regardoit l'apartement de la Reine, dont l'apartement du Roy étoit
alors féparé de ce côté par une terraffe pavée de marbre, & ornée de fontaines au milieu de la face occidentale du château : dans ce dernier
cabinet, dis-je, on s'étoit propofé
de peindre Vénus avec les accompagnemens qu'on a vûs dans la falle
proche du grand efcalier.

Qui ne connoît pas à prefent tout
ce qu'un deffein de peintures fi vafte
& fi heureufement projetté offre d'in-
génieux & de beau. Le Soleil qui
eft le corps de la devife du Roy, &
le nombre des piéces de chacun des

deux grands apartemens engagérent
à y figurer les sept planettes. L'éclat
extraordinaire des actions de Sa Majesté a fait trouver l'art de les exprimer dans son apartement par des
images comparables à ces traits
d'une éloquence sublime dont les
orateurs se servent pour remplir
l'esprit, des idées les plus nobles &
les plus surprenantes.

Une grande galerie & deux salons
magnifiques occupent ensemble aujourd'huy dans toute l'étenduë de la
face occidentale du Château neuf,
la place des trois piéces qu'on a
retranchées du grand apartement du
Roy, dont nous venons de parler,
la place de la terrasse pavée de marbre, & celle de trois piéces qui ont
esté aussi retranchées de l'apartement
de la Reine.

La gran-
de Gale-
rie, & les
deux sa-
lons.

Le salon le plus proche de l'apartement du Roy est apelé le salon
de la guerre. Il a trente-trois pieds
de chaque côté. La galerie sur une
largeur pareille, contient plus de
deux cens vingt pieds de longueur
jusqu'à l'autre salon vers le midy
proche de l'apartement de la Reine.
On nomme celui-cy le salon de la

paix. Il n'est pas moins grand que le premier. Ils ont chacun trois fenêtres à l'occident & trois en face de l'ouverture d'une grande arcade qui leur sert d'entrée à chaque extrémité de la galerie.

Dans le salon de la guerre entre la porte de l'apartement que nous avons décrit, & une porte feinte remplie de glaces de miroir qui fait simetrie avec la véritable, on a représenté le Roy à cheval par un bas-relief ovale, bordé de marbre, & de douze pieds de hauteur; élevé au dessus du chambranle d'une cheminée feinte. Deux captifs liez de festons de fleurs aux côtez de l'ovale sont assis au haut du chambranle: Et il y a une couronne royale & deux renommées qui tiennent des trompettes de part & d'autre au dessus de la bordure. Un bas-relief particulier placé en bas dans l'ouverture feinte de la cheminée représente une femme assise qui écrit l'histoire du Roy, & qui est accompagnée de divers génies exprimez par des enfans aîlez : & tous ces ornemens de sculpture sont dorez, ainsi que plusieurs trophées d'armes.

N iij

des masques, des festons & d'autres ouvrages semblables faits les uns de stuc dans l'entablement & dans le plafond; & les autres de bronze entre les fenêtres, au haut des portes qu'on vient d'observer, & des deux portes feintes·remplies de glaces de miroir aux côtez de l'arcade qui sert·pour entrer dans la galerie.

Quatre grands guéridons soûtiennent chacun dans les encoignûres du même salon une girandole de cristal de roche. Six bustes sont élevez sur des escabellons contre les tremeaux des fenêtres & proche de l'entrée de la galerie. Les têtes de ces bustes sont de porphire, & les draperies de bronze doré : & trois vases dont deux sont de porphire, & le plus grand de marbre gris artistement travaillé, se trouvent posez sur des socles du côté de l'apartement.

Le salon de la paix est meublé & décoré à peu prés de la même manière : mais y a-t'il quelque endroit où la magnificence des ornemens paroisse avec autant d'éclat que dans la galerie ? Elle est toute parquetée de menuiserie & lambrissée de marbre de même que les salons.

Quatre colonnes placées au dedans de la galerie devant un pareil nombre de pilaftres embelliffent fes entrées, & font accompagnées dans les mêmes faces de huit autres pilaftres féparez par des piedeftaux où l'on a élevé quatre ftatuës antiques de marbre blanc. Le Bacchus du Louvre & la Vénus envoyée de la vile d'Arles font vers le feptentrion proche le falon de la guerre. Et au bout opofé proche le falon de la paix, il y a des figures de femmes couvertes de vêtemens; l'une eft couronnée d'étoiles, & l'autre auprés de laquelle eft un autel alumé repréfente une Veftale.

A l'égard des deux grandes faces de la même galerie, quarante-huit pilaftres femblables aux précédans, c'eft à dire tous de marbre, enrichis de bafes & de chapiteaux de bronze doré, font difpofez avec beaucoup de fimetrie, dans les intervales de trente-quatre arcades d'égale grandeur qui fe répondent les unes aux autres. Les arcades du côté de l'occident font autant d'ouvertures de fenêtres : Et toutes les arcades opofées font remplies de glaces de miroir, qui font paroître la galerie

N iiij

double & comme percée de toutes parts. A chaque côté de la galerie l'arcade la plus proche de chacune des extrémitez est séparée des autres par un intervale, où sur un escabellon de marbre dressé entre deux pilastres on voit un buste antique dont la tête est de porphire & le reste d'agathe. De pareils intervales se trouvent ainsi ornez au delà de trois des arcades suivantes ; & deux intervales plus larges qui divisent les neuf arcades du milieu de chaque face de la galerie, ont dans de grandes niches des statuës antiques de marbre blanc des plus estimées ; l'une qu'on apelle la Diane d'Ephese est placée à l'orient avec une autre statuë antique de femme tres bien conservée, aportée de Tripoli il y a peu d'années , & qui représente la pudicité. L'on voit vis-à-vis à l'occident la statuë qu'on nomme le Germanicus, & une Vénus qu'on peut comparer à la Vénus de Medicis.

Seize grands guéridons servent à porter des girandoles de cristal de roche aux côtez de ces statuës & des quatre autres qu'on a remarquéos aux deux bouts de la galerie. Il y a douze tables d'agathe & d'albâtre portées par des pieds dorez & enrichis de sculpture audevant des niches & des huit autres intervales des grandes faces. Et environ soixante vases de porphire & d'albâtre oriental de différentes figures & de grandeurs extraordinaires se trouvent rangez avec encore quantité de girandoles de cristal, les uns sur les tables, d'autres dessous, & le reste sur des socles proche les pilastres & audevant des arcades remplies de glaces de miroir, excepté de celles où l'on a pratiqué des portes : car plusieurs de ces arcades servent à passer dans le premier petit apartement du Roy : Entr'autres les trois du milieu qui s'ouvrent de toute leur hauteur pour entrer dans le salon principal de ce même apartement.

Il est vray qu'à la place de la plûpart des meubles que nous venons de raporter, la galerie, ses deux salons, & le grand apartement du Roy étoient remplis autrefois d'une infinité d'ouvrages d'orfévrerie qu'on n'y trouve plus aujourd'huy : car sans parler d'un grand nombre de Figures & de Statuës d'argent ; combien y avoit il

de quaiffes d'orangers, de baffins &
de corbeilles d'argent, de brancards,
de tables, de bancs de dix à douze
pieds de longueur, d'autres fieges
ou tabourets ? Combien de baluftres,
d'efcabellons, de torcheres, de guéridons, de caffolettes, de girandoles, de cuvettes, de feaux, de buires,
de braziers, de chandeliers ? & des
candelabres d'un tel poids que tous
fufpendus qu'ils étoient, il y en
avoit que les hommes les plus ro-
buftes ne pouvoient faire mouvoir
avec toute l'activité & la pefanteur
de leur corps. Dans ces ouvrages
l'excellence du travail furpaffoit même la matiére : Cependant à confidérer le feul prix de l'argent qui
montoit à la valeur de plufieurs milions d'or, on pouvoit dire qu'il n'y
avoit point ailleurs de richeffe femblable.

La magnificence du Roy & fa fage
prévoiance avoient formé ce tréfor
dans l'abondance d'une paix qui
combloit fes fujets de toutes fortes
de biens. Durant la derniére guerre
Sa Majefté a répandu libéralement
dans le fein de l'état un amas fi
précieux de richeffes ; exemple que la

postérité proposera quelque jour aux princes qui s'efforceront d'imiter la conduite & les vertus héroïques du Roy.

Quoique tant d'ouvrages d'orfévrerie fussent admirez : cependant aujourd'huy que quantité d'excellens ouvriers pouroient aisément en refaire de semblables, & peut-être encore de plus merveilleux ; tout ce qu'on voit d'agathe, d'albâtre, de serpentin, de porphire & de cristal de roche dans la galerie, dans ses salons & dans les apartemens, semble d'un prix beaucoup plus considérable, soit qu'on ait égard à la rareté de ces pierres orientales, soit que par leur dureté extraordinaire on juge de la difficulté qu'il y a eu à former tous les vases & tous les excellens bustes de porphire qui ont été remarquez.

Mais qu'on ne regarde si l'on veut dans la galerie que ce qui la rend recommandable par elle-même : je veux dire son architecture magnifique, ses lambris de marbre, le bronze, l'or & la sculpture de divers ouvrages dont nous n'avons point encore parlé : car outre les chapi-

teaux des colonnes & des pilastres ornez de palmes , de couronnes & de
têtes d'Apollon : outre une infinité
de grandes roses de bronze doré
qu'on voit sous les ceintres des arcades , il y a sur les clefs de leurs bandeaux aux unes des dépoüilles de
lion disposées en maniére de festons,
& aux autres des têtes d'Apollon couronnées de laurier avec des guirlandes de fleurs & de fruits.

Des armes & des trophées en bas-
relief aussi de bronze doré sont apli-
quez devant les lambris au haut
des intervales de pilastres qu'occupent les bustes & les statuës antiques.

L'entablement dont l'ordre d'architecture est couronné se trouve
encore enrichi de sculptures dorées qui représentent des chiffres
& des devises du Roy, des coliers
des Ordres de saint Michel & du
saint Esprit, des couronnes royales
& divers simboles particuliers à la
France. Vingt-quatre trophées d'armes sont rangez le long des grandes
faces de la galerie sur la corniche de
l'entablement : Et c'est delà que la
voûte éclairée par derriére les tro-

phées s'élève en forme de berceau.

Il y a sept grands tableaux environnez de bordures dorées. Celuy du milieu terminé par deux demi cercles occupe toute l'étenduë du cintre de la voûte sur une largeur d'environ vingt pieds ; aussi le peintre s'en est servi pour y renfermer deux différents sujets qu'il a trouvé l'art d'unir d'une maniére trés - ingénieuse.

Peintures de la galerie.

Le Brun.

Audessus des trois portes du salon du petit apartement dans la partie orientale du tableau , on voit l'image auguste de la personne du Roy. Ce monarque représenté comme à la fleur de sa jeunesse paroît sur son trône sous un riche pavillon. Il est vêtu d'un habit à la romaine couvert d'un manteau royal, & tient en main un gouvernail pour marquer la conduite qu'il prend déja luy-même de ses états.

La France & la tranquilité semblent assises du même côté. La premiére foule à ses pieds la discorde. La seconde soûtient sa tête d'un bras & montre de l'autre main une grenade qui est le symbole de l'union des peuples. L'himenée éclaire

la France avec fon flambeau. Une
femme à demi couchée s'apuye fur
une urne, d'où il fort de l'eau avec
des fleurs & des fruits pour défigner
la fertilité des bords de la riviére
de Seine dont la ville capitale de
ce royaume eft arrofée. Parmi quantité d'autres figures qui environnent
le trône du Roy, on voit les trois
graces debout à l'un de fes côtez &
plufieurs enfans au bas du marche-
pied. Ceux-cy expriment en différentes maniéres les jeux, les ris, la
danfe, la mufique, la chaffe, les
caroufels : en un mot, toutes les
fêtes & tous les divertiffemens dont
la cour étoit occupée, dans le temps
du mariage du Roy que la figure de
l'himenée fert à défigner.

Sa Majefté quoiqu'au milieu de
tant de plaifirs ne paroît attentive
qu'aux confeils de Mars & de Minerve qui font icy les images de fa
prudence & de fa valeur. Tous deux
luy montrent une couronne d'or enrichie d'étoiles que la gloire fait
briller du haut du ciel. Le monarque tout tranfporté & animé de l'ardeur d'un jeune héros afpire à cette
couronne avec affûrance de la pof-

feder bien-tôt. Car voilà en peu de paroles ce que le peintre s'est efforcé d'exprimer d'une façon allégorique par les figures de Jupiter, de Junon, de Neptune, de Pluton, d'Hercule, de Cérés, de Vulcain & de Diane qu'on voit dans le ciel du tableau, & qui femblent offrir leur fecours au jeune prince. Le temps même reprefenté par Saturne qui léve un côté du pavillon dont le trône du Roy eft couvert paroît furpris de joye & d'étonnement à l'afpect de ce héros. Le foleil fur fon char hâte fa courfe pour éclairer les iours glorieux qui luy font marquez par le temps : Et Mercure femble voler avec la même vîteffe pour annoncer de fi beaux jours à toute la terre.

Quant à la partie occidentale du tableau, on y voit trois figures de femmes fuperbement parées; l'une eft l'Allemagne portée par un nuage. Une couronne impériale environne fon front & l'aigle romaine fe tient auprés d'elle. Des deux autres femmes celle du côté droit repréfente l'Efpagne. Elle s'appuie fur un lion qui devore un Roy des Indes étendu fur des tréfors. L'ambition exprimée par une figure qui paroît executer ses ordres, met le feu à des palais & arrache la couronne d'un prince qu'elle a terrassé. Pour la derniére femme assise à main gauche de l'Alemagne, un lion peint avec sept fléches, à côté d'elle fait connoître que c'est la Holande. Elle tient à la main un trident, & une longue chaîne où Thétis est liée. Auprés delà, comme au long d'un grand rivage sont quantité de vaisseaux. On décharge les uns, l'on équipe les autres: Et toutes ces choses marquent combien cette république avoit acquis d'empire sur la mer. L'audace & la présomption semblent imprimées dans les traits de son visage; en même temps que l'ambition démesurée de la maison d'Autriche se fait connoître par les regards & par la fiére contenance des figures qui representent l'Allemagne & l'Espagne.

Dans le milieu du tableau une grande étendue de ciel sépare au haut de la voûte de la galerie, les deux sujets particuliers qu'on vient de décrire. C'est-là que Mercure est peint seul avec son caducée à la main,

comme

comme s'il vouloit faire sçavoir la résolution que le Roy prend en un âge fort jeune de gouverner luy-même ses états, nonobstant ce qui paroît de l'autre côté s'oposer aux desseins de ce grand monarque. Et voilà de quelle maniére le peintre a sçû unir deux sujets si différents; Leur explication est marquée au bas de chacun dans des cartouches dorez posez sur la corniche du grand entablement. L'inscription du premier sujet contient les paroles suivantes.

LE ROY PREND LUY-MESME LA CONDUITE DE SES ESTATS, ET SE DONNE TOUT ENTIER AUX AFFAIRES. 1661.

Et l'inscription de l'autre sujet est conçûë en ces termes :

L'ANCIEN ORGUEIL DES PUISSANCES VOISINES DE LA FRANCE.

Il seroit trop long de décrire les dix autres grands tableaux, & deux fujets non moins confidérables qui occupent dans les faces des deux bouts de la galerie les demi cercles formez audeffus de l'entablement par le berceau de la voûte. Il eft à propos feulement de faire connoître ici de quelle maniére toutes ces compofitions de peinture avec dix-huit petits tableaux & divers autres ornemens peints ou dorez, décorent enfemble toute l'étenduë de la longueur de ce berceau.

Le peintre a feint plufieurs arcades enrichies d'or. On n'apperçoit qu'une partie de leur ouverture. Le refte eft caché par des tapifferies que des victoires & des fatires foûtiennent vers le falon de la guerre, ou par des trophées que des enfans aîlez ornent de guirlandes de fleurs vers le falon de la paix ; tandis que du même côté des fatires accompagnent encore des victoires dont les unes déployent divers étendards remportez fur les ennemis de la France, & les autres écrivent fur le bronze les conqueftes du Roy.

On voit auffi dans l'architecture feinte douze avantcorps. Des termes de bronze y foûtiennent des frontons

brifez, & répondent aux pilaftres
d'enbas. Une ovale & un cartouche
joints enfemble fe trouvent au milieu de chaque avantcorps. Des fujets
particuliers de l'hiftoire du Roy
peints de couleurs naturelles rempliffent les ovales : Et les infcriptions
qui fervent à les expliquer font dans
les cartouches. Des guirlandes de
fleurs pendent du haut des frontons
ou des corbeilles font remplies de
ces mêmes fleurs. Elles s'uniffent à
des guirlandes faites de fculpture que
des enfans tous de relief attachent
de part & d'autre de ces avantcorps
autour des vingt-quatre trophées,
dont l'entablement eft chargé le long
des deux grandes faces : & comme
ces avantcorps ont leurs frontons
brifez en maniére de rouleaux, il y
a au milieu de chaque fronton une
tête de faune ou de fatire & fur chaque rouleau un enfant couché peint
au naturel. Enfin tous ces ornemens
difpofez en face les uns des autres
font féparez à droit & à gauche par
les fept grands tableaux & s'uniffent
aux fix petits tableaux qui reftent à
diftinguer fous la clef de la voute.
Ceux-cy coupez à pans en forme d'oc-

O ij

togone ont un fond d'or, des figures & des inscriptions d'azur, & des
bordures dorées enrichies de sculpture de même que les grands. Aux
deux bouts du berceau l'on voit sous
la clef deux de ces bordures octogones plus longues que larges peintes de
couleur d'or. Elles ne font point du
nombre de celles dont on a parlé:
& les figures qui s'y rencontrent font
comme jointes à celles des deux
grands sujets de peintures dont tout
le haut des plus petites faces de la galerie est embelli.

Il est facile à préfent de marquer
la situation & l'étenduë des grands
tableaux. Ils ont tous la même largeur que celuy que nous avons entiérement décrit; les deux plus proches des extrémitez de la voûte occupent fur cette largeur toute l'étenduë du berceau, & font terminez
par des demi cercles foûtenus de part
& d'autre fur la corniche. Et là des
cartouches en forme de trophées
accompagnez d'enfans, de fphinx &
de grifons, contiennent l'explication des fujets de peinture. A l'é-
gard des quatre derniers tableaux qui
font entre ceux-cy & celuy du milieu,

ils n'ont que la moitié de sa grandeur. Ils font arrondis par le haut
vers la clef de la voûte, & féparez
par de gros cordons dorez ornez de
feüilles qui regnent entre deux le
long de la clef avec divers trophées
d'armes peints de couleur d'or ; &
qui vont vers les octogones les plus
proches fe joindre à quatre petites
bordures rondes remplie chacune de
la devife du Roy.

Qui peut exprimer la variété & la
beauté de tant d'ouvrages excellens ?
Mais quel difcours fuffiroit feulement pour donner une connoiffance
exacte des compofitions de peinture
renfermées tant dans les grands tableaux que dans les octogones, & dans
les ovales. Les fujets que ces peintures
repréfentent font tous diftinguez par
des infcriptions qui les accompagnent : Les voicy fuivant l'ordre des
années qui y font marquées. On
lit,

I.

Dans l'ovale à l'orient vers le
midy, proche du grand tableau du
milieu.

L'ORDRE RE'TABLY DANS
LES FINANCES, 1662.

2.

A l'octogone du bout vers le septentrion.

SOULAGEMENT DU PEU-PLE PENDANT LA FAMINE, 1662.

3.

A l'octogone vers le midy.

ACQUISITION DE DUN-KERQUE, 1662.

4.

Dans l'ovale à l'occident vers le septentrion.

LA PRE'EMINENCE DE LA FRANCE RECONNUE PAR L'ESPAGNE, 1662.

5.

Dans l'ovale à l'occident vers le septentrion, proche du grand tableau du milieu.

RETABLISSEMENT DE LA NAVIGATION, 1663.

6.

Dans l'ovale en face de celle du premier sujet.

PROTECTION ACCORDE'E AUX BEAUX ARTS, 1663.

7.

Dans l'ovale du bout à l'orient vers le midy.

RENOUVELLEMENT D'AL-LIANCE AVEC LES SUISSES, 1663.

8.

Dans l'ovale du bout à l'occident vers le septentrion.

RE'PARATION DE L'AT-TENTAT DES CORSES, 1664.

9.

Dans l'ovale en face de celle du quatriéme sujet.

DE'FAITE DES TURCS EN HONGRIE PAR LES TROUPES DU ROY, 1664.

10.

A l'octogone du bout vers le midy.

LA POLICE ET LA SEURETE' RE'TABLIES DANS PARIS, 1665.

11.

Dans l'ovale en face de celle du sixiéme sujet.

LA HOLLANDE SECOURUE CONTRE L'EVESQUE DE MUNSTER, 1665.

12.

A l'octogone vers le septentrion,
proche du grand tableau du milieu.
GUERRE CONTRE L'ESPA-
GNE POUR LES DROITS DE
LA REINE, 1667.

13.

Dans l'ovale en face de celle du
cinquiéme sujet.
REFORMATION DE LA
JUSTICE, 1667.

14.

A l'octogone vers le midy, proche
du grand tableau du milieu.
PAIX FAITE A AIX LA
CHAPELLE, 1666.

15.

Le grand tableau à l'occident vers
le midy, proche de celuy du milieu a
raport à cette inscription.
RESOLUTION PRISE DE
CHASTIER LES HOLLAN-
DOIS, 1671.

16.

Le grand tableau à l'occident vers
le septentrion est ainsi expliqué.
LE ROY ARME SUR MER
ET SUR TERRE, 1672.

17.

Le grand tableau en face du précédent a l'inscription suivante.

LE ROY DONNE SES ORDRES POUR ATTAQUER EN MESME TEMPS QUATRE DES PLUS FORTES PLACES DE LA HOLLANDE, 1672.

18.

Des deux grands sujets peints au haut des faces des extrémitez de la galerie, celuy vers le septentrion a cette explication.

LIGUE DE L'ALLEMAGNE ET DE L'ESPAGNE AVEC LA HOLLANDE, 1672.

19.

Le grand tableau du bout vers le septentrion contient deux autres sujets, l'un à l'orient énoncé dans l'inscription que voici.

PASSAGE DU RHIN EN PRESENCE DES ENNEMIS, 1672.

20.

Et l'autre à l'occident exprimé par ces mots.

PRISE DE MASTRICH EN TREIZE JOURS, 1673.

P

21.

Le grand tableau en face de celuy du seiziéme sujet est ainsi expliqué.

LA FRANCHE-COMTE' CONQUISE POUR LA SECONDE FOIS, 1674.

22.

Dans l'ovale à l'Orient vers le midy on lit.

ETABLISSEMENT DE L'HOSTEL ROYAL DES INVALIDES, 1674.

23.

Le grand tableau du bout vers le midy contenant deux sujets, l'un à l'orient a cette inscription.

PRISE DE LA VILE ET CITADELLE DE GAND EN SIX JOURS, 1678.

24.

Et l'autre sujet à l'occident représente

LES MESURES DES ESPAGNOLS ROMPUES PAR LA PRISE DE GAND.

25.

Le grand sujet peint au haut de la face de l'extrémité de la galerie vers le midy est conforme au sens de ces paroles:

LA HOLLANDE ACCEPTE LA PAIX ET SE DE'TACHE DE L'ALLIANCE DE L'ESPA-GNE, 1678.

26.

A l'octogone vers le septentrion, on voit

LA FUREUR DES DUELS ARRESTE'E,

27.

Dans l'ovale en face de celle du septiéme sujet, on a représenté

LA JONCTION DES MERS.

28.

Enfin à l'ovale vis-à-vis celle du deuxiéme sujet, on lit,

AMBASSADES ENVOYE'ES DES EXTRE'MITEZ DE LA TERRE.

L'on juge assez par le nombre de ces tableaux & par la grandeur des sujets qu'on y a représentez qu'il faudroit employer un volume parti-culier pour en faire une description exacte. C'est pourquoy aprés ce qui a esté dit du principal tableau de cette galerie, par lequel on peut juger de la beauté des autres, je me

P ij

contenteray de faire connoître en peu
de mots ce que le même peintre qui
les a faits a encore représenté avec
le même art & le même sçavoir au
haut des deux salons.

Les Sa-
lons.   Dans la coupe du salon de la
guerre proche de l'apartement du
Roy, l'on a peint la France portée
par des nuages. Elle a un casque sur
la tête. Sa robe couverte d'un corps
de cuirasse est de couleur de pourpre,
& son manteau est bleu semé de
fleurs de lis d'or. Elle porte un bouclier où le portrait du Roy est peint
avec une couronne de laurier autour
du front : Et de l'autre main elle
lance un foudre. Deux figures de
femmes peintes avec des aîles au dos
& en des attitudes toutes différentes qui marquent beaucoup d'action
& de mouvement, sont autour de la
France : Les unes portent des éten-
darts, & d'autres dépoüilles des
ennemis avec les écussons & les armes de plusieurs viles conquises;
D'autres ont des palmes & des couronnes ; & quelques unes tiennent en
leurs mains des tableaux où l'on a
représenté les Allemans chassez au
delà du Rhin, ainsi qu'il est expri-

mé par les inscriptions qu'on y lit.
Bellone en fureur sur son char tiré
par deux chevaux, est peinte sous la
coupe du salon du côté des appartemens. Elle renverse tout ce qui s'o-
pose à son passage & répand le feu
& l'horreur de toutes parts. Et dans
les trois autres côtez de la voûte du
même salon il y a trois figures de
femmes épouvantées. Elles désignent
les puissances qui se sont si souvent
& si vainement liguées ensemble contre la France, que la valeur du Roy
a toûjours renduë victorieuse de ses
ennemis.

Dans l'autre salon vers l'apartement de la Reine apelé le salon de la
paix, la France est peinte assise dans
un char d'argent sur un globe d'a-
zur. Elle a les cheveux blonds, une
couronne royale est sur sa tête. D'une
main elle tient le sceptre; & de l'autre
main elle s'apuye sur son bouclier
chargé de trois fleurs de lys d'or.
La paix qui semble partir aux ordres
de la France tient un caducée. Quatre tourterelles attellées à son char
sont conduites par des amours. Elles
ont des médailles où d'un côté les
armes de France & celles de Baviere

défignent le mariage de Monfeigneur
& de Madame la Dauphine, & de
l'autre côté les armes d'Efpagne &
celles de Monfieur Frere unique du
Roy marquent le mariage de Charles II. Roy d'Efpagne avec Mademoifelle. Des feftons & des guirlandes
ornent le char, & des fleurs font femées
fur des nuages où le char eft porté. Entre plufieurs enfans, il y en a un qui
tient un flambeau allumé pour figurer
l'hymen. Trois femmes couronnées
de fleurs luy mettent une couronne
auffi de fleurs fur la tête, & un amour
qui vole au deffus de l'hymen femble
luy améner deux tourterelles qui par
des armes marquent le mariage du
Duc de Savoye avec Mademoifelle
de Valois fœur de la Reine d'Efpagne. Diverfes autres figures repréfentent dans la même coupe, l'immortalité, la religion, la pieté, l'inno-
cence, la concorde, l'abondance &
la félicité des peuples.

Plus bas fur la corniche au deffus
des fenêtres vers le midy, l'Allemagne apuyée fur un globe qui défigne
l'Empire, eft exprimée par une femme
vêtuë de pourpre avec un corps de
cuiraffe, & un grand manteau de drap

d'or. Elle reçoit une branche d'olivier en figne de paix, & en même
tems une branche de laurier pour les
victoires qu'elle a remportées fur les
infidéles dont elle fait offrir par fes
peuples les dépoüilles à la religion.

L'Efpagne eft figurée vis-à-vis,
audeffus de l'entrée de la gallerie. Elle
a les cheveux noirs, une couronne
Royale fur fa tête, & un vêtement
brodé d'or enrichi de diamans &
de perles. Pour la Hollande peinte
du côté de l'occident vis-à-vis l'apartement de la Reine, elle eft vêtuë
d'une robe de drap d'argent, & d'un
manteau de drap d'or à fleurs bleües; &
elle a une couronne ducale. L'une &
l'autre reçoivent chacune un rameau
d'olivier qui leur eft prefenté par des
amours: & les peuples autour d'elles
marquent leur joye, les uns par des
feux, & les autres en quittant les
armes pour reprendre leurs occupa-
tions ordinaires dans le commerce.

Du côté de l'apartement de la
Reine, une femme vêtuë d'un habit
violet, & d'un manteau rouge rompu de jaune à fleurs bleües, eft affife
fur diverfes armes turques. C'eft
l'Europe. Elle a un cafque fur la
P iiij

tête, en sa main droite une thiate &
en sa gauche une corne d'abondance
remplie de fruits. La justice & la
pieté l'accompagnent avec les génies
des arts & des sciences : & un temple dont les colonnes semblent être
faites d'émeraudes paroît dans le
lointain du même tableau, sous lequel est la cheminée du salon, & à
côté de cette cheminée une des portes
de l'apartement de la Reine qu'occupe
Madame la Duchesse de Bourgogne.

Le grand aparte-ment de la Reine oc-cupé par Madame la Duchef-se de Bour-gogne.

Cet apartement est le seul qui nous
reste à considérer. Il y a quatre grandes piéces peintes. La première est
la sale des gardes : Pour l'aller voir
il faut par une des portes de la grande galerie passer dans la chambre des
bassins que nous avons remarqué
dans le premier ou petit apartement
du Roy ; Et de là, aprés avoir traversé l'antichambre, la salle des gardes & le vestibule du même apartement de Sa Majesté, le palier du
petit escalier de marbre conduit vers
le midy, comme il a déja été dit, à l'a-
partement de la Reine ; & premiére-
ment dans la sale des gardes. Elle est
toute pavée & lambrissée de compartimens de marbre. La corniche & les

ornemens de sculpture de cette sale
sont dorez: & la voûte audessus de la
corniche est enrichie des peintures
que nous avons remis à décrire ici,
& qui avoient esté destinées pour
orner dans le grand apartement du
Roy, l'une des trois pieces qu'on en a
retranchées, quand on fit la grande
galerie & les deux salons.

Deux tableaux particuliers qu'il
faut expliquer d'abord, sont placez sous la corniche dans des bordures de marbre verd & blanc ornées de festons de fleurs. Le plus
grand est du côté de l'orient. Le
peintre y a représenté la naissance
de Jupiter fils de Saturne & de Rhée.
C'est-là que Saturne avec des aîles
au dos, & assis au haut d'une montagne qui n'est autre que le mont
Ida, paroît dévorer la pierre en-
velopée de linge que Rhée luy fit
présenter au lieu de son enfant lors
qu'elle fut accouchée de Jupiter.
Rhée est assise contre un arbre au
bas de la montagne. Son habit est
blanc & son manteau bleu. Jupiter
nouvellement né est entre ses bras.
Elle a de la beauté, & l'on remarque sur son visage quelque sorte de

crainte mêlée d'espérance.

Une autre belle femme debout
vêtuë d'un habit jaune rompu de
blanc avec une manteau gris de lin,
témoigne de la joye en recevant ce
même enfant. C'est la nimphe Amalthée nourrice de Jupiter. Les Cori-
bantes figurées par deux femmes
rustiques , & les Curetes habitans
du mont Ida désignez par deux hommes en cheveux courts & presque
nuds , joüent tous ensemble de divers instrumens de musique champêtre. Ils s'efforcent par ce bruit
d'empêcher Jupiter de crier, ou du
moins que l'on n'entende sa voix.
Et cependant leur mouvement inquiet
& leurs démarches précipitées expriment leur empressement à s'éloigner avec ce jeune enfant du séjour
de Saturne qui avoit résolu de dévorer tous ceux de sa race, soit qu'il
l'eût promis à ses freres les Titans,
soit qu'il apréhendât d'être dépossé-
dé de l'empire de l'univers par
quelqu'un de ses propres fils, comme
il en avoit luy-même dépossedé son
pére : soit plûtôt que par cette fable les Poëtes ayent eu dessein
d'exprimer que le temps figuré par

Saturne détruit luy-même tout ce qu'il produit.

Le second tableau est vis-à-vis de celuy que l'on vient de décrire & placé audessus de la cheminée. On y a peint un sacrifice offert par des vierges à Jupiter sur le mont Ida. La statuë de ce Dieu élevée sur un piédestal le représente assis avec un sceptre, & un foudre en ses mains & son aigle auprés de luy. L'autel est rond orné en bas d'une autre figure d'aigle, & en haut de festons de fleurs retenus par des têtes de belier. Il s'éleve de la flâme du milieu de l'autel. Un sacrificateur debout vêtu d'une longue tunique blanche & d'une grande draperie bleüe qui pend de dessus sa tête verse du sel avec une patére ou petite assiette sur le feu. Il y a à terre proche de l'autel deux vases faits à l'antique; mais ce qu'il faut davantage considerer dans ce tableau sont six jeunes filles vêtuës différemment & en des attitudes différentes. Il y en a trois couronnées de fleurs. Celle qui est à genoux proche de l'autel offre du sel dans un bassin au sacrificateur. Deux autres sont de-

bout de l'autre côté du facrifica-
teur, auquel une de ces deux jeunes
filles préfente un vafe : & les trois
plus éloignées & qui ne font point
couronnées de fleurs font à genoux
derriére l'autel, & proche de la ftatuë de Jupiter qu'elles femblent ado-
rer & prier avec beaucoup de vénération & de refpect. Des arbres rempliffent le fond de ce tableau pour
exprimer que c'étoit dans un bois
que ce facrifice fe célébroit.

Quelques marques que le peintre ait
données de fon fçavoir dans les deux
fujets dont on vient de parler, l'on
peut dire néanmoins que ce n'eft pas
ce qu'il y a de plus confidérable de
luy dans cette fale. Les peintures qui
rempliffent toute la voûte méritent
une attention plus particuliére. Au
milieu & à l'endroit le plus élevé
de cette voûte dans un grand tableau
octogone, Jupiter eft peint avec la
majefté & la fplendeur du dieu que
les anciens eftimoient être le maître fouverain de toutes leurs autres
déïtez. Il eft debout dans un char
d'argent. Deux aigles tirent le char;
& un nuage le porte. Quatre jeunes
enfans avec des aîles au dos & des

fleurs en leurs mains volent autour
pour exprimer ce que les astronomes
apellent les quatre satellites dans la
planette de Jupiter : Et cette planette est elle - même désignée icy
par une belle femme qui est en
l'air audessous du char. Six amours
avec elle soûtiennent & étendent
une guirlande de fleurs autour de
deux signes célestes, qui sont le sa-
gittaire & les poissons. Le peintre
a peint dans le même tableau aux
côtez du char la justice & la piété
qui estoient les principaux attributs
que l'on donnoit à Jupiter. Deux
femmes représentent la justice, l'une
celle qui punit les vices, & l'autre
celle qui récompense les vertus : La
première tient une hache d'armes
liée dans un faisseau de verges & un
amour auprés d'elle, porte des balances. Et la seconde femme répand
une corne d'abondance remplie de
toutes sortes de richesses, entre lesquelles un petit enfant choisit un
colier de perles & des pieces de monnoye qu'il montre à un autre enfant.
Du même côté audessous des figures
précédentes, il y a encore un enfant
avec une épée nuë à la main. Il

pourfuit la violence & la fraude figurées , la première par une femme
en fureur dont les regards font affreux & qui tient un poignard ; &
la derniére par une autre femme
dont on ne peut voir le vifage, &
qui montrant un beau mafque foule
& brife fous elle des balances & des
tables où des loix font écrites. La
piété eft figurée de l'autre côté du
char de Jupiter. C'eft une femme
qui a des aîles au dos , une flâme
fur la tête, & en fa main droite une
corne d'abondance. Deux enfans à
genoux auprés d'elle prient devant
un autel allumé, & un autre avec
une épée nuë à la main pourfuit l'im-
piété repréfentée par une femme qui
veut brûler un pelican fimbole de
la piété des péres envers leurs enfans, & des princes envers les peuples.

Le peintre pour mieux faire connoître fon principal deffein a figuré
dans quatre autres grands tableaux de
cette même voûte, deux des actions
les plus mémorables de juftice, &
deux actions des plus illuftres de piété dont l'hiftoire ancienne a confervé
la mémoire , & aufquelles plufieurs

d'entre tant d'exemples que le Roy a donné de ces mêmes vertus ont un raport particulier.

La premiére des deux actions de justice est celle qui se passa dans la Vile d'Athenes lors que Solon y établit ses loix. On a peint ce sujet dans le tableau qui est du côté du midy au-dessus des fenêtres. Tous ceux qui ont vû quelques portraits antiques de Solon le reconnoissent aisément ici par les traits de son visage, & par ses cheveux courts. Son habit est jaune, & son manteau rouge. Il est assis sous un portique contre une table autour de laquelle il y a plusieurs hommes debout assemblez comme à l'entrée d'un grand palais & proche une place publique. L'on découvre dans la place à côté du portique, & auprés d'un temple joint à plusieurs autres grands bâtimens diverses personnes apliquées à lire les loix de Solon qui sont affichées à un carefour. Ces mêmes loix sont écrites dans un papier étendu sur la table sous le portique. C'est entre tant d'hommes qui les considé-rent en ce lieu que le peintre a figuré des vieillards dont l'air grave & vé-nérable marque une grande expérien-

ce. Les actions de Solon font voir en
lui beaucoup de sagesse & de modes-
tie, & en même-tems une fermeté &
une attention particulière à répondre
aux objections qui lui sont faites. Un
des vieillards est vis-à vis de lui de
l'autre côté de la table. Il a un habit
blanc & un manteau bleu, & il montre quelques articles des loix que Solon paroît lui expliquer. Un autre
vieillard couvert d'un manteau de
pourpre sur le devant du tableau parle à un homme qui est apuyé auprés
de lui contre le siége de Solon. Il y
a derriére eux un grand rideau d'é-
toffe verte qui cache une partie des
colonnes du portique : Et plus loin
vers l'extrémité de ce rideau, l'on
voit encore un vieillard tout vêtu de
blanc qui est debout derriére la table.
Il écoute Solon & répond à un jeune
homme qui aïant un bras apuïé sur
la table, montre avec beaucoup d'a-
ction quelque endroit des loix qu'un
autre homme qui est derriére eux regarde aussi fort attentivement. Enfin
toutes les figures de ce tableau ont
des expressions différentes convenables au sujet que le peintre a voulu
représenter, & qui a raport à un
exemple

exemple semblable de justice que le
Roy donna quand on publia les loix
de son code. Sa Majesté voulut que
les juges les plus sages & les plus
éclairez de son Royaume les exami-
nassent soigneusement: & aprés que
le Roy les leur eut expliquées lui-
même ; ces loix devenuës l'admiration de tant d'hommes expérimen-
tez affermirent le bonheur que Sa
Majesté a procuré à tous ses sujets par
sa justice.

Le tableau qui est à l'orient audessus de la naissance de Jupiter, représente l'empereur Trajan, lors que
par une action de justice dont l'exemple est si souvent réïteré par le Roy,
il donnoit des audiances publiques à
tous ses peuples, & recevoit lui-mê-
me leurs requestes & leurs placets.
Son portrait a été fait d'aprés ceux qui
sont restez de lui tant sur les médailles, que sur les marbres antiques, &
principalement sur les basreliefs de la
colonne trajane, & de l'arc de Con-
stantin : Une couronne de laurier lui
environne le front, & son vêtement
est d'étofe d'or relevé avec une ceinture qui est cachée par les plis du même vêtement sous un grand manteau

Q

de couleur d'écárlate, brodé d'or, &
retenu par une agraphe fur l'épaule
droite. Deux jeunes hommes portent
le bas du manteau, & Trajan ainfi
vêtu, & accompagné de plufieurs
fénateurs, paroît fortir du fénat, &
defcendre fous un grand portique fait
de marbre. Ce lieu eft orné de colonnes d'ordre ïonique, dont les intervales laiffent voir une partie de la
garde prétorienne ou imperiale, qui
eft éloignée du prince, comme pour
donner plus de liberté à chacun de
s'aprocher de fa perfonne augufte.
L'on découvre au delà les bâtimens
d'un magnifique palais, & quelques
édifices publics de l'ancienne Rome.
Trajan tient des papiers en fa main
droite, & de l'autre main il reçoit
un placet qu'une dame romaine lui
préfente en s'inclinant avec refpect.
L'habit de cette dame eft blanc &
fon manteau bleu. Deux femmes de
fa fuite font debout derriére elle, &
un homme qui a un genou en terre,
regarde entre ces deux femmes l'action de la dame romaine dont il paroît être un des domeftiques. Pour
donner quelque éclat à la beauté &
à l'air gracieux de toutes ces femmes,

le peintre a repréſenté auprés d'elles
ſur le devant de ſon tableau des hommes dont les traits forts , & la couleur bazanée marquent que ce ſont
des étrangers venus de loin implorer
la clémence du prince , ou lui de-
mander juſtice. Il y en a deux debout
à l'extrémité du tableau la plus éloignée de Trajan. Leurs habillemens
ſont longs. L'un a un bonnet terminé en pointe comme les Phrygiens
en portoient ; & l'autre a une eſpéce
de turban. Un autre homme avec un
ſemblable turban qu'il a ôté de deſſus ſa tête eſt à genoux , & proſter-
né juſqu'à terre à la maniére des
peuples orientaux. A côté de cet
homme vers la porte du ſénat, &
preſqu'aux pieds de Trajan un vieillard vêtu d'une grande draperie bleuë
qui luy couvre la tête eſt auſſi à genoux. Quantité d'autres hommes &
d'autres femmes du même côté, &
ſur les degrez ſemblent, les uns s'a-
procher pour avoir audiance , les
autres ſe retirer aprés l'avoir euë :
& pluſieurs par curioſité regardent
ce qui ſe paſſe, & ont les yeux principalement attachez ſur la perſonne
de leur prince qu'ils conſidérent avec

une joye mêlée d'admiration.

A l'égard des deux exemples de
pieté, celuy qui eft peint dans un
grand tableau placé vers le feptentrion du côté du petit efcalier de
marbre a été tiré de l'hiftoire romaine. C'eft l'empereur Aléxandre fé-
vére qui fait diftribuer des bleds
dans Rome pendant une extrême di-
fete arrivée fous fon regne en Italie.
L'on a feint une grande place publique environnée de bâtimens très-
fomptueux & remplie par une af-
fluence de peuples qui expriment la
calamité qu'ils ont foufferte, & le
foulagement qu'ils reçoivent par la
piété de leur prince, qui luy-même
eft préfent pour voir exécuter les
ordres qu'il a donnez de les affifter.
Il eft affis à l'entrée de fon palais fur
une haute tribune qui du milieu d'un
grand intervale de colonnes s'avance dans un des côtez de la place.
Plufieurs fénateurs font debout autour de luy, & un licteur auffi debout tient la hache d'armes liée
dans un faifceau de verges qui eftoit
la marque de la puiffance fouverai-
ne parmi les anciens romains. Il y a
proche de la tribune deux hommes à

demy. nuds chacun un. genou. en
terre.

Entre plusieurs autres hommes les
uns font occupez à distribuer du
bled , & les autres le reçoivent. Il y
a parmy le peuple diverses femmes
avec des enfans. Une femme trés-
belle , qui a la gorge & l'épaule
droite découvertes est assise proche les
degrez du palais , à l'une des portes
duquel il y a une autre femme étenduë à terre à demie morte de faim
avec un enfant attaché à sa mamelle.

Il ne reste plus qu'un grand tableau à considérer dans la sale des
gardes de Madame la Duchesse de
Bourgogne dans l'apartement de la
Reine. C'est celuy qui est à l'occident du côté de la cheminée au dessus du sacrifice fait à Jupiter sur le
mont Ida. Le peintre a représenté
dans le fond de ce grand tableau,
des temples , des palais , des théatres
& des pyramides faites à la maniére
de celles d'égipte , & qui en effet
désignent icy la ville d'alexandrie.
On voit tous ces édifices par des intervalles de colonnes, & dans un autre
intervalle au milieu du tableau, il y a
un grand tapis attaché avec des cors

dons aux colonnes mêmes, & au deffus d'une tribune où un trône eft élevé. Ptolomée philadelphe Roy d'égipte eft repréfenté affis dans ce trône. Il a un habit bleu avec un manteau de drap d'or. Tout exprime dans cette figure, & dans la compofition entiére du tableau, la piété que ce prince fit éclater en faveur des Juifs, lorfque touché de la fainteté de leur religion par la verfion grécque que les Septante firent des livres facrez, il ordonna qu'on délivrât & qu'on rachetât d'efclavage ce peuple chéri de Dieu. Ce font plufieurs des Septante traducteurs Juifs qu'on voit debout fur la tribune, & entre ces hommes, il y a proche du trône un vieillard que Ptolomée paroît écouter avec quelque forte de vénération. Parmi un concours de peuple qui eft en bas dans la place publique ; quelques hommes à genoux étendent les bras en action de grace de la liberté que Ptolomée leur accorde. Un homme debout couvert d'un manteau rouge a dans fa main droite une baguette dont il touche une femme qui a plufieurs enfans, & qu'il affranchit par

cette cérémonie qui étoit ordinaire
parmy les anciens. De l'autre côté
de la tribune un vieillard aussi debout, & vêtu d'une draperie bleuë
affranchit encore quantité de Juifs
par des billets qu'il leur distribuë &
dont il en présente un à une tres-
belle femme qui est à genoux. L'on
ne pouvoit guéres trouver dans l'histoire ancienne un sujet qui eût un
raport aussi particulier avec les li-
béralitez extraordinaires que le Roy
par une piété digne de servir d'exemple, a faite tant de fois pour délivrer
tous les Chrêtiens de diverses nations
qui étoient esclaves parmi les Turcs.
Afin d'unir ensemble tous les divers
sujets dont on vient de parler, le
peintre sur la corniche qui regne
autour de la sale des gardes a feint
une balustrade d'or, & dans les encoignûres quatre obélisques de marbre
chargez de palmes ; & accompagnez de groupes de figures de bronze,
outre quantité d'hommes & de femmes au naturel qui semblent regarder avec empressément par dessus la
balustrade. Je laisse à chacun à considérer tant d'ouvrages excellens &
tout ce qui embellit les autres piéces

de l'apartement de la Reine, en chacune desquelles il ne paroît pas
moins d'art & de magnificence que
dans le grand apartement du Roy;
soit pour les marbres dont les lambris sont faits, soit pour les peintures, les sculptures & les dorures des
plafonds. Dans cet apartement de la
Reine, occupé comme on a déja dit,
par Madame la Duchesse de Bourgogne, l'antichambre, les chambres,
& les cabinets sont si richement
meublez & remplis de tant d'ouvrages rares & précieux qu'on ne peut
les bien faire connoître que par une
description particulière que les bornes que l'on s'est prescrit ici ne per-
mettent pas d'entreprendre.

Il faut seulement à l'égard des
ornemens des plafonds, remarquer
qu'à la piéce qui a son issuë vers la
grande galerie par le salon de la paix,
le soleil est peint d'une couleur bril-
lante & légere dans le tableau du
milieu, où l'on voit aussi les heures,
& les quatre parties du monde dé-
signées par différentes figures de femmes. Entre celles-ci l'europe a auprés d'elle deux enfans qui tiennent,
l'un un caducée, & l'autre un livre

avec

avec des festons de fleurs & de fruits. L'aurore derriére le soleil répand des fleurs, & un enfant aîlé pour figurer l'étoile du jour porte un flambeau. Dans le tableau au dessus de la cheminée une femme assise sous un pavillon, & sur un siége d'or repréfente Rodope. Elle a une tunique blanche & un habit bleu, elle tient d'une main les tresses de ses cheveux: & plusieurs femmes les unes assises & les autres debout auprés de cette Reine, regardent avec elle la pyramide qu'elle fit élever, & qui subsiste encore en égipte. Au côté oposé, on voit dans le troisiéme tableau du plafond la Reine Didon assise qui paroît donner ses ordres pour la construction, & pour tous les embellissemens de la superbe vile de Cartage qu'elle fonda en afrique. Le tableau qui est audessus des fenêtres repréfente Nitocris Reine de Babylone. Elle est debout, son vêtement est magnifique, & elle s'apuïe sur une des femmes de sa suie qui lui fait voir entre plusieurs édifices fomptueux, un pont que l'on acheve de bâtir, & qui n'est autre que ce pont célébre que cette Reine époufe

R

de Nabuchodonofor fit conftruite fur l'euphrate. Enfin le dernier tableau placé vis-à-vis du précédent, fait voir Cléopatre Reine d'égypte fi célébre par fa magnificence. Elle eft affife à table avec Marc-Antoine comme en ce fameux repas, ou pour marquer plus de fomptuofité, elle fit diffoudre une perle d'un prix ineftimable.

La chambre fuivante fait voir dans le tableau du milieu du plafond Mercure accompagné de plufieurs figures de femmes & d'amours ou génies qui expriment enfemble par divers attributs, l'éloquence, la poëfie, la géométrie, & d'autres arts & fciences, dont il fut l'inventeur. L'on a peint auffi autour de luy des figures allégoriques qui expriment en ce tableau l'étude & la vigilance, fans lefquelles on ne peut faire aucun progrés dans les fciences ni dans les arts. Par raport à ce principal fujet les quatre grands tableaux des côtez repréfentent des femmes illuftres de l'antiquité qui ont excellé, les unes à peindre, d'autres à travailler aux ouvrages de tapifferie & de broderie, quelques-unes à chanter & à joüer de divers

instrumens & principalement de la
lire , & quelques autres comme la
Reine Sémiramis à ordonner & à
prendre la conduite de plusieurs
grands bâtimens qu'elle fit élever.

La chambre la plus spacieuse & la
plus proche de la sale des gardes que
nous avons décrite , fait voir dans
son principal tableau au milieu
du plafond le dieu Mars assis sur
son char tiré par des loups & cou-
rónné par la victoire. Plusieurs femmes qui représentent des vertus militaires l'accompagnent. Des renommées le précédent : & Bellonne avec
un casque sur sa tête , & un foudre
en sa main poursuit plusieurs monstres
devant luy. On a feint dans cette même
chambre six grands bas-reliefs qui
paroissent comme de bronze. Ils sont
placez autour du plafond & posez
sur la corniche. Ce sont autant de
sujets mémorables de la valeur que
plusieurs Reines illustres ont fait
éclater dans la guerre au milieu des
plus grands dangers. Il y a un de ces
sujets au dessus de la cheminée , où
Rodogune à sa toilette , & les cheveux éparts s'arme en toute diligence pour aller elle-même contre des

rebelles qu'elle obligea à rentrer fous
fon obéiffance par cette action de
valeur. Hypficrate femme de Mithri-
date eft repréfentée par le fujet qui
eft peint à l'autre bout de la chambre. Elle paroît à cheval auprés
du Roy fon époux , & fuivie
d'une armée nombreufe , comme
lors qu'elle l'accompagna dans fes
plus grandes expéditions militaires.
De deux fujets qui font au deffus
des fenêtres , il y en a un qui repréfente Clélie à cheval avec fes
compagnes. Elles paffent enfemble
le tibre ; s'étant ainfi fauvées des
mains du Roy Porfenna à qui elles
avoient été données en ôtage par les
romains : & des deux autres fujets
opofez à ceux cy, l'un eft la Reine
Artemife qui combat contre les
grecs fur les vaiffeaux de Xerxés:
Et l'autre eft Zénobie qui attaque en
perfonne au milieu d'une bataille
l'empereur Aurelien , pour luy difpu-
ter elle-même l'empire du monde.

Tout cet apartement occupé par
Madame la Ducheffe de Bourgogne,
& où l'apartement de nuit de Monfeigneur le Duc de Bourgogne fe
communique , reçoit fon jour du

côté du midy : Et de ce même côté
une odeur agréable, qui vient de
l'orangerie le parfume sans cesse.
On ne parlera donc point ici de
tous les autres ornemens des plafonds , ni de ce qui embellit le def-
sus des portes , ni de divers tableaux
des plus excellens maîtres qu'on y
voit, entre lesquels il y a plusieurs portraits du Roy, & un tableau de la famille de Monseigneur & de feu Madame la Dauphine peint par Mignard
le romain ; des portraits de la Reine
mere, du Roy & de la feu Reine
Marie-Théréze d'Autriche. On y
voit aussi quelquefois le tableau de
saint Jean l'évangeliste de le Brun ;
une Vierge , un saint Sebastien ; &
le saint Antoine de Padouë de Van-
deix ; un tableau de Judith peint par
Paul Veronése ; un autre d'Esther devant Assuérus , & un de Suzanne
du même peintre , avec quelques tableaux du Titien. On laisse aussi à
considérer dans ce grand appartement,
ment, ainsi que dans le grand apartement du Roy, divers cabinets por-
tatifs ornez de colonnes & de figures de vermeil doré & enrichis de
peintures , d'émaux & de toutes

fortes de pierres précieufes. Et enfin
l'on n'entreprend point de rien dire
icy de tout ce que l'on voit encore
de précieux & de beau parmy les
riches bigeoux qui rendent les cabinets de Madame la Ducheffe de Bourgogne infiniment plus confidérables
que ceux d'aucune autre Princeffe de
l'europe.

Il eft tems de raporter ce qui refte
à donner de l'ancienne defcription
du château de Verfailles, & d'expo-
fer tout ce que l'on doit remarquer
dans la façade que la vafte étenduë
de tous les logemens que nous venons de décrire, fait voir du côté
des jardins : car elle eft fi différente
de celle qu'on a vûë du côté des
cours, qu'il ne femble pas que l'une &
l'autre puffent apartenir à un même
palais : Et d'ailleurs il n'y a point
en aucun lieu du monde une façade
d'édifice auffi grande & auffi magnifique que celle dont il nous refte
à parler. Voicy mot à mot la defcription ancienne.

>> Lors que l'on a confidéré tous ces
>> différens logemens, on peut fortir
>> du Château par le veftibule qui re-
>> garde le milieu de la petite cour,

& en passant sous les galeries voû- «
tées, se rendre sur la grande ter- «
rasse qui est dans le jardin à la face «
de tout le Palais. Elle contient «
cinquante toises de long sur douze «
toises de large. Mais avant que «
d'entrer plus avant dans les jar- «
dins, & dans le petit parc ; cette «
grande face de bâtiment qui re- «
garde le parterre d'eau, & les «
deux côtez qui font l'enceinte du «
château, méritent bien d'être «
considérez, tant pour la grandeur «
majestueuse de toute cette masse, «
que pour la beauté des pierres dont «
elle est bâtie, le soin qu'on a pris «
à les bien tailler, & le choix qu'on «
a fait des figures & des ornemens «
qui l'embellissent. «

La façade principale qui regarde «
le parterre d'eau est ornée de trois «   *Les figu-*
avantcorps ou balcons, ayant qua- «   *res qui or-*
tre colonnes chacun, ce qui a «   *nent la fa-*
donné lieu d'y mettre douze figu- «   *çade du*
res ; & ce nombre de douze a dé- «   *château*
terminé à y représenter les douze «   *du côté*
mois de l'année, d'autant plus «   *des jar-*
qu'il convient particuliérement au «   *dins.*
soleil qui fait le corps de la de- «
vise du Roy. Les mois de mars, «

R iiij

» d'avril, de may & de juin, font
» fur le balcon du pavillon à droite.
» Les mois de juillet, août, feptem-
» bre & octobre font fur les balcons
» du milieu de la terraffe, & les
» mois de novembre, decembre, jan-
» vier & février font fur le balcon
» du pavillon à gauche.

»   Dans les bas-reliefs qui ornent
» les deffus des croifées de cette fa-
» çade, font repréfentez des petits
» enfans qui s'occupent à des exer-
» cices convenables à chaque mois
» & à chaque faifon.

»   Dans les clefs de l'apartement
» bas, l'on y doit repréfenter des
» têtes ou mafques d'hommes & de
» femmes, depuis l'enfance, jufqu'à
» la dernière vieilleffe; c'eft à dire
» depuis douze ans, jufqu'à cent
» ans ou environ, parce que l'année
» eft l'image parfaite de la vie de
» l'homme.

»   Du côté du jardin à fleurs, on
» a eu égard aux chofes que cette
» face regarde, qui font les fleurs
» de ce même jardin, les fruits du
» jardin de l'orangerie & la fale de
» la Comedie qui fera bâtie de ce
» côté là; cela a donné la penfée de

mettre fur le prémier avantcorps «
ou balcon quatre figures qui pré- «
fident aux fleurs , fçavoir Flore «
qui en eft la déeffe; le zéphire qui «
eft fon amant, & qui par la douceur «
de fon haleine, fait fortir ces fleurs «
hors de terre au retour du prin- «
temps; Hyacinthe favory du foleil, «
& Clitie amante du foleil qui ont «
été tous deux convertis en fleurs. «

Les bas-reliefs qui font au deffous «
de ces figures dans l'étenduë de «
cet endroit de la façade , repré- «
fentent des enfans ou petits amours «
qui s'occupent à dreffer des jar- «
dins, à planter & à cultiver des «
fleurs, & à en faire des guirlandes. «

Dans les clefs des croifées de «
l'apartement ou bas étage , il y «
aura des têtes de jeunes garçons & «
de jeunes filles couronnez de tou- «
tes fortes de fleurs. «

Sur l'avantcorps ou balcon opo- «
fé, & qui eft à l'autre extrémité, «
font quatre figures des divinitez «
qui préfident aux fruits, fçavoir «
Pomone qui eft la déeffe des fruits, «
Vertumne qui eft fon amant, une «
des nymphes Hefperides ayant «
auprés d'elle un des orangers «

» chargé d'oranges d'or , & gardé
» par le dragon , & la nymphe
» Amalthée qui tient la corne d'a-
» bondance.

» Dans les bas-reliefs au deſſous
» de ces figures, ſont des enfans qui
» plantent des arbres, & qui cueil-
» lent des fruits.

» Dans les clefs des croiſées de
» l'étage bas, on verra des têtes de
» jeunes hommes & de jeunes fil-
» les couronnez de toutes ſortes de
» fruits.

» Sur l'avantcorps du milieu qui a
» raport à la comedie, ſont quatre
» figures repréſentans la muſe Thalie
» qui préſide à la belle comedie;
» Momus qui préſide à la boufon-
» nerie; Terpſicore autre muſe qui
» ſe mêle de la danſe ſérieuſe, & le
» dieu Pan qui eſt l'auteur de la danſe
» groteſque.

» Les bas-reliefs qui ſont au deſſus
» repréſentent des enfans qui ſe maſ-
» quent, qui danſent & qui ſe diver-
» tiſſent en differentes façons qui
» conviennent toutes à la comedie.

» A côté de cet avantcorps, il y a
» deux niches, dans l'une deſquel-
» les eſt une figure repréſentant la

musique, & dans l'autre une figu- «
re représentant la danse, parce «
que la musique & la danse sont «
les véritables ornemens qui accom- «
pagnent la comedie. «

Dans les clefs des croisées de «
l'étage bas, on fera des têtes de «
rieurs & de satyres. «

Du côté de la grotte, l'on a eu «
aussi égard aux choses que cette «
face regarde, qui sont la grotte, «
les eaux des fontaines qui sont en «
vûë de cette face, & la sale des «
festins qui est de ce côté là. «

Sur l'avantcorps ou balcon pro- «
che la grotte, les quatre figures «
qui y sont posées, sont la nymphe «
Echo, qui fut changée en rocher, «
Narcisse dont elle étoit amoureu- «
se; Thétis & Galathée qui repré- «
sentent les eaux qui font le prin- «
cipal ornement des grottes. «

Dans les bas reliefs sont des en- «
fans qui se joüent dans les eaux en «
plusieurs façons différentes. «

Dans les clefs des croisées de «
l'apartement bas, on y doit tail- «
ler des têtes ornées de coquilla- «
ges, de corail & de rocailles. «

Sur l'avantcorps & balcon opo- «

» sé , les quatre figures sont deux
» dieux de riviéres , & deux nym-
» phes de fontaines.

» Dans les bas-reliefs sont des
» triomphes marins de toutes sortes
» de façons.

» Dans les clefs des croisées de
» l'apartement bas, l'on mettra des
» têtes de dieux & de nymphes de
» riviéres, ayant les cheveux moüil-
» lez & couronnez de joncs & de
» roseaux.

» Sur l'avantcorps ou balcon du
» milieu les quatre figures qui y
» sont, représentent Cérés & Bac-
» chus qui président au boire & au
» manger, Comus qui est le dieu
» des festins & des réjoüissances;
» & le Génie qui préside à la joie &
» aux plaisirs de la bonne chére.

» Dans les bas-reliefs , sont des
» enfans qui font la débauche & qui
» se divertissent.

» Dans les clefs des croisées de
» l'apartement bas, on représentera
» des têtes de silenes, de bacchantes,
» & de satyres.

» A côté de cet avantcorps, il y a
» deux niches, dans lesquelles on a
» mis une figure de Ganimede & une

de la nymphe Hebé, qui ſont oc- «
cupez l'un & l'autre à verſer à «
boire pour les dieux. «

Comme c'eſt du côté des jardins
que le château de Verſailles paroît
avec plus de grandeur & de beauté ; il
faut une aplication particuliére pour
bien obſerver tout ce qu'il y a de
conſidérable dans cette façade dont la
magnificence donne de l'étonnement.
Elle eſt compoſée de trois grands
corps d'édifice joints enſemble. Le
corps du milieu qui eſt le ſeul dont
il ſoit parlé dans l'ancienne deſcription que nous venons de raporter,
& qui même a été depuis beaucoup
changé, avance d'environ quarante-
cinq toiſes dans les jardins & contient plus de cinquante toiſes de face
vers l'Occident, & les deux autres
corps qu'on nomme les aîles ont chacun ſoixante-quinze toiſes, deſorte
que tout le château forme vers l'occident une façade de plus de deux
cens toiſes d'étenduë du midy au
ſeptentrion.

Plus de ſix vingts arcades dans
l'étage bas de ce vaſte édifice, une
même quantité de fenêtres cintrées
avec pluſieurs niches dans le princi-

pal étage de deſſus, & autant de fenêtres dans l'attique qu'à l'étage
principal, ſont icy diſpoſées avec
toute la ſimétrie & accompagnées de
tous les ornemens qui leur conviennent. Il y a dix-neuf avantcorps à
l'étage bas. Toutes les pierres de cet
étage ſont taillées en boſſage, & les
clefs des arcades ſont ornées de têtes
d'hommes & de femmes, comme il
a été remarqué dans l'ancienne deſcription. Le corps du milieu contient, comme on a dit, dans cet étage bas vers les jardins du côté du
midy l'apartement de Monſeigneur,
du côté du Septentrion l'apartement des bains occupé cy-devant par
Mr le Duc du Mayne, & depuis par
Mr le Comte de Toulouze : & du
côté de l'occident quelques cabinets
de ces deux mêmes apartemens &
la galerie baſſe qui ſert d'iſſuë au
château : car pour les deux autres
corps, le plus ancien contient en
bas, comme on a dit, du côté des
jardins, les apartemens de Mr le
Prince, de Madame la Princeſſe, de
Mr le Duc, de Madame la Ducheſſe,
de Madame la Princeſſe de Conty
la doüairiére, & de M. le grand

Ecuyer ; Et le corps que l'on nomme
l'aîle neuve , & qui augmente de
hauteur dans l'étage bas , par la pan-
te que les jardins ont de ce côté, a
au plein pied de la grande cour du
château la chapelle, plusieurs vesti-
bules & passages , & l'apartement
de Mr le Duc du Maine. Néanmoins tout l'étage bas ne paroît que
comme une espece de grand soûbassement à l'égard du principal étage de dessus. Celui-cy a les mêmes
avantcorps, mais il est orné de plus
de cent colonnes ioniques dans ces
avantcorps , & de prés de deux
cens pilastres de même ordre derriére les colonnes & entre toutes les
fenêtres. L'attique a un même nombre de pilastres, quatre-vingt-quatorze
statuës au dessus des colonnes qui
ornent les avantcorps de l'étage principal ; Et de grands trophées au
dessus des niches qui dans le principal étage sont occupez par des statuës , ainsi qu'il est marqué assez
particuliérement par l'ancienne description.

A présent une grande galerie au
lieu de la terrasse occupe avec deux
salons, comme nous avons dit , toute

la face occidentale du corps avancé.
Il y a aux autres faces le grand apartement du Roy du côté du septentrion, & le grand apartement de la Reine occupé par Madame la Duchesse de Bourgogne, du côté du midy. La grande aîle qui joint ce même côté sert vers les jardins aux apartemens de Monsieur Frere unique du Roy, de Madame, de Mr le Duc de Chartres, & de Madame la Duchesse de Chartres: Et l'aîle neuve à l'extrémité de laquelle on doit faire la sale des machines pour l'Opéra, sert à l'apartement de Mgr le Duc de Berry, à ceux de Mr le Prince de Conty & de Madame la Princesse de Conty, & aux logemens de divers Seigneurs qui ont encore tous les logemens de l'attique, tant dans les aîles qu'au corps avancé, où l'exhaussement des grands apartemens du Roy & de la Reine, & celuy de la galerie & ses deux salons occupent une partie de la hauteur de cet attique.

Il seroit trop long de décrire plus particulierement une façade de bâtiment d'une si grande étenduë. Il suffit d'avoir fait connoître en général les ornemens d'architecture qui l'embellissent

belliffent, & qui confiftent fur tout
dans les avantcorps ornez de colonnes dont la difpofition eft telle. Un
avantcorps de fix colonnes occupe le
milieu du grand corps principal qui
a dans la même face vers l'occident
deux autres avantcorps chacun de
quatre colonnes , & dans chacune
de fes deux autres faces trois avantcorps femblables. Trois avantcorps
de huit colonnes accouplées font difpofez de fimétrie, dans chacune des
grandes aîles, à l'extrémité de chacune defquelles il y a en retour deux
petits avantcorps chacun de quatre autres colonnes. Toutes les fenêtres du
principal étage ont les clefs de leurs
bandeaux embellies de dépoüilles de
Lion & de divers autres ornemens
de fculpture. Enfin tout le haut de
cette façade fi étenduë eft terminée
au deffus de l'attique par une baluftrade de pierre qui cache les combles;
& par des piédeftaux qui portent des
trophées, au deffus des pilaftres accouplez des encoignûres des angles &
des avantcorps du grand étage, & des
vafes au deffus de tous les pilaftres
fimples placez contre les tremeaux
entre les fenêtres.

S

CE QU'IL FAUT OBSERVER
DANS LE PETIT PARC.

» Près avoir considéré ce qui
» regarde le château, l'on peut
» voir les jardins, & ce qui est en-
» fermé dans le petit parc : mais,
» comme il y a une infinité d'objets,
» qui attirent les yeux de toutes,
» parts, & que l'on se trouve sou-
» vent embarassé de quel côté on
» doit aller, il est bon de suivre
» l'ordre que je vas marquer, afin
» de voir chaque chose de suite plus,
» commodément & sans se fatiguer.

» L'on peut donc de cette grande.
» terrasse qui fait le devant du châ-
» teau, & qui le sépare d'avec le
» parterre, descendre du côté de la
» tour d'eau. D'abord dans la pre-
Le bassin » mière allée l'on rencontre le bassin
de la Sy- » de la Syrenne, qui est vis-à-vis les
renne. » degrez de la terrasse. Ce bassin a
» dix-sept toises de long sur dix de
» large, & par les deux bouts se ter-
» mine en deux demi-ronds ; il est
» nommé le bassin de la Syrenne, à
» cause que la principale figure qui

eft au milieu repréfente une fyren-
ne, qui jette de l'eau par une
groffe coquille qu'elle tient à fa
bouche, & que foûtient un riton
qui eft auprés d'elle. A côté de
ces deux figures il y a deux enfans
affis fur des dauphins; le tout de
bronze doré, & d'un travail admirable.

Delà on va dans la grotte de
Thetis. C'eft un maffif de pierre de
taille ruftiquement taillée par dehors, qui a dix toifes en quarré;
mais qui par dedans eft enrichie
d'une maniére toute particuliere,
de diverfes fortes de coquilles, de
congelations, & de toutes les chofes convenables à l'embelliffement
d'une grotte. Comme l'on a prétendu figurer par cette grotte le
palais de Thétis, où le foleil fe
retire aprés avoir fini fa courfe,
on voit dans la niche du milieu
Appollon environné des nymphes
de Thétis, dont les unes lui lavent
les pieds, les autres les mains, &
les autres parfument fes cheveux.
Dans les autres niches des côtez,
font des chevaux avec des tritons
qui les panfent. Toutes ces figures

La grotte de Thétis.

S ij

» font d'une beauté singuliére , &
» il y a tant de choses dignes d'être
» remarquées dans tout ce qui com-
» pose cette grotte , que cet endroit
» seul a donné lieu d'en faire une dé-
» scription particuliére.

Les réser-
voirs.

» De la grotte on passe aux réser-
» voirs d'eau ; il y en a trois de suite.
» La tour d'eau ou la grande pompe ,
» qui est plus bas proche l'étang ,
» fournit d'eau à tous ces réservoirs.

Les Bas-
sins de la
co ronne.

» Des réservoirs l'on descend dans
» un grand parterre de gazon. Ce
» parterre a dans son milieu une allée
» de dix toises de large, qui du bassin
» de la Siréne , vient rendre à la
» fontaine de la piramide. Aux deux
» côtez de cette allée , & au milieu
» des deux piéces qui composent le
» parterre , il y a deux bassins de fi-
» gure ronde. Dans chacun de ces
» bassins est une couronne fermée
» soûtenuë par des tritons & des Si-
» rénes , le tout de bronze doré. Du
» milieu de la couronne & des fleu-
» rons dont elle est ornée , il sort
» onze jets d'eau.

Fontaine
de la py-
ramide.

» La fontaine de la pyramide est
» ainsi nommée à cause de sa figure:
» car le haut est un gros vase qui sort

d'un baſſin ſoûtenu par quatre «
écreviſſes, qui ſervent de conſoles «
poſées dans un autre baſſin plus lar- «
ge, porté par quatre dauphins : ces «
dauphins ont la tête ſur les bords «
d'un autre baſſin, que tiennent quatre «
jeunes tritons, qui ont une double «
queuë, & qui poſent dans un autre «
baſſin encore plus grand, ſoûtenu «
par quatre conſoles en forme de «
pied de lion, & par quatre grands «
tritons qui ſemblent nager dans le «
grand baſſin dont les bords ſont «
de pierre & au niveau de la terre, «
avec un rebord de gazon tout au- «
tour, Ce baſſin eſt de figure quarrée, «
mais arondie des quatre côtez. Il «
reçoit toute l'eau qui tombe avec «
abondance, & en forme d'une «
groſſe gerbe, du vaſe qui eſt tout «
au haut des baſſins d'où elle retom- «
be ſucceſſivement de l'un en l'autre «
comme par grandes napes, qui for- «
ment comme autant de cloches de «
criſtal qui s'élargiſſent à meſure «
qu'elles deſcendent en bas. «

Proche de la piramide, & à la « *La caſ-*
tête de l'allée d'eau qui deſcend à « *cade de*
la fontaine du dragon, eſt un grand « *l'allée*
baſſin, dans lequel tombe une nape « *d'eau.*

» d'eau qui couvre comme d'un voile
» d'argent un grád basrelief de bronze
» doré, où l'on voit des nymphes qui
» se baignent. A côté de ce basrelief,
» il y en a d'autres qui représentent
» des divinitez des eaux, & quelques
» enfans. Ceux qui sont en face sont
» séparez par de gros masques qui
» jettent de l'eau par la bouche, &
» qui ressemblent à des faunes ou à
» des satyres, dont on ne voit que la
» tête & les pieds, comme si le reste
» de leurs corps étoit enfermé dans
» la pierre même dont le bassin est
» revêtu.

L'allée d'eau.

» Ensuite de ce bassin, & tout le
» long de l'allée, il y a deux rangs
» d'autres petits bassins de fontaines
» de différentes figures posez sur deux
» bandes de gazon qui séparent
» cette allée en trois; en sorte qu'ou-
» tre celle du milieu il y a encore
» deux contre-allées. Dans chacun
» de ces bassins est un groupe de trois
» enfans qui portent d'autres bassins
» faits en manière de gueridons.
» Mais ce qui est digne d'être remar-
» qué est l'agréable disposition de
» tous ces enfans, & leurs différen-
» tes actions. Car comme de chaque

côté de l'allée il y a sept groupes «
de ces enfans disposez d'espace en «
espace, les deux premiers de ces «
groupes que l'on trouve vis-à-vis «
l'un de l'autre représentent de jeu- «
nes tritons qui portent de grandes «
coquilles en forme de bassin, plei- «
nes de corail, & de divers coquil- «
lages. «

Les seconds, sont trois jeunes «
enfans qui portent un bassin rem- «
pli de diverses sortes de fruits. «

Les troisiémes, sont deux amours, «
& au milieu d'eux une jeune fille. «
Ils soûtiennent ensemble une cor- «
beille pleine de fleurs. «

Les quatriémes, sont trois jeunes «
enfans qui portent un bassin rempli «
de fruits, & apuyé sur le tronc d'un «
arbre. «

Les cinquiémes, sont trois autres «
enfans apuyez contre un piédestal «
sur lequel est un bassin ; ils tiennent «
des tambours de basques, des flutes «
& des flageolets. «

Les sixiémes, sont trois petits «
satyres qui ont sur leur têtes des «
corbeilles pleines de fruits. «

Les septiémes qui sont au bas de «
l'allée, sont de jeunes thermes, «

» c'eſt à-dire, trois figures d'enfans
» qui n'ont que la moitié du corps
» au naturel, le reſte depuis le ventre
» en bas ſe termine en forme de ſca-
» belion ou piédeſtal que l'on nom-
» me ordinairement guaines dans
» ces ſortes de figures.

» Tous ces divers enfans ſont de
» bronze doré, de même que les
» fleurs & les fruits dont les baſſins
» & les corbeilles ſont remplies ;
» pour le reſte il eſt de bronze. Du
» milieu de chaque corbeille ou baſ-
» ſin, s'élève un gros jet d'eau qui
» baigne les fleurs & les fruits, &
» retombe dans les baſſins où ſont
» poſez les pieds des enfans. Les ta-
» pis de gazon ſont garnis des deux
» côtez, depuis un des baſſins juſ-
» qu'à l'autre, de pluſieurs vaſes de
» cuivre peints & dorez, & remplis
» de petits arbriſſeaux verds.

La fon-
taine du
dragon.

» Au bas de cette allée, il y a un
» grand baſſin rond qui a prés de
» vingt toiſes de diamétre. Au mi-
» lieu eſt un dragon qui leve la tête
» en haut & qui par la gueule vomit
» l'eau d'une groſſeur & d'une hau-
» teur ſurprenante. Quatre dauphins
» & quatre cygnes ſemblent nager
autour

autour de luy. Les cygnes portent
chacun un petit amour : il y en a
qui ſont armez d'arcs, & de fléches, & qui paroiſſent vouloir tirer ſur le dragon ; & d'autres qui
en ont peur, & qui ſe cachent le
viſage de leurs mains : le tout eſt
de bronze doré.

Une des grandes beautez de cette
allée, eſt qu'étant au bas proche
la fontaine du dragon, & regardant en haut, l'on voit tous ces
groupes d'enfans former une agréable perſpective, dont le point de
vûë ſe termine dans cette grande
chute d'eau qui eſt au bout, & qui
a encore au deſſus d'elle la fontaine de la pyramide, dont l'eau
fait des effets admirables. Et de
même quand on eſt au pied de la
pyramide, l'on conſidére avec
plaiſir la fontaine du dragon qui
termine l'autre extrémité de cette
même allée.

De ce baſſin l'on va dans un
petit boſquet qui joint l'allée
d'eau, dont je viens de parler du
côté de la tour d'eau. Au milieu
d'un cabinet de verdure eſt la
fontaine du pavillon. Elle eſt ain-

*La fontai-
ne du pa-
villon.*

T

„ fi nommée à caufe de quatre jets
„ d'eau qui fortent de la gueule de
„ quatre dauphins de bronze, qui
„ font aux quatre angles d'un grand
„ baffin, & qui venant à fe raffem-
„ bler par le haut au gros jet du mi-
„ lieu forment une efpece de pavil-
„ lon.

„ Ces cinq jets font accompagnez
„ de quatre autres, qui fortent de
„ quatre vafes pofez au milieu d'au-
„ tant de baffins qui font dans les
„ quatre angles du cabinet. L'eau
„ de ces jets va fe décharger dans le
„ baffin du milieu par quatre maf-
„ ques de bronze qui la vomiffent
„ dans des coquilles.

L'allée du berceau d'eau. „ Au fortir de ce petit bois, l'on
„ entre dans un autre qui eft à l'o-
„ pofite. Au milieu de ce bois eft
„ une longue allée, agréable par
„ l'ombre & la fraîcheur de fes ar-
„ bres, mais encore plus par une
„ infinité de jets d'eau, qui jail-
„ liffant des deux côtez de derrière
„ une banquette de gazon ornée de
„ vafes de porcelaines, font un
„ berceau d'eau, fous lequel on fe
„ promene fans en être moüillé.
„ Au deux bouts de cette allée il y

à deux gros vases de porcelaine «
d'où sortent plusieurs jets d'eau «
qui terminent la longueur du ber- «
ceau, & forment comme deux ca- «
binets en pavillon. «

Aprés avoir traversé l'allée de «
la Cerés, l'on trouve dans un pe- «
tit bois le lieu qu'on apelle le «
marais. C'est un grand quarré «
d'eau, au milieu duquel est un «
gros arbre si ingénieusement fait «
qu'il paroît naturel. De l'extré- «
mité de toutes ses branches sort «
une infinité de jets d'eau qui cou- «
vrent le marais. Outre ces jets il y «
en a encore un grand nombre d'au- «
tres qui jaillissans des roseaux qui «
bordent les côtez de ce quarré, le «
font paroître un véritable marais. «
Aux quatre coins sont quatre cy- «
gnes dorez, qui semblent avoir fait «
leur nid dans les roseaux, & qui «
jettent une quantité d'eau consi- «
dérable. «

Aux deux bouts de ce quarré «
d'eau, sont deux enfoncemens où «
l'on monte par des marches de «
gazon. Au milieu de chacun de «
ces enfoncemens, il y a une gran- «
de table ovale de marbre blanc de «

Le marais.

T ij

,, douze pieds de long foutenuë par

,, un piedeftal de quatre confoles de

,, marbre jafpé. Sur chaque table il

,, y a une corbeille de bronze doré

,, remplie de fleurs au naturel, de

,, laquelle fort un gros jet d'eau

,, qui retombe dedans, & s'y perd

,, fans moüiller la table : enforte

,, que quand on y mange, on a le

,, plaifir de voir élever cette fontai-

,, ne au milieu de tous les mets,

,, fans que l'eau tombe deffus, ni

,, qu'on puiffe en recevoir aucune

,, incommodité. Au milieu des al-

,, lées des côtez, il y a auffi des en-

,, foncemens qui ont plus de trois

,, toifes de profondeur, fur plus de

,, fix toifes d'ouverture; où fur des

,, marches de gazon font élevées de

,, longues tables de marbre blanc

,, avec trois gradins au deffus, de

,, marbre blanc & rouge en forme

,, de credence pour fervir de buffets.

,, Elles font portées par quatre con-

,, foles qui finiffent en pates de lion.

,, De ces gradins jailliffent plufieurs

,, jets d'eau, dont la chute forme

,, des napes qui retombent par caf-

,, cades jufques fur la table fans la

,, moüiller; l'eau qui fort auffi par

divers ajûtages forme des vaſes, "
des aiguiéres, des verres & des ca- "
raffes qui ſemblent être de criſtal "
de roche garnis de vermeil doré. "

Du marais l'on entre dans un "
autre petit bois qui eſt vis à vis, " *Le théa-*
où par des allées diſpoſées agréa- " *tre.*
blement on trouve ce qu'on apelle "
le Théatre. C'eſt une grande pla- "
ce preſque ronde, qui a environ "
vingt ſix toiſes de diamettre : Elle "
eſt ſéparée en deux parties. La "
premiére contient un demy cercle "
autour duquel ſont élevées trois "
marches en forme de ſiége pour "
ſervir d'amphitéatre, qui eſt en- "
vironné d'allées couvertes d'or- "
mes ſur le devant & de paliſſa- "
dés de charmes ſur le derriére. "
L'autre partie qui eſt élevée d'en- "
viron trois à quatre piéds, eſt le "
théatre. Il s'éleve dans le fond par "
un petit talus de gazon qui laiſſe "
des paſſages pour les Acteurs ; & "
dans la paliſſade qui l'environne, "
il y a quatre grandes niches rem "
plies de baſſins de fontaines ruſti- "
quement travaillez. "

Dans ces baſſins il y en a d'au- "
tres plus élevez où ſont aſſis des "

T iij

» enfans qui fe joüent, les uns avec
» un cygne, les autres tiennent un
» griffon, les autres une écréviffe,
» & les autres une lyre, le tout de
» bronze, & d'où fort de l'eau en
» abondance. Entre ces quatre ni-
» ches, font trois allées qui s'en-
» foncent dans le bois & forment
» trois perfpectives d'une beauté
» toute nouvelle ; car le milieu de
» chaque allée eft comme un canal
» de quatre à cinq toifes de large, re-
» vêtu des deux côtez de divers co-
» quillages, avec un glacis de gazon,
» qui borde les deux contre-allées,
» qui font terminées d'un côté par
» des paliffades de charmes, & de
» l'autre le long du canal, par de
» petits arbriffeaux verts, avec des
» pots de porcelaines pleins de di-
» verfes fleurs d'efpace en efpace.
» Ces canaux ne font pas remplis
» d'une eau tranquille & paifible;
» ce font plufieurs cafcades qui tom-
» bent les unes dans les autres, &
» qui tirent leur fource d'un grand
» baffin de coquillages élevé fur
» trois autres, au bout du canal.
» L'eau qui en fort par grandes na-
» pes vient enfin jufques fur le

derriere du théatre, où aprés avoir
paſſé par des coulettes, elle finit
dans trois baſſins qui font vis-à-
vis de ces longues caſcades.

Il y a encore aux deux côtez
du théatre joignant l'amphiteatre
deux baſſins, d'où s'elevent deux
lances d'eau ; & du bord du théatre tombent deux grandes napes
d'eau l'une fur l'autre, qui le féparent de l'orchêtre. Mais ce qui
eſt le plus furprenant, eſt la quantité des jets d'eau qui s'elevent
du milieu de ces canaux, & des
côtez des allées, leſquels forment
une infinité de figures d'eau toutes differentes. Car tantôt chaque
canal paroît une longue allée d'eau
en forme de berceau ornée de pluſieurs gros jets d'eſpace en eſpace,
tantôt ce font comme pluſieurs
paliſſades de lances de criſtal qui
ſéparent les canaux, & les allées
en pluſieurs autres allées ; tantôt
ce font des grilles d'eau accompagnées de petits chandeliers ; tantôt ce font des aigrettes qui s'é-
levent à la hauteur des arbres.
Enfin l'eau jaillit de ces lieux en ſi
grande abondance, & en tant de

T iiij

» manieres différentes, qu'il eſt im-
» poſſible d'en pouvoir comprendre
» les divers effets qu'en les voyant.
»　　Lors qu'on ſort de ce lieu, on
» trouve en face une fontaine vis-à-
» vis l'entrée du théatre, & enfon-
» cée dans la paliſſade de l'allée qui
» y conduit. Il y a un amour de
» bronze aſſis ſur un dauphin ; il
» ſemble vouloir tirer une fléche du
» carçois qui eſt ſur ſes épaules,
» & au lieu de fléches, il en ſort un
» gros jet d'eau. Le dauphin qui le
» porte verſe de l'eau en abondance
» dans trois coquilles de bronze,
» d'où elle ſe répand en quatre au-
» tres ſemblables ; & enſuite dans
» deux grands baſſins faits de co-
» quillages tres-rares, & d'où s'éle-
» vent quatre jets d'eau.
»　　En ſortant de ce bois, l'on
» trouve un autre grand baſſin qui
Le baſſin » ſépare l'allée de la Cérés, d'avec
de Cérés. » l'allée de traverſe. C'eſt le baſſin
» de Cérés, l'un des quatre qui en-
» vironnent les boſquets, & où ſous
» différentes figures on doit repré-
» ſenter les quatre ſaiſons. Le prin-
» temps par Flore, l'été par Cérés,
» l'automne par Bacchus, & l'hiver
» par Saturne.

Au delà de l'allée de traverse, "
& du même côté que le théatre, "
il y a un autre petit bois qui con- "
duit à la montagne d'eau ; il est "
divisé par plusieurs allées qui font "
différentes figures. Il y en a "
cinq qui aboutissent à un même "
centre. Elles sont bordées des deux "
côtez d'un treillis qui soûtient "
une palissade de chévrefeüille. "
Ce treillis est disposé d'une ma- "
niére toute particuliere ; il y a "
des niches d'espace en espace, & "
une corniche par le haut, sur la- "
quelle on voit une infinité de "
pots de porcelaine remplis de di- "
verses fleurs qui font un effet ad- "
mirable contre les grands arbres "
qui leur servent de fond. "

Du bas de chaque niche s'éleve un "
jet d'eau; & tout le long de la palis- "
sade il y a de chaque côté des cou- "
lettes, ou petits canaux bordez de "
gazon & de coquillages, avec des "
petites chûtes ou boüillons d'eau. "

Le lieu où ces allées se termi- "
nent, est une espece de salon de "
figure ronde palissadé & orné "
comme les allées. Entre chaque "
allée il y a une niche recouverte "

La montagne d'eau.

» par en haut avec une efpece de
» fronton ; Et au milieu du falon
» un grand baffin de fontaine où
» retombe l'eau, qui en jailliffant for-
» me comme une groffe montagne.
» Cette eau qui fe répand du baffin
» par cinq différens endroits vis-à-
» vis des allées forme cinq grandes
» napes qui tombent au pied du baffin.
»   De ce falon l'on voit au bout
» de chaque allée une niche, dans
» laquelle il y a des baffins revêtus
» de diverfes coquilles, & d'où for-
» tent des jets d'eau du milieu de
» plufieurs pointes de rocher & de
» coquillages. Ces niches font pa-
» liffadées de chévrefeüille & dif-
» pofées de même que le falon,
» ayant encore devant elles chacu-
» ne deux autres fontaines dans les
» coins des cinq allées qui condui-
» fent à la montagne.
»   Au fortir de ce lieu on trouve
» un autre baffin d'eau dans la même
» allée de Cérés, & dans l'endroit où
» elle eft croifée par une autre allée
» de traverfe : On l'apelle le baffin
» de Flore.
»   Dans l'autre bois qui fuit ce-
» luy de la montagne eft le lieu

qu'on nomme la sale des festins. "
étenduë environnée d'arbres, & "
revêtuë tout autour de gazon. "
Sa figure est plus longue que lar- "
ge; elle a cinquante-cinq toises de "
longueur, sur quarante de large. "
Le milieu est comme une isle fer- "
mée d'un fossé d'eau, avec des "
ponts qui avancent & reculent "
d'une maniere toute particuliere. "
Il y a en quatre endroits de la "
place qui environne l'isle, quatre "
bassins d'eau, & quatre autres aux "
quatre coins de l'isle. De ces bas- "
sins & de plusieurs endroits des "
fossez, il sort 73. jets d'eau. "

De ce bois l'on va gagner la "
au milieu de laquelle, & vis-à- "
vis l'allée Royale qui est la grande "
allée du milieu, est le bassin d'A- "
pollon. Il est representé dans un "
chariot tiré par quatre chevaux, "
& environné de quatre tritons & "
de quatre baleines, le tout de bron- "
ze. Ce bassin est un quarré long "
arondy dans chaque face. Il a "
soixante toises en un sens, & qua- "
rante-cinq toises de l'autre. Delà "

>> on voit un autre baſſin qui fait la
>> tête du grand canal ; mais avant
>> que d'y aller il faut voir le reſte
>> du petit parc.

L'Iſle.

>> En remontant vers le château
>> ſur la main droite, entre l'allée
>> royale & l'allée de Bacchus, on
>> trouve la grande piéce d'eau, ou
>> l'iſle qui a plus de cent toiſes de
>> long, ſur plus de ſoixante toiſes de
>> large.

Baſſin de
Saturne.

>> Proche delà , entre l'allée de
>> Bacchus, qu'on apelloit l'allée des
>> cinq jets, & celle de traverſe, eſt
>> un autre baſſin de fontaine qu'on
>> nomme le baſſin de Saturne.

Les Boſ-
quets.

>> De ce baſſin l'on peut entrer
>> dans les deux boſquets. Ils ſont
>> ſéparez par la grande allée du mi-
>> lieu, & ſont compoſez par compar-
>> timens de pluſieurs petites allées
>> & cabinets. Au milieu de chaque
>> boſquet il y a un baſſin de fontaine
>> d'où s'éleve un pié-deſtail , qui
>> porte un autre baſſin, dont les
>> bords ſont de pierres congelées de
>> differentes couleurs. L'eau qui
>> ſort du milieu de ce baſſin par la
>> bouche d'un gros maſque de bron-
>> ze doré , retombe par napes dé-

chirées le long de ces différentes "
pierres dans le baſſin d'enbas. Et "
c'eſt aux quatre coins de ces deux "
boſquets que ſont les baſſins des "
quatre ſaiſons dont j'ay parlé. "

Au deſſus de ces boſquets en mon- "
tant vers le château, il y a deux "
grandes piéces de gazon qui ſont "
renfermées entre deux rampes qui "
forment le fer à cheval ou demi- "
lune qui eſt en face du château. "
C'eſt dans ce grand eſpace qu'en- "
ferme le fer à cheval qu'eſt le baſſin "
de Latone. Elle eſt de marbre blanc "
avec ſes deux enfans auprés d'elle. "
L'on voit autour d'eux des païſans "
& des païſanes changez en gre- "
noüilles de différentes maniéres. "
Ces figures ſont de bronze de mê- "
me que vingt-quatre grenoüilles "
qui environnent les bords du baſ- "
ſin, & qui toutes jettent de l'eau "
en tres-grande abondance. Il y a "
au milieu de chacune des piéces de "
gazon, deux autres baſſins de fon- "
taine où ſont de jeunes païſans "
auſſi demy grenoüilles qui jettent "
de l'eau, & autour de ces baſſins "
il y a des lézards & des tortuës, "
le tout de bronze. "

Baſſin de Latone.

Bassin de Bacchus. » Dans la même allée de traverse » qui est au bas de ces piéces de ga- » zon, & à l'endroit où elle est cou- » pée par l'allée qui descend, est le » quatriéme bassin de ces bosquets, » qu'on apelle le bassin de Bacchus, » il est de la même grandeur des » trois autres.

Le laby-rinthe. » Prés delà est le lieu qu'on » nomme le labyrinthe, parce que » c'est un endroit composé d'une in- » finité de petites allées, tellement » mêlées les uns dans les autres qu'il » est mal-aisé de les suivre, & ne se » pas égarer. Mais si l'on se trouve » embarassé par le choix qu'on doit » faire de ces différentes routes, l'on » est agréablement occupé par la » quantité des fontaines & des jets » d'eau qui s'y rencontrent. On a » même choisi pour l'embellissement » des fontaines, des sujets qui étant » moins sérieux que ceux dont j'ay » parlé, pussent contribuer davan- » tage à donner du plaisir & de la » joye en les considérant. Car on a « tiré des fables anciennes, trente- » neuf sujets tous différens qu'on a » représentez sous des figures si na- » turelles, & si bien exprimées, qu'il eſt mal-aiſé de rien faire de «

mieux en ce genre-là. «

La deſcription en ſeroit trop «

longue pour être miſe exactement «

dans un récit auſſi ſommaire que «

celui-cy. On en verra bien-tôt «:

une auſſi ingénieuſe que le ſujet le «

mérite, & dont le ſeul nom de «

l'auteur ſuffiroit pour la rendre «

recommandable. Je diray ſeule- «

ment icy quelles ſont les fables «

qu'on a repréſentées, & en les «

nommant par ordre, je marque- «

ray le chemin qu'on tient d'ordi- «

naire pour les voir ſucceſſivement «

les unes après les autres, ſans paſ- «

ſer deux fois par un même en- «

droit. «

La prémiére fontaine eſt celle du «
   Duc & des Oiſeaux. «

La I I. le Coq & la Perdrix. «

La I I I. le Coq & le Renard. «

La I V. le Coq & le Diamant. «

La V. le Chat pendu & les Rats. «

La V I. l'Aigle & le Renard. «

La V I I. le Geay & les Paons. «

La V I I I. le Coq & le Coq «
   d'Inde. «

La IX. le Paon & la Pie. «

La

Du labyrinthe on peut aller à
l'orangerie, dont la beauté & celle des arbres qu'elle contient méritent une description à part. Enfuite remontant en haut & paffant
par le jardin des fleurs, l'on voit
le parterre d'eau qui eft devant le
Château. Il eft compofé de cinq
grandes pieces & de deux autres

V

» qui toutes enſemble font un com-
» partiment de figures extraordinai-
» res. Lors qu'il ſera achevé l'on y
» verra une infinité de différents jets
» d'eau , avec quantité de figures qui
» feront une des plus grandes beautez
» de cette Maiſon Royale.

DU GRAND PARC.

» LE petit parc dont je viens de
» parler , eſt environné d'un au-
» tre, qui eſt diviſé par quantité de
» routes & de grandes allées bordées
» de differents arbres. Une des cho-
» ſes les plus conſiderables qu'on y
» puiſſe remarquer eſt le grand canal
» qui commence au bout du petit
» parc vis-à-vis l'allée royale , &
» environ à quarante toiſes du baſ-
» ſin d'Apollon. Il a trente-deux toi-
» ſes de large , ſur huit cens toiſes
» de long. A la tête de ce canal eſt
» une piéce d'eau , dont la figure eſt
» octogne. Il y a quatre côtez tirez
» en ligne circulaire , & trois autres
» en ligne droite , le quatriéme ſe
» joignant au canal. Cette piéce a
» ſoixante-dix toiſes de diametre

pardevant, elle sépare le petit parc
d'avec le grand, & la partie oposée se joint, comme j'ay dit, au
canal, qui à l'autre extrémité, finit
par une autre piéce d'eau de deux
cens toises de long sur cent toises
de large. Il est traversé dans le
milieu par un autre grand canal
large de quarante toises, qui d'un
côté conduit à Trianon, & de l'autre côté à la Ménagerie.

La Mé-nagerie.

La Ménagerie est un lieu où l'on
voit tout ce qui peut rendre la vie
champêtre agréable & divertis-
sante par la nourriture des animaux
de toutes sortes d'espéces. Dans
une grande cour à main gauche,
sont les écuries, les étables, les
bergeries, & tout ce que l'on appelle la basse cour.

Le petit palais a sa cour particuliere au bout d'une grande avenüe d'arbres. Le principal logement est de figure octogone, &
ne contient qu'un salon, qui est
seulement accompagné par le devant de deux petits pavillons, au
milieu desquels est une rampe de
marches qui conduit à un vestibule,
& ensuite dans le salon.

>> Ce salon est entouré d'une cour,
>> aussi de figure octogone, fermée
>> de grilles de fer, qui la séparent
>> de sept autres cours; le salon est aussi
>> environné d'un balcon, d'où l'on
>> voit ces sept cours qui sont rem-
>> plies d'une infinité d'oiseaux tres-
>> rares, & d'une quantité incroya-
>> ble d'animaux étrangers & sauva-
>> ges de toutes les especes.

Trianon.

>> L'autre maison qui est à l'oposite,
>> au delà du canal, & à main droite
>> en sortant de Versailles, est Tria-
>> non. Ce palais fut regardé d'a-
>> bord de tout le monde comme un
>> enchantement. Car n'ayant été
>> commencé qu'à la fin de l'hyver,
>> il se trouva fait au printemps,
>> comme s'il fût sorti de terre avec
>> les fleurs des jardins qui l'accom-
>> pagnent, & qui en même-tems pa-
>> rurent disposez tels qu'ils sont au-
>> jourd'huy, & remplis de toutes sor-
>> tes de fleurs, d'orangers, & d'ar-
>> brisseaux verts.

>> L'on pourroit dire de Trianon,
>> que les graces & les amours qui
>> forment ce qu'il y a de parfait dans
>> les plus beaux & les plus magni-
>> fiques ouvrages de l'art, & mê-

me qui donnent l'accompliſſement
à ceux de la nature, ont été les
ſeuls architectes de ce lieu, &
qu'ils en ont voulu faire leur demeure.

L'on y arrive par une grande allée. Sa face extérieure a ſoixante-
quatre toiſes avec un enfoncement
en forme d'une demie ovale de
plus de vingt toiſes de long. Au
milieu de l'ovale eſt la principale
porte de fer avec deux baluſtrades
aux côtez qui ſe joignent à deux
petits pavillons qui ferment l'entrée. Par cette principale porte on
entre dans une cour preſque ovale,
étant ſeulement quarrée à droit & à
gauche par les faces de deux corps
de logis ſéparez de celui du milieu, dont l'un ſert pour les Seigneurs, & l'autre eſt le logement
ordinaire du concierge du château.

Ces corps de logis ont chacun
douze toiſes en quarré, & ſont accompagnez de corps ſéparez, &
d'autres pavillons qui font les en-
coigneures de toute la face de la
maiſon. Ceux qui vont voir ce château entrent ordinairement par la

» cour du concierge, d'où l'on passe
» par une porte grillée dans la grande
» cour ovale : car celle-cy, outre la
» principale entrée, a encore quatre
» ouvertures ou portes de fer, dont
» deux se communiquent dans les
» cours des aîles, entre la grande
» porte & les gros pavillons ; & les
» deux autres dans le jardin entre les
» mêmes pavillons, & le principal
» corps de logis.

» Cette cour a plus de vingt toises
» dans sa longueur, sur quinze toi-
» ses de profondeur. Le château est
» en face, qui a quatorze toises de
» long sur six à sept toises de large.
» Sur l'entablement il y a une balus-
» trade chargée de quantité de vases,
» & toute la couverture forme une
» espece d'amortissement, dont le
» bas est orné de jeunes amours ar-
» mez de dards & de flèches, qui
» chassent aprés des animaux. Au-
» dessus il y a plusieurs vases de por-
» celaine disposez de degré en degré
» jusqu'au faîte du bâtiment, avec
» différents oyseaux représentez au
» naturel. Les pavillons qui accom-
» pagnent le principal corps de lo-
» gis, sont embellis de la même ma-

niére , & ont raport au deſſein «
qu'on a eu de faire un petit palais «
d'une conſtruction extraordinaire, «
& commode pour paſſer quelques «
heures du jour pendant l'été. Car «
ce palais n'a qu'un ſeul étage ; & «
lorſqu'on a monté ſept marches «
pour entrer dans le veſtibule, l'on «
trouve un ſalon dont toutes les «
murailles ſont revétuës d'un ſtuc «
très blanc & tres poli avec des «
ornemens d'azur. La corniche qui «
regne autour , & le plafond ſont «
auſſi ornez de diverſes figures d'a- «
zur ſur un fond blanc, le tout «
travaillé à la maniére des ouvrages «
qui viennent de la Chine, à quoy «
les pavez & les lambris ſe rap- «
portent, étant faits de careaux de «
porcelaines. «

Ce ſalon qui a vingt deux pieds «
de long , ſur dix-neuf de large, «
ſe communique des deux côtez à «
deux apartemens égaux, qui ſont «
compoſez chacun d'une chambre, «
d'un cabinet où eſt joint une vo- «
liere en ſaillie, & d'un garde- «
robe qui a ſes dégagemens. Ces «
chambres & ces cabinets ſont de «
même que le ſalon d'un blanc de «

» ſtuc , mais ornez de différentes
» maniéres.

»   Tous ces lieux ont leur vûë &
» leur fortie ſur un parterre en ter-
» raſſe, où vis à vis des chambres
» l'on voit quatre jets d'eau qui
» jailliſſent fort haut du milieu de
» quatre baſſins élevez ſur des pié-
» deſtaux.

»   De ce parterre l'on deſcend
» dans un autre jardin qu'on pour-
» roit avec raiſon nommer le ſejour
» ordinaire du printemps ; car en
» quelque ſaiſon qu'on y aille , il
» eſt enrichi de toutes ſortes de
» fleurs ; & l'air qu'on y reſpire eſt
» toûjours parfumé de celles des jaſ-
» mins & des orangers , ſous leſ-
» quels on ſe promene : Mais com-
» me dans toutes les diverſes ſaiſons
» on y voit des changemens extra-
» ordinaires & ſurprenans , ſoit dans
» la diverſité des fleurs , ſoit même
» dans la diſpoſition du lieu , il
» faut remettre à une autre fois à
» en faire une deſcription plus par-
» ticuliere , & cependant laiſſer ju-
» ger à ceux qui verront tous ces
» beaux lieux , s'il y en a de plus
» délicieux & de plus agréables.

Voilà

Voilà tout ce que contient l'ancienne description qui a été faite de
Versailles. Les changemens qu'on
doit remarquer dans les jardins du
petit parc sont si considérables qu'il
a paru à propos de faire une description toute nouvelle de ces jardins,
& d'en former un volume particulier, plûtôt que d'entremêler les
deux descriptions l'une avec l'autre,
comme il a esté pratiqué à l'égard
du Château : Car il est même à observer que la route que l'on suivoit
autrefois pour visiter ces jardins a
été changée, & que pour ce sujet il
faudra dans la description nouvelle
considérer au commencement, ce
que l'ancienne description ne raporte
qu'à la fin. On se propose de parler
ensuite, mais fort sommairement de
ce qu'il y a de plus remarquable au
dehors du petit parc ; comme du
grand Canal & de la Ménagerie,
dont on a beaucoup embelli tous les
dedans depuis que Madame la Duchesse de Bourgogne se plaît à aller
dans cette maison : Comme encore
de Trianon qu'on a rebâti tout de
nouveau, & enfin de tout ce qui est
contenu dans l'ancien grand parc &

X

dans le nouveau grand parc de Verſail-
lés, & généralement de tous les lieux
& de tous les travaux qui doivent être
regardez comme de la dépendance de
cette vaſte & magnifique demeure :
Mais je crois qu'on ſera bien-aiſe de
voir auparavant à la fin de ce préſent
volume, des deſcriptions particulieres qui ont été faites de divers tableaux d'excellens Maîtres, & de pluſieurs ſtatuës & buſtes antiques qui
ſont à préſent, tant dans le château
& dans les jardins de Verſailles, que
dans les autres maiſons qui en dé-
pendent.

TABLEAUX,

STATUES ET BUSTES

ANTIQUES.

LA Gravéure qui se fait aujour- « *Tableaux*
d'hui sur le cuivre avec le « *du Cabi-*
burin & avec l'eau-forte, est une « *net du*
invention des derniers siécles. On « *Roy.*
doit d'autant plus l'estimer, que les « *Prémiére*
anciens n'en ayant eu aucune « *Partie.*
connoissance , nous avons cet «
avantage de pouvoir rendre plus «
durable une infinité de choses «
qu'ils n'ont pû nous laisser, pour «
avoir ignoré un art si beau & si «
utile. Car par le moyen de plu- «
sieurs estampes, qui se tirent d'une «
seule planche , l'on perpetuë, «
& l'on multiplie presque à l'in- ƽ
fini un tableau qui demeureroit «
unique, & qui ne pouroit sub- «
sister qu'un certain nombre d'an- «
nées. Desorte qu'entre tant d'ex- «
cellens ouvrages que le Roy fait «
faire , il est tres-certain que les «

X ij

,, planches que l'on grave doivent
,, tenir un rang confidérable. C'eſt
,, par elles que la poſtérité verra
,, un jour, ſous d'agréables figures,
,, l'hiſtoire des grandes actions de
,, cet auguſte Monarque , & que
,, dés à préſent les peuples les plus
,, éloignez joüiſſent auſſi bien que
,, nous des nouvelles découvertes
,, que l'on fait dans les académies
,, que Sa Majeſté a établies pour les
,, ſciences & pour les arts. C'eſt en-
,, core par le moyen de ces eſtampes
,, que toutes les nations admirent les
,, ſomptueux édifices que le Roy
,, fait élever de tous côtez , & les
,, riches ornemens dont on les em-
,, bellit. Et parce que les tableaux
,, & les ſtatuës dont ce grand Prince
,, a fait faire une curieuſe recher-
,, che , ſont d'un prix ineſtima-
,, ble , & d'une ſinguliere beauté,
,, Sa Majeſté a bien voulu encore
,, que celuy qui a ſoin d'executer
,, ſes ordres , choiſît les plus excel-
,, lens graveurs de ſon Royaume
,, pour les graver , & en faire un
,, recüeil , afin que par le moyen des
,, eſtampes que l'on tirera , ces mê-
,, mes ouvrages aillent eux mêmes,

s'il faut dire ainſi , ſe faire voir   "
aux nations les plus reculées, qui   "
ne peuvent pas les conſidérer ici   "
en original. Comme il faut beau-   "
coup de tems pour graver, & pour   "
mettre enſemble les eſtampes   "
d'un auſſi grand nombre de ſtatuës   "
& de peintures, qu'eſt celuy dont   "
les maiſons royales ſont enrichies,   "
on a jugé à propos d'en faire plu-   "
ſieurs parties, & différens volumes,   "
que l'on mettra au jour à meſure   "
qu'on y travaillera. On a com-   "
mencé celui-cy par vingt-quatre   "
eſtampes faites ſur les tableaux   "
de différens peintres fameux , &   "
par dix-huit autres eſtampes de   "
ſtatuës & de buſtes antiques tres-   "
rares. Et pour donner quelque in-   "
telligence de chaque eſtampe en   "
particulier , on a crû devoir met-   "
tre au commencement de ce re-   "
cüeil une explication ſommaire,   "
non ſeulement du ſujet repreſenté,   "
mais encore de ce qui peut regar-   "
der l'hiſtoire de l'ouvrage, & l'au-   "
teur qui l'a fait.   "

LA SAINTE FAMILLE
DE JESUS,
de Raphaël d'Urbin.

I.
Tableau.

» COmme Raphaël d'Urbin est
» universellement reconnu pour
» le premier & le plus sçavant
» de tous les peintres modernes, il
» n'y a point de tableaux de sa main
» qu'on ne regarde avec estime:
» mais s'il y en a qu'on doive par-
» ticulierement considérer, c'est ce-
» luy dans lequel il a représenté la
» sainte Famille de JESUS-CHRIST.
» Il le fit pour le Roy François I.
» en l'an 1518. qui fut deux ans
» avant la mort de ce peintre, &
» lors qu'il étoit dans la vigueur de
» son âge, & dans le temps que la
» grandeur de son génie & la beau-
» té de son esprit luy firent mettre
» au jour les plus grands ouvrages
» qu'on ait de luy. Non seulement,
» on y doit admirer tout ce qui re-
» garde la partie du dessein, en
» quoy ce fameux peintre a toû-
» jours excellé; mais encore les ex-

prellions admirables dont il s'eft "
fervi pour imprimer fur chacune "
de fes figures des caractéres con- "
formes à ce qu'elles repréfentent, ":
& proportionnez à la fainteté du "
fujet. On voit la modeftie & le "
refpect admirablement peints fur "
le vifage & dans la contenance "
de la Vierge : On remarque dans "
la mere & dans l'enfant l'amour "
de l'une & la tendreffe de l'autre. "
La vénération de fainte Elifabeth, "
l'humilité du petit faint Jean, l'at- "
titude repofée de faint Jofeph, & "
la joye accompagnée d'admira- "
tion qui paroît fur les vifages des "
deux Anges, font fi divinement ex- "
primées qu'on ne peut rien voir "
de plus parfait. Quoique par cette "
eftampe on puiffe juger de la "
grandeur de l'ordonnance, de la "
force du deffein, de la nobleffe des "
expreffions, & de la diftribution "
des lumiéres & des ombres ; c'eft "
néanmoins en voyant la peintu- "
re même qu'on découvre encore "
mieux l'excellence de toutes ces "
parties, qui jointes à l'entente des "
couleurs & à la beauté du pin- "
ceau, font que cet ouvrage doit "

X fiij

» eftre confidéré comme un chef-
» d'œuvre de l'art, & un des plus
» beaux que Raphaël ait faits.

Ce tableau haut de fix pieds cinq
pouces, large de quatre pieds trois
pouces, & dont on voit une planche gravée par Edelinck, eft prefen-
tement à Verfailles dans le grand
apartement du Roy.

LA VERTU HEROIQUE
VICTORIEUSE DES VICES.
Du Correge.

II.
Tableau.

» LE fujet de ce tableau eft tout
» miftérieux & emblématique.
» On voit que le Correge qui en eft
» l'auteur, a voulu repréfenter la ver-
» tu héroïque victorieufe des vices.
» Il eft aifé de la reconnoître à fa
» contenance & à fes vêtemens.
» D'une main elle tient une lance
» brifée, & de l'autre un cafque.
» Elle foule fous fes pieds les vices
» qui paroiffent fous la forme de
» divers monftres. A fes côtez font
» deux figures de femme, dont l'u-
» ne repréfente les vertus morales,

fçavoir la prudence par le ferpent "
qui eft dans fa coëffûre; la force par "
une peau de lion, fur laquelle elle "
eft affife; la juftice par l'épée qu'elle "
tient d'une main ; & la tempérance "
par une bride qu'elle tient de l'au- "
tre. L'autre figure de femme qui eft "
accompagnée d'un jeune enfant, & "
qui d'une main montre le ciel, "
& de l'autre femble avec un com- "
pas prendre des mefures fur un "
globe, eft vray-femblablement "
mife là pour l'encyclopedie des "
fciences. Derriére la vertu héroï- "
que eft une jeune femme qui a "
des aîles au dos: D'une main elle "
tient une palme, & de l'autre une "
couronne de laurier qu'elle met "
audeffus de la tête de la vertu. "
Cette figure repréfente la gloire, "
qui couronne la vertu héroïque. "
L'on peut croire que le peintre ne "
l'a mife ainfi derriére, que parce "
qu'elle ne va jamais devant; mais "
au contraire, qu'elle fuit toûjours "
les grands hommes, & court "
même aprés ceux qui la fuyent, "
quand ils l'ont meritée par leurs "
belles actions. Ces trois figures "
qui volent en l'air, & qui paroif- "

„ fent dans une grande lumiére,
„ font des renommées qui publient
„ en diverfes maniéres les loüanges
„ dûës à la vertu.

„ L'ordonnance, les expreffions
„ des vifages, & la difpofition des
„ lumiéres font les parties que l'on
„ peut davantage confidérer dans
„ cette eftampe; mais qui paroiffent
„ avec beaucoup plus d'éclat dans
„ la peinture, parce que la partie
„ principale du Correge, & celle
„ dans laquelle on peut dire qu'il a
„ excellé, a été le maniment du
„ pinceau, & la belle entente des
„ couleurs; & bien que ce tableau
„ ne foit qu'à détrempe, il ne laiffe
„ pas d'être peint avec beaucoup de
„ force. Il eft du nombre de ceux
„ que le fieur Jabac a vendus au
„ Roy. Il les avoit achetez en An-
„ gleterre, où aprés la mort funefte
„ du Roy Charles I. le Parlement
„ qui vouloit diffiper tous les meu-
„ bles de ce Prince les fit vendre pu-
„ bliquement. Le Roy d'Angleterre
„ les avoit eus du Duc de Mantoüë
„ qui avant que fa vile fût pillée
„ par les Impériaux, prévoyant ce
„ qui arriva, luy vendit pour deux

milions de livres de tableaux, "
de ſtatuës, & d'autres raretez. "

Ce tableau haut de quatre pieds
ſept pouces, & large de deux pieds
huit pouces, & dont une planche a
été gravée par Picard le Romain,
l'an 1672. eſt préſentement à Verſailles dans le petit apartement du Roy.

L'IMAGE DE L'HOMME
SENSVEL,
du Correge.

C E tableau eſt de la main du "
Correge comme le precédent, "
il eſt auſſi peint à détrempe & "
repréſente encore un ſujet emblê- "
matique. Le fond eſt un païſage "
tres-agréable. Au pied d'un arbre "
qui fait un couvert délicieux, on "
voit un homme nud, & environné "
de trois femmes auſſi preſque nuës. "
L'une de ces femmes qui eſt aſſiſe, "
luy lie les jambes & les bras aux "
branches de l'arbre, pendant qu'u- "
ne autre femme, qui eſt debout du "
mênre côté, & qui s'aproche de "
ſon oreille, ſemble le charmer par "
le ſon d'une flûte dont elle joüe. "

III.
Tableau.

„ La troisiéme femme eſt de l'autre
„ côté. Elle tient des ſerpens qui
„ s'alongent comme pour mordre
„ l'eſtomac de cet homme, qui, pour
„ ne les pas voir, tourne la vûë du
„ côté d'où vient le ſon de la flûte,
„ On voit même qu'il y prête l'oreil-
„ le, & qu'il ſe laiſſe prendre par
„ la douceur de l'harmonie. Nean-
„ moins ou découvre auſſi dans ſes
„ yeux & dans les traits de ſon vi-
„ ſage, qu'il n'eſt pas entierement
„ ſatisfait, & qu'il ſent quelque
„ peine intérieure ; car extérieure-
„ ment on ne voit pas qu'il ſouf-
„ fre en aucune maniére d'être ainſi
„ lié par les bras & par les jam-
„ bes. On diroit plûtôt qu'il ne
„ s'en aperçoit pas ; n'y ayant rien
„ dans toutes les parties de ſon
„ corps qui marque de la douleur,
„ ni même de la contrainte. Au deſ-
„ ſous de toutes ces figures eſt un
„ jeune enfant qui rit, & qui d'une
„ main tient une grappe de raiſin.
„ Il eſt aiſé de penſer que le Cor-
„ rege, qui a peint dans le précédent
„ tableau la Vertu victorieuſe des
„ vices, a voulu faire dans celui-cy
„ l'image d'un hôme ſenſuel, dont les

vices ſe rendent maîtres. Car cette «
femme qui joüe de la flûte eſt la «
volupté qui l'enchante. La mauvai- «
ſe habitude eſt figurée par cette au- «
tre femme qui luy lie les pieds ſans «
qu'il y réſiſte. Et quant à celle qui «
tient des ſerpens, on peut aiſé- «
ment connoître que c'eſt la ſin- «
déréſe qui le tourmente, parce «
que le voluptueux au milieu de «
tous ſes plaiſirs n'eſt jamais entié- «
rement content. Au contraire, ſi «
d'un côté il ſe laiſſe charmer par «
la douceur des pernicieux apas «
qui le flattent ; d'autre côté il ſent «
le remord de ſa conſcience qui le «
bourelle. Le peintre a ingénieu- «
ſement mis toutes les marques qui «
peuvent faire comprendre le ſens «
allégorique de cette peinture. Les «
trois femmes ont les cheveux en- «
vironnez de ſerpens, qui ont toû- «
jours eſté la figure de la ſenſua- «
lité, & des infâmes voluptez. Le «
vêtement de peau ſur lequel cet «
homme eſt aſſis, & qui repréſente «
les habits dont les premiers hom- «
mes ſe couvroient, ſignifie dans «
les images ſimboliques l'homme «
ſenſuel & ſes ſales actions. L'en- «

» fant qui tient une grape de raifin,
» marque ce vin du fiécle dont il
» eft parlé dans l'écriture : il entre
» agréablement, mais il mord à la
» fin comme un ferpent, c'eft à dire,
» qu'il eft doux d'abord, mais qu'il
» empoifonne à la fin, comme il eft
» dit ailleurs : leurs raifins font de
» Sodome & de Gomorre ; leur vin
» eft un fiel de dragon, & un venin
» d'afpic qui eft incurable ; En con-
» fiderant auffi l'une de ces femmes,
» qui s'avance prés l'oreille de cet
» homme pour le charmer, & l'au-
» tre qui tient des ferpens & qui
» femble fe détourner de luy , &
» le quitter : on pourroit croire que
» le Correge a eu deffein de figni-
» fier par là ce qu'Ariftote a dit
» des plaifirs, qu'ils s'approchent de
» l'homme agréablement ; mais qu'en
» s'en allant, ils ne luy laiffent que de
» la douleur & du repentir.

Ce tableau de même grandeur que
le précédent, & dont une planche a
été gravée par Picard le Romain en
l'année 1676. eft auffi placé dans le
petit apartement du Roy.

JESUS-CHRIST
PORTE' AU SEPULCHRE.
du Titien.

CE tableau qui repréſente N. «
Seigneur que l'on porte au «
ſépulchre eſt aſſûrément un des «
plus beaux que le Titien ait peints, «
& un des mieux conſervez qui ſe «
voyent de cet excellent homme. «
Il y a dans cet ouvrage tant d'art «
& tant de feu,qu'on peut aiſément «
juger qu'il l'a fait dans la vigueur «
de ſon âge , & lors qu'il avoit «
encore la main fort libre. Il n'y «
a rien qui merite tant d'y être «
conſidéré , que la diſtribution des «
couleurs, & la conduite des jours «
& des ombres: auſſi eſt-ce la par- «
tie dans laquelle ce grand peintre «
a excellé. Mais comme l'on ne «
peut bien faire ces remarques, «
qu'en voyant la peinture même, «
il faut conſidérer dans cette eſtam- «
pe ce qui regarde l'ordonnance, «
le deſſein,& particuliérement l'ex- «
preſſion. «

IV.
Tableau.

" Tout ce qui doit paroître dans
" un corps mort est parfaitement ex-
" primé dans la figure du CHRIST,
" où l'on voit une pesanteur dans
" tous les membres qui tombent,
" & qui n'ont plus de soûtien.

" Les figures qui portent ce corps
" font connoître par leur action la
" peine qu'elles souffrent. Bien que
" la Vierge soit couverte d'un man-
" teau, & qu'elle ne soit vûë que
" de profil, on ne laisse pas de re-
" marquer sur son visage les effets
" d'une douleur excessive. La même
" passion paroist encore dans la
" Magdelaine, & dans toutes les au-
" tres figures ; mais ce qui est ad-
" mirable dans cet excellent ou-
" vrage, est l'harmonie des couleurs,
" & la belle union des différentes
" teintes qui s'y rencontrent. Ce
" tableau a été vendu au Roy par
" le sieur Jabac, qui l'avoit acheté
" en Angleterre. Il vient du Duc de
" Mantoüe, comme les deux précé-
" dens.

Ce tableau haut de 4 pieds $\frac{1}{2}$, large
de 6 pieds $\frac{1}{2}$, & dont une planche a
été

été gravée par Rousselet, est présentement à Versailles dans le grand apartement du Roy.

JESUS-CHRIST
A TABLE AVEC DEUX
DE SES DISCIPLES DANS
LE CHASTEAU D'EMAUS.
Du Titien.

Lors que l'on considére dans «
l'original de cette estampe, la «
beauté des couleurs, la charmante «
conduite des lumieres, & tout ce qui «
regarde cette rare partie de la pein- «
ture que le Titien a possedée si par- «
faitement, on y trouve une infi- «
nité de choses dignes d'être étu- «
diées ; sur tout les expressions des «
visages y sont admirables. Il est «
vray qu'il ne faut pas dans cet «
ouvrage examiner ce qui regarde «
la convenance que l'on doit gar- «
der dans toutes sortes de sujets «
selon le tems & les lieux où «
l'histoire s'est passée, car c'est «
assez mal à propos que le peintre «
a peint un des disciples avec un «

V.
Tableau

Y

» chapelet à son côté. Mais les pein-
» tres Lombards n'ont point confi-
» déré cette partie, & ne sont pas
» même exempts de blâme pour
» l'avoir trop négligée. Ce tableau
» a sans doute été fait par le Titien
» dans la force de son âge, de même
» que le précédent. Il vient aussi du
» sieur Jabac, qui l'eut en Angle-
» terre, où il avoit été aporté de
» Mantoüe, comme les autres dont
» il est déja parlé.

Ce tableau haut de cinq pieds,
large de sept pieds $\frac{1}{2}$, & dont une
planche a été gravée par Masson, est
présentement à Versailles dans le
grand apartement du Roy.

LE MARTYRE

DE SAINT ESTIENNE,

D'Annibal Carache.

VI.
Tableau.
» L E nom d'Annibal Carache suf-
» fit pour donner du prix à cette
» estampe : mais si le seul nom de ce
» fameux peintre fait que l'on a de
» la vénération pour tout ce qui est

forty de ses mains , c'est que tous "
ses ouvrages sont d'un si grand "
merite, qu'il suffit de sçavoir qu'un "
tableau est de luy, pour être per- "
suadé de son excellence. En effet, "
l'on n'en voit point qui soient in- "
dignes du nom de leur auteur. "
Bien que sa première manière ne "
soit pas d'un goût de dessein aussi "
grand que ce qu'il fit aprés avoir "
travaillé dans Rome , il y a néan- "
moins une beauté de couleurs , & "
un maniment de pinceau qui mar- "
que l'étude qu'il avoit faite aprés "
le Correge & les autres grands "
peintres de Lombardie. Le tableau "
fur lequel on a gravé cette estam- "
pe n'est pas plus grand que l'estam- "
pe même : cependant il est tra- "
vaillé avec tant d'art & de soin, "
qu'il ne paroît pas moins achevé "
dans toutes ses parties , que si les "
figures étoient grandes comme le "
naturel. Il est aisé de juger sur "
l'estampe de la noble disposition "
du sujet , des expressions différen- "
tes de toutes les figures si conve- "
nables à l'action qui se passe ; de la "
force & de la grandeur du dessein "
qui paroît dans toutes les parties. "

>> artiftement touchées. Mais-il n'y
>> a que la peinture qui puiffe bien
>> faire juger de l'entente des cou-
>> leurs, & des lumiéres qui font fi
>> fçavamment & fi judicieufement
>> conduites & répanduës dans cet
>> ouvrage, qu'on le peut confidérer
>> comme un des plus beaux mor-
>> ceaux qui foit forty de la main
>> d'Annibal Carache, & qu'apa-
>> remment il a fait avec un amour
>> & un foin tout particulier. Il fut
>> apporté de Rome par M. le Mar-
>> quis de Ramboüillet, & enfuite
>> donné au Roy par M. le Duc de
>> Montaufier.

Ce tableau dont Château a gravé
une planche de la même grandeur que
le tableau, eft préfentement à Verfailles dans la petite galerie.

L'ASSOMPTION

DE LA VIERGE.

D'Annibal Carache.

VII.
Tableau.
>> OUtre la difpofition admirable
>> de toutes les figures qui com-
>> pofent cet ouvrage, on doit y con-

fidérer tres - particuliérement la "
grandeur & la nobleffe du deffein, "
puifque c'eft une des parties qui le "
rendent recômandable. Cette fierté, "
& cette force qui paroiffent dans "
les airs de tête de tous les Apôtres, "
mérite encore que l'on y faffe at- "
tention; & qu'en éxaminant leurs "
bras, leurs mains, & leurs jambes, "
& de quelle maniére ils font bien "
articulez, on regarde auffi jufques "
aux moindres plis des draperies, "
dont l'étude eft trés-néceffaire à "
ceux qui font poffeffion de cet art : "
mais fur tout la figure de la Vierge "
qui eft enlevée, demande une ap- "
plication toute particuliére. Son "
attitude fi fagement & fi noble- "
ment difpofée au milieu de ce "
groupe d'Anges, qui femblent la "
porter au ciel, & qui la regardent "
avec un profond refpect; le vifage "
éclairé de cette augufte Mere du "
Fils de Dieu, fi rempli de joye, & "
fi couvert de gloire; Enfin fon ac- "
tion & fes vêtemens mêmes, four- "
niffent à tout le monde dequoy "
méditer fur l'excellence de cet art, "
& dequoy admirer toûjours la for- "
ce & la beauté du genie d'Annibal "

» Carache , qui en eſt l'auteur. Ce
» tableau fut acheté à Rome , par le
» ſieur du Charmoy ſecretaire de
» M. le Maréchal de Schomberg,
» lequel ayant non ſeulement un
» amour tres-grand pour la pein-
» ture & pour la ſculpture , mais
» encore une connoiſſance trés-par-
» faite de ces beaux arts , travailloit
» dans l'un & dans l'autre avec un
» heureux ſuccés. Aprés ſa mort le
» ſieur de la Feüille amateur des bel-
» les choſes , eut ce tableau à ſon
» inventaire , & depuis il l'a vendu
» au Roy avec pluſieurs autres, dont
» le cabinet de Sa Majeſté a eſté em-
» belli.

Ce tableau haut de quatre pieds trois
pouces , large de trois pieds , & dont
Château a gravé une planche eſt préſentement à Verſailles.

HERCULE
TUANT L'HYDRE,
du Guide.

VIII.
Tableau. » DE tous les éléves des Caraches
» le Guide a eſté le plus gra-

cieux dans sa manière de peindre, «
& même l'on peut dire que pour «
la beauté des airs de tête, il n'y «
a guéres eu de peintres qui ayent «
possédé cette partie plus parfaite- «
ment que luy. Tous ses ouvrages «
ne sont pas d'une manière sem- «
blable; les uns ont plus de force, «
& les autres plus de douceur: ce «
qui arrive presque à tous les pein- «
tres, qui changent souvent de «
goût. «

Entre les tableaux que le Guide «
a faits, il y en a quatre d'une mê- «
me grandeur, que l'on peut consi- «
dérer comme de sa meilleure, & «
plus forte manière. Il les fit dans «
la vigueur de son âge, pour le «
Duc de Mantoüe; qui les vendit «
au Roy d'Angleterre, après «
la mort duquel le sieur Jabac les «
acheta, avec ceux dont j'ay déja «
parlé; & les ayant aussi vendus «
au Roy, ils sont à présent avec «
plusieurs autres de la même main «
dans le cabinet de Sa Majesté, «
où ils tiennent un rang considéra- «
ble parmy ceux des plus grands «
maîtres. «

Le premier de ces tableaux re- «

    » préfente Hercule qui combat l'hy-
» dre. Il paroît feulement armé de
» fa maffuë, avec laquelle il affom-
» me ce terrible monftre. Ce que l'on
» admire davantage dans ce rare ta-
» bleau, eft la grandeur & la force
» du deffein, joint à la beauté du
» pinceau, & à l'excellence des cou-
» leurs. Mais comme c'eft dans la
» peinture feule qu'on peut voir tout
» enfemble tant de nobles parties, il
» faut feulement dans cette eftam-
» pe confidérer la difpofition, le
» deffein & les expreffions du fujet
» qui font une image affez belle &
» affez fçavante, pour jugerquel doit
» être le merite de l'original.

    Ce tableau haut de huit pieds,
large de fix pieds, & dont Rouffelet a
gravé une planche, eft préfentement
à Verfailles dans le grand apartement du Roy.

COMBAT D'HERCVLE
ET D'ACHELOVS.

Du Guide.

IX.
Tableau.
» Hercule étant devenu amou-
reux de Dejanire, la de-
manda

manda en mariage à son pere Oenée «
Roy d'Etolie, qui s'étant déja enga- «
gé de la donner à Achéloüs fils de «
l'Océan & de Thétis, ne put la «
luy accorder ; mais promit de la «
donner à celuy des deux qui sur- «
monteroit l'autre à la lutte. Her- «
cule & Achéloüs étant entrez en «
combat, & celui-cy se voyant «
prêt d'être vaincu par Hercule «
changea de forme, & prit la fi- «
gure d'un serpent, & ensuite «
celle d'un taureau ; mais nonob- «
stant toutes les ruses que sa mere «
luy avoit aprises, Hercule le sur- «
monta, & luy arracha une corne «
que les Naïades remplirent de «
toutes sortes de fruits, & la nom- «
mérent la corne d'abondance. «
C'est cette lutte que le Guide a «
représentée icy, où l'on voit «
Achéloüs surmonté par Hercule «
qui le tient sous luy, & le reduit «
à ne pouvoir plus ni attaquer, ni «
se défendre. Dans le lointain on «
voit Achéloüs sous la forme d'un «
taureau abatu par Hercule, qui luy «
arrache une corne ; ce que le pein «
tre la crû aparemment devoir faire, «
pour donner plus d'intelligence «

Z

» de la fable. Ce tableau eſt peint
» avec beaucoup d'art & de ſcien-
» ce. L'on peut remarquer dans les
» corps de ces deux combatans, une
» étude trés-particuliere pour ce qui
» regarde les apparences des nerfs &
» des muſcles ; & de quelle maniére
» ils doivent être peints, pour bien
» imiter la nature, & faire des ef-
» fets conformes à l'action, dans
» laquelle ces deux corps ſont repré-
» ſentez.

Ce tableau de même grandeur que
le précédent, & dont Rouſſelet a
auſſi gravé une planche, eſt à Verſailles dans le grand apartement du
Roy.

ENLEVEMENT
DE DE'JANIRE
par le Centaure Neſſe.

Du Guide.

X.
Tableau.

» Hercule, aprés avoir ſurmonté
» Achéloüis, obtint pour femme
» Déjanire. Etant ſorty de la maiſon
» de ſon beau-pere, à cauſe d'un

meurtre qu'il avoir commis le «
jour de ses nôces, & étant arrivé «
avec Déjanire au bord de la rivié- «
re d'Evéne, il trouva ses eaux si «
grosses à cause des neiges fonduës «
& des pluyes continuelles, qu'il «
étoit difficile de la traverser à «
gué. Le Centaure Nesse qui servoit «
à passer l'eau à ceux qui se pré- «
sentoient, s'étant offert de porter «
Déjanire d'un bord à l'autre, la «
chargea sur son dos. Hercule passa «
le premier : mais comme il fut de «
l'autre côté de l'eau, il entendit la «
voix de Déjanire qui l'apelloit à son «
secours; & s'étant retourné il aper- «
çût le Centaure, qui au lieu de «
traverser la riviére, retournoit au «
bord d'où il étoit party, & en «
levoit Déjanire. Aussi-tôt Hercule «
tirant une fléche envenimée du «
sang de l'hydre, blessa le centaure «
si dangereusement qu'il mourut «
sur la place. Cette action sert de «
sujet au troisiéme tableau du Gui «
de, où l'on voit Déjanire sur le «
dos du centaure, qui au lieu de «
traverser le fleuve qu'Hercule a «
déja passé, revient au bord, & «
même semble des pieds de devant «

Z ij

,, regagner la terre pour joüir de
,, celle qu'il porte, & qu'il regarde
,, avec plaiſir. Le centaure eſt une des
,, plus belles figures que le Guide
,, ait jamais peintes. On voit la moi-
,, tié du corps d'un homme jointe
,, au corps d'un cheval, avec un ar-
,, tifice admirable. Si la joye & le
,, plaiſir paroiſſent ſur le viſage du
,, centaure, la crainte & la douleur
,, ne ſont pas moins bien repréſen-
,, tées ſur celuy de Déjanire qui en
,, regardant de l'autre côté de l'eau
,, ſemble apeller Hercule à ſon
,, ſecours. On le voit dans le tems
,, qu'il ſe détourne, & avant qu'il
,, ait tiré ſa fléche. Comme il eſt éloi-
,, gné, il ne paroît pas beaucoup
,, dans le tableau, où Déjanire &
,, le centaure occupent la principale
,, place. Tout le derriére eſt un paï-
,, ſage d'une excellente maniére, &
,, qui fait un fond trés-avantageux
,, aux figures.

Ce tableau de même grandeur que
le précédent, & dont Rouſſelet a
gravé une planche, eſt auſſi à Verſailles dans le grand apartement du
Roy.

HERCULE
sur un bucher allumé.

Du Guide.

LE Centaure Nesse qui avoit été ,,
frapé à mort par Hercule, ,,
voulant s'en venger, trempa dans ,,
son sang une chemise, qu'il donna ,,
à Déjanire avant que d'expirer : ,,
& la priant de la garder pour ,,
marque de son amour, il l'assura ,,
qu'elle luy serviroit d'un souve- ,,
rain reméde pour empêcher Her- ,,
cule d'aimer d'autres femmes ,,
qu'elle, pourvû qu'il la portât sur ,,
luy. Déjanire qui ajoûta foy aux ,,
paroles du Centaure conserva se- ,,
crétement cette chemise. A quel- ,,
que tems de là Hercule ayant fait ,,
la guerre à Euryte Roy d'Oecha- ,,
lie, le chassa de son païs, & en- ,,
leva sa fille Iole. Il fit sçavoir ses ,,
victoires à Déjanire sa femme, ,,
qui le soupçonnant d'avoir de l'a- ,,
mour pour Iole, luy envoya pour ,,
présent la chemise que le centau- ,,
re luy avoit donnée, le priant de ,,

XI.
Tableau.

Z iij

» la porter pour l'amour d'elle. Un
» jour qu'il facrifioit fur le mont
» Oëta , il vêtit cette chemife : mais
» il ne l'eût pas plûtôt fur fon
» corps, qu'il fentit une cuiffon hor-
» rible , & comme il voulut l'ôter,
» il trouva qu'elle étoit collée fur
» tous fes membres , & qu'en s'é-
» forçant de l'arracher il fe déchiroit
» la peau. Deforte que tourmenté
» de douleurs fi exceffives & fi cruel-
» les , afin de s'en délivrer, il fe
» jetta fur le bucher qui étoit tout
» allumé pour le facrifice , où il
» termina le cours de fa vie & de fes
» travaux.

» Le Guide l'a repréfenté affis fur
» ce bûcher, où levant un bras & les
» yeux au ciel, on découvre par fon
» action , & par les expreffions de
» fon vifage, la douleur qu'il fouf-
» fre , & l'affiftance qu'il implore
» du ciel. Il eft vray qu'il ne pa-
» roît aucune playe fur le corps
» d'Hercule , le peintre aparemment
» ayant voulu fupprimer ces cir-
» conftances de fa mort pour ne pas
» gâter fa figure, qu'il auroit renduë
» affreufe, s'il l'avoit peinte écorchée,
» & pleine de fang , ou vêtuë d'une
» chemife.

Ce tableau est peint comme les « autres d'une manière forte, & dans « une belle entente de lumiére & de « couleurs. «

Ce tableau de même grandeur que le précédent , & dont Rousselet a gravé une planche , est à Versailles dans le même apartement du Roy.

SAINT FRANCOIS
en méditation.

Du Guide.

CE tableau où saint François « est représenté à genoux, est un « des plus beaux que le Guide ait « peints, lors qu'il a traité des sujets « de dévotion. La disposition du « lieu, l'action du Saint , & l'air « de son visage font voir tout à la « fois ce que l'on peut s'imaginer « de plus solitaire, de plus humble, « & de plus pénitent. Cependant « cette solitude n'a rien d'affreux, « l'humilité du Saint n'a rien de « bas ; & dans l'austérité de son « visage, on ne laisse pas de remar- « quer quelque chose de noble & «

X I I.
Tableau.

Z iiij

» de grand. L'on voit que dans la
» penſée de la mort ſur laquelle il
» médite, il ſemble élever ſon cœur
» & ſes yeux au ciel, qu'il regarde
» comme l'objet de ſes deſirs.

» Cette peinture a été long-tems à
» Rome dans la maiſon des Savelli;
» Enſuite elle a paſſé dans les mains
» du Prince Pamphile, qui l'a donnée
» au Roy.

Ce tableau haut de ſix pieds, large
de quatre pieds, & dont Rouſſelet
a gravé une planche, eſt à Verſailles.

SAINTE CECILE.

Du Dominiquin.

XIII.
Tableau.

» IL y a tant de parties difficiles
» à acquérir dans la peinture, qu'il
» ne faut pas s'étonner s'il ſe rencon-
» tre peu de peintres qui les ayent
» poſſedées toutes dans la derniére
» perfection. Il ſemble que ceux qui
» ont étudié dans l'école des Cara-
» ches les ayent partagées entr'eux,
» puis qu'il y en a qui ont la beauté
» du pinceau, & qu'il s'en trouve

aussi qui ont en partage la gran- "
deur du dessein, & la force des "
expressions. Le Dominiquin a été "
de ceux-cy ; & l'on peut dire ":
qu'il s'est élévé au dessus de tous "
dans ces deux derniéres parties de "
la peinture. Ce tableau, où il a "
représenté sainte Cécile joüant de "
la viole, peut assez aprés faire juger "
quelle étoit en cela la beauté de son "
génie. On voit sur le visage de la "
Sainte une pudeur & une sagesse "
qui remplissent l'esprit de respect & "
de dévotion. L'ardeur du feu divin "
paroît dans l'éclat de ses yeux, "
& il semble que l'on entend sa "
voix, qui s'accorde au son de sa "
viole, pour chanter les loüanges "
de son divin Epoux, & luy de- "
mander la pureté du cœur, par ces "
paroles des Pseaumes, *fiat cor meum* "
immaculatum, &c. qui sont dans "
un livre que tient l'Ange qui est "
devant elle. "

Le Dominiquin a traité ce "
même sujet en deux différentes "
maniéres : car il fit une sainte "
Cécile pour le Cardinal de Sansi ; "
mais celle-là joüe de l'orgue, "
& est accompagnée d'un chœur "

» d'Anges qui paroiſſent dans une
» gloire. Pour celle-cy, il la fit
» pour le Cardinal Ludoviſe. En-
» ſuite elle a été poſſédée par le
» prince Ludoviſe ſon neveu, qui l'a
» long-tems conſervée dans ſa vigne,
» qui eſt à Rome. Mais enfin ayant
» été aportée en France par le ſieur
» de Nogent qui la vendit au ſieur
» Jabac, elle eſt préſentement dans
» le Cabinet du Roy.

Ce tableau haut de cinq pieds,
large de trois pieds ſix pouces, &
dont Picard le Romain a gravé une
planche, eſt préſentement à Verſailles dans le petit ou premier apartement du Roy.

D. A V I D

chantant les loüanges de Dieu.

Du Dominiquin.

XIV.
Tableau.

» CE tableau, où le Dominiquin
» a repréſenté le Roy David,
» eſt peint avec le même art, & la
» même conduite que celuy de ſainte
» Cécile. Ce grand Prophéte paroît
» avec ſes habits royaux, & com-

me joignant sa voix au son de sa «
harpe, lors qu'il composoit les «
Pseaumes divins, dont l'Eglise se «
sert encore tous les jours pour «
chanter les loüanges de Dieu. «
L'on voit les sentimens de son ame «
sur tous les traits de son visage, «
où l'enthousiasme divin est expri- «
mé d'une maniére admirable & «
touchante. Les deux Anges qui «
sont auprés de luy, la disposition «
du lieu qui laisse voir un bout de «
païsage d'un goût excellent, & «
tous les autres accompagnemens «
contribuent à la belle composi- «
tion de ce rare ouvrage, que Sa «
Majesté a eu du Duc de Mazarin, «
qui l'avoit eu parmi les autres «
meubles du Cardinal Mazarin, à «
qui on l'avoit envoyé d'Italie. «

Ce tableau haut de sept pieds
cinq pouces, large de cinq pieds cinq
pouces, & dont Rousselet a gravé une
planche, est présentement à Versailles dans le premier ou petit apartement du Roy.

ENÉE

SAUVANT SON PERE
de l'embrazement de Troye.

Du Dominiquin.

X V.
Tableau.

» COmme cette peinture est de
» la première maniére du Do-
» miniquin, l'on voit qu'elle tient
» beaucoup de celle de son maître
» Ludovic Carache. La piété d'E-
» née paroît sur son visage, & l'on
» remarque sur celuy de son pére
» Anchise la douleur jointe à la
» foiblesse de son âge. Ce vieillard
» prend les dieux Pénates de la main
» de Créüse, & le petit Ascanius
» semble montrer à son pére le che-
» min qu'ils doivent tenir pour se
» sauver. Il n'y a rien dans tout ce
» tableau qui ne mérite beaucoup
» d'être consideré, soit pour ce qui
» regarde le dessein, soit pour la
» force des couleurs. Le Mareschal
» de Créquy l'aporta lors qu'il re-
» vint de son ambassade de Rome.
» Aprés sa mort le Cardinal de

Richelieu l'acheta, & en mourant «
le laiffa au feu Roy Loüis XIII. «
comme une piéce digne d'être mi- «
fe avec les meubles de la cou- «
ronne. «

Ce tableau haut de cinq pieds deux
pouces, large de trois pieds, & dont
Audran a gravé une planche, eft
préfentement dans le grand apartement du Roy.

CONCERT DE MUSIQUE.

Du Dominiquin.

IL y a plufieurs tableaux du Do- «
miniquin , lefquels , quoique «   *XVI.*
parfaitement bien deffeignez , & «   *Tableau,*
d'un excellent goût de couleurs, «
ne font pas néanmoins également «
bien peints. Il s'en voit qui pa- «
roiffent un peu fecs, & qui fe ref- «
fentent de la peinture à fraifque, «
à laquelle il a beaucoup travaillé ; «
mais entre ceux qu'il a peints avec «
plus d'amour & de tendreffe, on «
peut dire que celuy où il a repré- «
fenté un concert de mufique, eft «
un des plus beaux, & où les cou- «
leurs font les mieux empâtées. «

» Les jours & les ombres y font
» admirables ; les expreffions fortes
» & vrayes ; & les airs de tefte na-
» turels & beaux. Enfin ce tableau,
» compofé feulement de quatre fi-
» gures , a toûjours efté confidéré
» comme un des plus rares que le
» Dominiquin ait faits. Il le fit
» pour le Cardinal Ludovife qui le
» confervoit chérement dans fa mai-
» fon de Zagarello , qui eft à qua-
» torze milles de Rome : Etant en-
» fuite paffé entre les mains du Prince
» Ludovife fon neveu, il le vendit
» au fieur de Nogent, qui l'aporta en
» France. Le fieur Jabac l'acheta de
» luy , avec la fainte Cécile dont il
» eft parlé ci-devant.

Ce tableau haut de quatre pieds dix
pouces, large de cinq pieds quatre
pouces, & dont Picard le Romain a
gravé une planche, eft préfentement
à Verfailles dans le grand apartement du Roy.

SAINT MATHIEU.
Du Valentin.

ENtre les peintres François «	*XVII.*
qui ont eu de la réputation «	*Tableau.*
dans ce dernier siécle, le Valentin «
n'a pas esté un des moindres. Il a «
beaucoup peint à Rome sous le «
Pontificat d'Urbain VIII. où «
s'étant particuliérement attaché à «
suivre la maniére de Michel- «
Ange de Caravage, il a comme «
luy cherché à imiter la nature «
comme il l'a trouvée, sans faire «
choix du beau, ni tirer des anti- «
ques ce qu'il y a de noble & de «
gracieux. Ainsi l'on doit considé- «
rer dans ses ouvrages une exacte «
& véritable ressemblance des cho- «
ses naturelles, telles qu'il les a «
vûës; qu'il a desseignées avec for- «
ce, & peintes avec une conduite «
de lumiéres assez vrayes. Parmy «
les tableaux qui sont dans le ca- «
binet du Roy, il y en a quatre où «
ce peintre a représenté les quatre «
Evangelistes, que Sa Majesté a «
eus aprés la mort de M. Ourfel «

» Secrétaire de M. de la Vriliére,
» & grand amateur de la peinture.
»   Dans le premier de ces tableaux,
» il a peint saint Mathieu sous la
» figure d'un vénérable vieillard,
» apuyé sur une table, & tenant
» d'une main une plume, & de
» l'autre un livre ouvert. Il y a
» auprés de luy un Ange, tel qu'on
» en représente d'ordinaire auprés de
» ce saint évangeliste.

Ce tableau haut de trois pieds $\frac{1}{2}$ large de quatre pieds $\frac{1}{2}$, & dont Rousselet a gravé une planche, est présentement à Versailles dans le petit apartement du Roy.

SAINT MARC.

Du Valentin.

XVIII.
Tableau.

» CE vieillard accompagné d'un
» lion, fait assez juger que le
» peintre a voulu représenter saint
» Marc évangeliste. Il a particu-
» liérement affecté de faire voir dans
» l'air du visage, & dans les vête-
» mens de cette figure, la simplicité
&

& la pauvreté des difciples de «
Jefus-Chrift. Cependant l'on peut «
dire que dans fa maniére, ce tableau «
eft un des plus beaux & des mieux «
peints qu'il ait faits. «

Ce tableau de même grandeur que
le précédent , & dont Rouffelet a
gravé une planche , eft auffi à Verfailles dans le petit apartement du
Roy.

S A I N T   L U C.

Du Valentin.

CE troifiéme tableau repréfen- « *X I X.*
te faint Luc affis, & écrivant « *Tableau.*
avec aplication dans un livre. Il «
eft accompagné de toutes les mar- «
ques qui le diftinguent des autres «
évangéliftes. Car l'on y voit le «
bœuf que l'on peint ordinaire- «
ment auprés de luy ; & le peintre «
n'a pas oublié d'y mettre le ta- «
bleau qu'on dit que ce faint a fait «
de la fainte Vierge , & tel qu'on «
le voit encore à Rome dans l'E- «
glife de fainte Marie major. «

Ce tableau de même grandeur que
le précédent , & dont Rouffelet a

A a

gravé une planche, eſt auſſi à Verſailles dans le petit apartement du
Roy.

SAINT JEAN.

Du Valentin.

XX.
Tableau.

» COmme ſaint Jean eſt celuy
» de tous les évangéliſtes qui
» paroît le plus élevé dans les con-
» noiſſances divines, & qui en a
» parlé plus hautement, on l'a toû-
» jours peint avec un aigle. La figu-
» re de ce ſaint eſt deſſeignée, &
» peinte de la meilleure maniére du
» Valentin, & dans ſon goût ordi-
» naire; c'eſt à dire, cherchant ſeu-
» lement à imiter la nature, & à
» donner de la force aux corps par
» le ſecours des lumieres & des cou-
» leurs.

Ce tableau de même grandeur que
le précédent, & dont Rouſſelet a
gravé une planche, eſt auſſi à Verſailles dans le petit appartement du
Roy.

SAINT ANTOINE
DE PADOUE
adorant l'enfant JESUS.

De Vandeik.

L'On voit icy saint Antoine de « **XXI.**
Padouë qui adore l'enfant « *Tableau.*
Jesus entre les bras de la sainte «
Vierge. Comme il n'y a que trois «
figures dans toute la composition «
de cet ouvrage, ce n'est pas l'or- «
dre que l'on y doit le plus con- «
sidérer : aussi cette partie n'est «
pas celle où Antoine Vandeick, «
qui est l'auteur de ce tableau, s'est «
rendu considérable. Il quitta d'as- «
sez bonne heure le travail des «
grandes histoires, pour s'appliquer «
uniquement à faire des portraits; «
en quoy il a réussi avec un succés «
si heureux, que depuis le Titien, «
il s'est trouvé peu de peintres qui «
en ayent fait avec une beauté «
& un goût de couleurs qui «
aprochent des siens. Cependant il «
n'a pas laissé quelquefois d'entre- «

A a ij

» prendre de plus grands ouvrages;
» mais on peut dire, fans faire tort
» à fon mérite, que les plus beaux
» qu'il ait achevez, font ceux où il
» y a le moins de figures, & moins
» de parties difficiles à deffeigner.
» Celui-cy étant de ce nombre, eft
» auffi un des plus parfaits, parce
» que les couleurs y font traitées
» avec tout l'art & toute la fcience
» qu'il poffedoit ; & l'ayant peint
» avec beaucoup de foin & d'amour,
» il en a fait un tableau conforme
» à fon génie, & à ce qu'il fçavoit
» le mieux. L'Infante d'Efpagne
» Claire Eugenie Archiducheffe des
» Païs-Bas le fit faire pour l'autel
» de la Chapelle de fon palais de
» Bruxelles, où il a été jufques
» aprés fa mort, qu'il fut vendu
» avec fes autres meubles à un par-
» ticulier d'Anvers, de qui le fieur
» Jabac l'ayant eu, l'a depuis vendu
» au Roy.

Ce tableau haut de cinq pieds onze
pouces, large de quatre pieds onze
pouces, & dont Rouffelet a gravé
une planche, eft préfentement à Verfailles dans le grand apartement de la
Reine.

SAINT PAUL

enlevé au troisième ciel.

Du Poussin.

LE Poussin ayant voulu re- « *XXII.*
présenter saint Paul enlevé « *Tableau.*
jusqu'au troisiéme ciel, il a traité «
ce sujet si merveilleux de luy- «
même, d'une maniére noble & «
relevée. Ce grand Apôtre des «
Gentils est soûtenu & porté par «
trois Anges, qui font ensemble un «
groupe de quatre figures, où l'on «
découvre tout ce que l'art & la «
science d'un grand peintre peut «
faire voir de plus beau dans la «
disposition de quatre corps, dont «
les attitudes font différentes. «
L'Ange, qui est le plus élevé, «
montre à saint Paul le ciel ou- «
vert; & les deux autres, qui le «
soûtiennent, paroissent dans une «
sainte admiration. On voit sur «
le visage de ce grand Saint une ex- «
pression admirable de l'extase & «
du transport où il se trouva pen- «

» dant son raviſſement. Outre les
» belles expreſſions, & la grandeur
» du deſſein que l'on y remarque,
» le peintre a conduit ce tableau
» dans une harmonie de couleurs ſi
» douce & ſi agréable, qu'il ne
» manque rien de tout ce qu'on peut
» deſirer pour la perfection d'un ſi
» bel ouvrage. Il le fit en 1649.
» pour le ſieur Scaron, ſi connu par
» ſes ouvrages de Poëſie, de qui le
» ſieur Jabac l'ayant acheté le vendit
» au Duc de Richelieu, dont le Roy
» l'a eu.

Ce tableau haut de quatre pieds
trois pouces, large de trois pieds trois
pouces, & dont Château a gravé une
planche, eſt à préſent à Verſailles
dans le petit apartement du Roy.

MOYSE

tiré des eaux du Nil par la fille de Pharaon.

Du Pouſſin.

XXIV.
Tableau. » ENtre les tableaux que le Pouſ-
» ſin a faits, l'on a toûjours eu

beaucoup d'estime pour celuy où "
il a peint Moïse sauvé des eaux "
par la fille de Pharaon. L'on peut "
considérer dans cet ouvrage le "
soin qu'il a eu de representer le "
païs d'Egypte , & particuliére- "
ment la vile de Memphis, située "
proche le Nil. On y remarque "
ces levées de terre, dont Diodore "
dit qu'elle estoit environnée pour "
la défendre des inondations du "
fleuve. L'on y voit une infinité "
de superbes palais ; ces grandes "
obélisques élevées à l'honneur du "
Soleil ; & ces pyramides qui ser- "
voient de tombeaux aux Rois & "
aux Princes, & en quoy on dit "
même que les Egyptiens faisoient "
le plus de dépense , parce qu'ils "
considéroient les tombeaux com- "
me des Palais qui devoient être "
leur éternelle demeure ; au lieu "
qu'ils ne regardoient ceux où ils "
habitoient pendant leur vie , que "
comme des hôtelleries & des lieux "
de passage. Cette noble disposition "
de païs sert d'un fond avanta- "
geux aux principales figures. Dans "
celles qui représentent la fille du "
Roy , & les Dames de sa suite, "

„ on voit toute la majesté & la gra-
„ ce convenable à leur qualité & à
„ leur sexe ; mais sur tout, ce ta-
„ bleau est un de ceux que le Pous-
„ sin a mieux peints, & où les cou-
„ leurs sont traitées avec un goût
„ très-exquis. Comme il a toûjours
„ eu un soin particulier de bien
„ historier ses sujets, il n'a rien
„ oublié dans celui-cy de ce qui peut
„ marquer le véritable lieu où l'ac-
„ tion se passe. Non seulement il a
„ peint dans le lointain une grande
„ vile ornée de superbes édifices,
„ comme pouvoit être la vile de
„ Memphis; mais on voit aussi qu'il a
„ voulu, pour mieux représenter le
„ Nil, y ajoûter des circonstances
„ particulieres à ce fleuve : car l'eau
„ en paroît trouble, comme en effet
„ elle est pour l'ordinaire moins
„ claire que celle des autres riviè-
„ res. Il a même peint des pescheurs
„ dans une longue barque, qui pour-
„ suivent l'hipopotasme qui ne se
„ trouve que dans le Nil ; & outre
„ cela, il a sur le devant représenté
„ un sphinx avec un vieillard apuyé
„ sur une urne, & tenant une corne
„ d'abondance, pour représenter le

Dieu

Dieu de ce fleuve de la maniére «
que les anciens le figuroient. Il «
eſt vray que quelques uns croyent «
qu'il ſe ſeroit bien paſſé de mêler «
la fable daus un ſujet tiré de «
l'hiſtoire ſainte. Mais ſi on trouve «
à redire à cette licence, le ta- «
bleau pour cela n'en eſt pas moins «
excellent, puiſque tout l'art y «
paroît dans un haut degré. Le «
peintre fit cet ouvrage pour le «
ſieur Pointel ſon intime amy, «
aprés la mort duquel le Duc de «
Richelieu l'acheta, & de qui Sa «
Majeſté l'a depuis eu. «

Ce tableau haut de trois pieds
neuf pouces, large de ſix pieds, &
dont Rouſſelet a gravé une planche,
eſt préſentement à Verſailles dans le
petit apartement du Roy.

JESUS
SORTANT DE JERICHO,
qui touche les yeux de deux
Aveugles.

Du Pouſſin.

Bien que dans cette eſtampe, « XXV.
on ne puiſſe pas voir cette « *Tableau*

B b

,, belle conduite de couleurs qui
,, rend le tableau si vray & si agréa-
,, ble, on y peut néanmoins consi-
,, dérer toutes les autres parties né-
,, cessaires dans un excellent ou-
,, vrage. Le Poussin pour représen-
,, ter le miracle que J. C. fit au
,, sortir de Jéricho, lors qu'il don-
,, na la vûë à des aveugles, a mis
,, sur le derriére de son tableau une
,, partie de la vile, qui paroît au
,, pied d'une montagne. Quoique
,, cette action fût arrivée à la vûë
,, d'un grand nombre de peuple, le
,, peintre néanmoins n'a mis que peu
,, de figures, & s'est contenté de
,, peindre J. C. accompagné de quel-
,, ques uns des Apôtres, & de quel-
,, ques Juifs, qui sont témoins du
,, miracle qu'il fait. On remarque
,, la curiosité des Juifs par leurs
,, actions, & avec quelle attention
,, ils considérent comme J. C. tou-
,, che les aveugles: ce qui exprime
,, assez bien l'incrédulité naturelle
,, de ce peuple. C'est dans ces sortes
,, d'expressions si essentielles à la
,, vraye représentation d'un sujet,
,, que le Poussin à excellé sur la
,, plus grande partie des autres pein-

tres , n'ayant rien obmis de ce "
qui regarde les circonstances né- "
cessaires aux actions qu'il a voulu "
figurer. Il fit ce tableau dans la "
vigueur de son âge pour le sieur "
Renon Marchand de Lion , de "
qui le Duc de Richelieu l'acheta , "
& depuis il est dans le cabinet du "
Roy. "

Ce tableau haut de trois pieds
sept pouces , large de cinq pieds quatre pouces , & dont Château a gravé
une planche , est présentement à Verfailles dans le petit apartement du
Roy.

STATUE DE DIANE.

Quelques-uns ont crû que "
cette statuë de Diane avoit "
été autrefois dans le temple d'E- "
phése , & qu'elle y avoit même "
rendu des oracles. Elle fut apor- "
tée à Paris sous le regne du Roy "
Henry IV. qui pour marque de "
l'estime qu'il faisoit de cette rare "
figure , fit bâtir exprés au bout "
de la grande galerie du Louvre la "
salle qu'on appelle la sale des anti- "

Statuës
& Bustes
antiques
des Mai-
sons Roya-
les.
Prémière
partie.

I.

B b ij

,, ques, qu'il fit paver & revêtir de
,, toutes fortes de marbres avec des
,, pié deftaux, & des niches, pour
,, y mettre encore d'autres figures
,, qui devoient venir d'Italie. L'on
,, ne voit aucunes marques qui
,, puiffent faire connoître quel eft le
,, fculpteur qui l'a taillée. Ce que
,, l'on peut dire, eft qu'affûrément
,, cette figure eft très-antique, &
,, d'une grande beauté. L'air de fon
,, vifage eft noble & gracieux : Ses
,, cheveux ramaffez & noüez d'une
,, bandelette, font une coëffure né-
,, gligée, & découvrent un beau front,
,, tel qu'Apulée décrit celuy de
,, cette déeffe. Ses épaules un peu
,, plus larges qu'elles ne font d'or-
,, dinaire dans les femmes, font
,, auffi conformes à ce qu'en ont dit
,, les Poëtes, de même que fes bras
,, & fes jambes, dont ils loüent la
,, force & la vigueur, à caufe des
,, exercices pénibles où elle s'adon-
,, noit. Elle eft repréfentée icy en
,, habit de chafferefle, avec un car-
,, quois fur fes épaules, & un vête-
,, ment court & leger, qui n'empê-
,, che point qu'on ne voye toutes
,, les proportions d'un beau corps.

Cette statuë antique de marbre haute de six pieds, & dont la planche ainsi que celles des statuës & des bustes suivans a été gravée par Mellan, est à présent à Versailles dans la grande galerie.

STATUE DE BACCHUS.

Cette figure de Bacchus a été "
long-temps dans la salle des "
antiques avec la Diane dont il a "
été parlé. Elle est travaillée avec "
beaucoup de science, & représente "
Bacchus tel qu'il a toûjours été "
dépeint par les anciens, c'est à "
dire avec des cheveux longs & né- "
gligez, & toutes les parties de son "
corps parfaitement belles. Il est "
couronné de pampre : Une peau "
de tigre luy passe en écharpe de "
l'épaule gauche par dessous le bras "
droit qui est élevé sur sa tête, & "
qui par cette attitude laisse voir "
au dessous de l'aisselle une grande "
partie de son corps, où les mus- "
cles sont marquez avec beaucoup "
de science & de tendresse. Son bras "
gauche est apuyé sur un tronc d'ar- "
bre environné d'un cep de vigne. "

I I.

Cette statuë de six pieds & demy de haut, est présentement à Versailles dans la grande galerie.

STATUE DE VENUS.

III. „ DE toutes les divinitez que les
„ anciens adoroient, il n'y en
„ a point dont l'on ait fait tant
„ d'images que de Venus. Ce grand
„ nombre de statuës est cause que
„ plusieurs ont échapé à l'injure des
„ temps. Il est vray que l'on ignore
„ les noms des ouvriers qui les ont
„ faites, & qu'elles n'ont pas eu
„ toutes le même avantage que celle
„ qui est à Rome dans la vigne de
„ Medicis, que l'Hercule de Far-
„ nese, & que le Laocoon, aussi fa-
„ meuses par les noms des sculpteurs
„ que l'on y voit gravez, que par
„ leur beauté: mais comme il y en a
„ quantité de tres-belles, qui ne
„ laissent pas d'être considérables,
„ bien qu'on n'en connoisse pas les
„ auteurs, parce qu'elles portent
„ avec elles leur recommandation,
„ l'on doit considérer par son pro-
„ pre mérite, celle qui est aux Tuil-
„ leries. Elle est accompagnée d'un

Dauphin que l'on mettoit d'ordi- «
naire auprés de Vénus lors qu'on «
la repréfentoit nuë, & fortant de «
la mer, pour marque qu'elle avoit «
été engendrée dans cet élément. «
Comme les plus excélens fcul- «
pteurs de l'antiquité cherchoient «
avec beaucoup de foin à faire voir «
ce qu'il y a de plus parfait dans «
la conftruction du corps humain, «
c'étoit particuliérement fur la fta- «
tuë de Vénus qu'ils s'éforçoient «
d'exprimer avec plus d'art & de «
fcience les diverfes beautez qui peu- «
vent former le corps d'une femme «
parfaitement belle, comme l'on «
voit dans cette figure. «

Cette ftatuë de marbre haute de
quatre pieds $\frac{1}{2}$, eft préfentement à
Verfailles dans la grande galerie.

STATUE
D'UNE CHASSERESSE,

CEtte figure repréfente une jeu- «
ne Chafferefle vêtuë à la légére «
de la maniére que les Poëtes ont «
décrit les Nymphes compagnes de «

B b iiij

,, Diane : ce que le sculpteur a été
,, bien aise de suivre, afin de faire
,, paroître beaucoup de nud. D'une
,, main elle tient un arc, & paroît
,, en action de courir: C'est ce qui
,, a fait croire à quelques-uns qu'on
,, a voulu figurer Athalante qui
,, s'éxerce à la course, en quoy elle
,, surpassoit tous ceux de son temps.
,, Mais l'arc que cette figure tient
,, d'une main fait conjecturer que
,, c'est plûtôt une simple Chasseresse
,, qu'on a voulu représenter, que
,, l'image de cette Princesse : Si ce
,, n'est qu'on voulût dire que cette
,, Athalante n'est pas la fille de
,, Schoënée Roy de l'Isle de Schire,
,, qu'Hypoméne vainquit par le
,, moyen des pommes d'or que Vé-
,, nus luy avoit données ; mais une
,, autre Athalante fille de Jasius ou
,, Jason Roy d'Arcadie, qui fuïant
,, la compagnie des hommes, s'at-
,, tacha auprés de Diane pour s'a-
,, donner au seul plaisir de la chasse ;
,, en quoy elle excella si fort, qu'el-
,, le eut l'avantage de fraper la pré-
,, miére un sanglier formidable, qui
,, faisoit un degât horrible par tout
,, le païs ; à cause dequoy Méléagre

fils d'Oenée Roy de Callidon, «
donna à Athalante les dépoüilles «
de cette bête. Or quelle qu'ait été «
l'intention que le sculpteur ait euë «
dans la représentation de cette «
figure, il en a fait une tres- «
belle image, où l'on reconnoît «
l'art, & la science d'un des plus «
excélens ouvriers de toute la «
Gréce, principalement dans la «
disposition de cette figure, dont «
le corps est si bien mis en équili- «
bre, que paroissant en action de «
courir, elle n'est soûtenuë que sur «
l'une de ses jambes, l'autre estant «
levée & en l'air. «

Cette statuë de marbre haute de
trois pieds sept poûces, est présentement à Marly dans les jardins.

STATVE

D'VN JEUNE HOMME.

L'On ne voit dans cette statuë «
aucune marque particuliére «
qui puisse faire juger quel est ce- «
luy que l'on a voulu représenter. «
S'il est vray, comme Ciceron le «
remarque, que les Grecs ne fai- «

V

» foient guéres de ftatuës que pour
» des divinitez , ou des hommes
» extraordinaires ; on peut dire que
» celle cy eftant véritablement une
» ftatuë greque , elle doit avoir été
» faite pour repréfenter un de leurs
» dieux ou de leurs héros. Le fcul-
» pteur qui l'a faite a employé tout
» fon art & toute fa fcience, pour
» repréfenter le corps d'un jeune
» homme bienfait.

Cette ftatuë de marbre haute de
quatre pieds dix pouces, eft préfentement à Marly dans les jardins.

S T A T V E
D'VN GLADIATEUR.

V I. » CEtte ftatuë repréfente un Gla-
» diateur, mais aparemment un
» de ceux qui volontairement , ou
» pour une médiocre récompenfe,
» expofoient leurs vies , & com-
» battoient à la vûë du peuple ro-
» main, qui prenoit fon divertiffe-
» ment dans la cruauté de ces hor-
» ribles fpectacles. Cette figure vient
» du Cardinal Mazarin. Ceux qui
» l'envoyérent d'Italie prétendoient
» que c'étoit une ftatuë d'Alexan-

dre le Grand , qui tient d'une «
main une épée , & de l'autre un «
ſceptre , diſant que la médaille «
qui ſert d'agrafe au vêtement qu'il «
a ſur ſon épaule , repréſente la «
tête d'Ariſtote. Comme il n'y a «
aucune autre marque particulière «
par laquelle ce prince ſoit bien «
déſigné , & qu'il n'y a dans le «
viſage aucuns traits qui reſſem- «
blent aux autres ſtatuës & médail- «
les greques qu'on en voit, on ne «
la conſidére que comme la figure «
d'un gladiateur.   «

Cette ſtatuë de marbre haute de
trois pieds quatre pouces, eſt à préſent à Marly dans les jardins.

STATVE DE MERCVRE.

MErcure fils de Jupiter & de «   VII.
Maïa fut tenu par les an- «
ciens pour l'Ambaſſadeur & le «
Meſſager des Dieux: C'eſt pour- «
quoy ils l'ont toûjours repréſenté «
avec des aîles à ſon chapeau, & «
un caducée à ſa main. Et parce «
qu'ils le regardoient auſſi comme «
la divinité qui préſidoit ſur tout «
ce qui concerne le trafic & la «

» marchandise, on luy mettoit une
» bourse à la main , comme dans
» cette statuë que l'on voit confor-
» me à ce qu'en ont écrit les Poëtes
» & les Historiens , qui disent mê-
» me que les Grecs le représen-
» toient avec le front grand , tel que
» l'avoit Alcibiade, à la ressemblan-
» ce duquel ils ont en plusieurs ren-
» contres formé le visage de cette
» divinité.

Cette statuë de marbre haute de
quatre pieds $\frac{1}{2}$, est présentement à
Marly dans les jardins.

STATVE D'AGRIPPINE.

VIII. » L'Opinion commune est , que
» cette statuë représente Agrip-
» pine sortant du bain. Il n'y a point
» de marques particuliéres qui fassent
» connoître si c'est Agrippine fem-
» me de Germanicus , ou sa fille
» surnommée Julie , mere de Né-
» ron. Ce qu'il y a de considérable
» dans cette statuë, est le soin que
» l'ouvrier a aporté à bien re-
» présenter le nud au travers d'un
» vêtement dont elle est couverte ;

car il femble que ce foit un linge «
qui l'envelope, & qui tout moüil- «
lé, foit comme colé fur fon corps, «
ainfi qu'il arrive à ceux qui for- «
tent de l'eau. Il y en a qui ont «
crû que cette ftatuë eftoit de «
d'Impératrice Julia Mammea mere «
de l'Empereur Aléxandre Sévére. «
Il eft difficile de dire au vray «
quelle eft la plus certaine de ces «
opinions. Cette figure vient du «
cabinet du Cardinal Mazarin. «

Cette ftatuë de marbre haute de
quatre pieds, eft préfentement à
Marly dans les jardins.

STATUE DE CE'RE'S.

Comme Cérés a été confidé- «
rée par les anciens pour la «
déeffe des grains, & celle qui a «
enfeigné aux hommes l'art de cul- «
tiver la terre, les fculpteurs l'ont «
toûjours repréfentée tenant des «
épics de bled, ainfi que l'on voit «
dans cette ftatuë, qui repréfente «
une femme vêtuë d'habits ma- «
jeftueux, parce que quelques Au- «
teurs ont crû que Cérés fut une «
Reine de Sicile, qui avoit une «
fille qui fut enlevée par Orcus «

I X.

,, Roy des Moruffiens ; ce qui a don-
,, né fujet à la fable du raviffement
,, de Proferpine par Pluton.

Cette ftatuë de marbre haute de
fix pieds , eft préfentement à Verfailles dans les jardins.

STATVE

DE LA MVSE THALIE.

X. ,, CEtte figure repréfente la Mufe
,, Thalie. Le fculpteur luy a
,, mis un mafque à la main, à
,, caufe qu'elle préfide à la comedie.
,, On luy attribuë l'invention de la
,, géométrie & de l'agriculture.
,, Plutarque la nomme la déeffe des
,, banquets, & dit qu'elle rend les
,, hommes fociables, & d'une agrea-
,, ble compagnie. On peut juger de
,, la beauté de cette ftatuë par le
,, foin que l'ouvrier a pris à repré-
,, fenter le corps d'une belle femme,
,, dont les habits font fi légers, &
,, travaillez avec tant d'art & de
,, délicateffe , qu'encore que fon
,, corps en foit tout couvert, on ne
,, laiffe pas d'apercevoir le nud au
,, travers de fes vêtemens ; ce qui

donne à cette figure beaucoup de "
grace & de majefté. "

Cette ftatuë de marbre haute de
quatre pieds , eft préfentement à
Marly dans les jardins.

STATVE DE FLORE.

LA guirlande & les fleurs que "
cette ftatuë tient, font bien "
juger que c'eft la déeffe Flore "
qu'on a voulu repréfenter. On "
fçait affez que Flore a été une ",
célébre courtifane, qui laiffa fon "
bien au peuple de Rome, & qui "
deftina quelque fomme de deniers "
pour la célébration de certains "
jeux, qu'on apelloit Floreaux ; "
en reconnoiffance dequoy les ro- "
mains firent de cette courtifane "
une divinité, à laquelle ils attri- "
buérent le pouvoir de faire fleurir "
les plantes. Pour cacher à la pofté- "
rité ce qu'elle avoit été pendant "
fa vie , ils feignirent aprés fa "
mort qu'elle étoit femme du Ze- "
phire, le plus doux & le plus "
agréable des vents. Ils luy bâti- "
rent un temple fur le mont Qui- "
rinal, & luy drefferent plufieurs "

X I.

» statuës. On en voit une à Rome
» dans le Palais Farnése, qui est
» couronnée de fleurs. Elle est de
» marbre blanc, & beaucoup plus
» chargée de vêtemens que celle-cy,
» dont l'habit est d'un marbre gri-
» sâtre.

Cette statuë de marbre haute de
quatre pieds quatre pouces, est présentement à Marly dans les jardins.

STATVE

D'VNE FEMME.

XII. » Quelques-uns ont crû que
» cette figure représente la
» déesse Cérés, & que ce sont des
» pavots qu'elle tient dans sa main.
» Il est assez difficile d'en bien ju-
» ger, parce qu'étant gâtez par la
» longueur du temps, on ne les
» peut bien distinguer. Cette figure
» est trés-belle, & trés-antique.
» Il paroît qu'elle est de la main
» d'un des plus excellens ouvriers
» qui travailloient à Rome, où vray-
» semblablement elle a été faite;
» ce qui se reconnoît à ses vête-
» mens, dont les Grecs ordinairement

ment n'avoient pas accoûtumé de «
vêtir leurs figures. «

Cette ftatuë de marbre haute de fix
pieds , eft préfentement à Verfailles
dans les jardins.

STATVE DE PORCIE.

QUoique cette figure n'ait pas «
plus de deux pieds de haut, « XIII.
elle ne laiffe pas d'être d'une gran- «
de beauté. Auffi les anciens pre- «
noient un foin particulier à fai- «
re de ces petites ftatuës , parce «
qu'elles fervoient d'ordinaire à «
orner, & à embellir les cabi- «
nets , & les lieux les plus confi- «
dérables des Palais. Ce vafe plein «
de feu , d'où l'on voit que cette «
femme prend des charbons, fait «
bien connoître que c'eft la figure «
de Porcie fille de Caton , & fem- «
me de Brutus, qui pour ne pas «
furvivre fon mary , fe fit mourir «
elle-même , en s'étouffant avec «
des charbons ardens qu'elle mit «
dans fa bouche, ne pouvant fe fer- «
vir d'autres moyens , parce que «
fes parens veilloient continuelle- «
ment fur elle. «

C c

Cette statuë de marbre haute d'un pied neuf pouces, est présentement à Versailles.

STATVE

D'VN FAVNE.

XIV. ,, LEs anciens Romains mirent
,, Faune Roy d'Italie au nom-
,, bre de leurs dieux, à cause qu'il
,, avoit inventé beaucoup de choses
,, touchant le labourage ; & dans les
,, images qu'ils en firent, ils le re-
,, présentérent avec des cornes à la
,, tête, & des pieds de chévre. Ils le
,, firent pére des faunes, des satyres,
,, des pans, & des sylvains, qu'ils
,, estimoient des demy dieux, qui
,, habitoient les forêts, les bois, &
,, les montagnes. Les Laboureurs, les
,, Bergers, & les autres habitans
,, de la campagne adoroient ces di-
,, vinitez, & les considéroient com-
,, me leurs protecteurs. Or bien
,, qu'on les représentât ordinaire-
,, ment avec des cuisses & des jam-
,, bes de chévre, on voit néanmoins
,, des statuës où ils n'ont rien de
,, différent des autres hommes, si-

non qu'ils ont les oreilles longues "
& pointuës, & une queüe ſem- "
blable à celle des autres ſatyres. "
Ce que l'on peut obſerver de par- "
ticulier dans cette ſtatuë, c'eſt "
que les proportions du corps ſont "
différentes de celles des autres di- "
vinitez, & tiennent plus de celles "
des hommes ruſtiques & cham- "
pêtres que non pas de celles des "
héros, à cauſe que les faunes ſont "
les dieux de la campagne, & de "
ceux que le Guarini apéle *della* "
plebe de gli Dei. "

Cette ſtatuë de marbre haute de
quatre pieds deux pouces, eſt préſentement à Verſailles dans les jardins.

AVTRE STATVE

D'VN FAVNE.

CEtte ſtatuë repréſente un Fau- "
ne ſemblable au précédent. "
Il eſt comme apuyé ſur une outre, "
& tient dans ſes mains de ces "
ſortes d'inſtrumens dont joüoient "
ordinairement les Baccantes, & "
ceux qui ſuivoient Bacchus. Cette "
figure paroît de la même main "

XV.

C ç ij

» que l'autre Faune qui tient un
» chalumeau , & font toutes deux
» d'un excélent travail. Elles vien-
» nent du Cardinal Mazarin.

Cette ftatuë de marbre haute de
quatre pieds deux pouces , eft préfentement à Verfailles dans les jardins.

BUSTE

D' VN SENATEUR

Romain.

XVI.   » CEtte tête avec fon bufte re-
» préfente un Sénateur Romain
» envelopé d'un manteau jetté fur
» l'épaule gauche, & qu'il tient de
» la main droite. Tous les traits du
» vifage font marquez avec beau-
» coup d'art & de fcience; & l'on
» voit quelque chofe dans les yeux
» de fier & de hardy.

Ce bufte de marbre eft préfentement à Verfailles.

BVSTE

D'VNE DAME
Romaine.

LE Sculpteur a repréſenté icy « XVII.
une Dame Romaine couverte «
d'un habit fort ample, & coëffée «
d'une maniére négligée. Cette tête «
eſt fort belle & bien conſervée. «
Ce buſte de marbre eſt préſentement à Verſailles.

AVTRE BVSTE

D'VNE DAME
Romaine.

LA coëffûre particuliere de « XVIII.
cette figure fait juger, que «
c'eſt une perſonne d'une grande «
conſidération que l'on a repré- «
ſentée, parce que toutes les Dames «
Romaines ne portoient pas indif- «
féremment un ornement auſſi ri- «
che, & ſemblable à celuy dont «

,, cette tête eft parée. Les vêtemens
,, qui la couvrent, & qui forment
,, le bufte, font d'un marbre jafpé,
,, & la tête de marbre antique. Elle
,, vient du Cardinal Mazarin.

Ce bufte de marbre eft préfentement à Verfailles.

A. FE'LIBIEN.

Toutes les defcriptions précédentes de tableaux, de ftatuës & de buftes
antiques ont déja été mifes au jour
en l'année 1679. mais voicy quelqu'autres defcriptions de peintures
qui n'ont point été imprimées, quoy
qu'il y ait plufieurs années qu'elles
foient faites.

DESCRIPTION
D'UN TABLEAU
DE MIGNARD
le Romain.

COmme je fuis obligé de parler icy d'un tableau dont l'invention eft nouvelle, je tâcheray d'en faire connoître toutes les parties. L'auteur s'étant formé une haute idée de la gloire du Roy & du bruit de fes grandes actions, femble avoir porté fon imagination jufqu'aux climats les plus éloignez pour exprimer d'une maniére ingénieufe la puiffance que ce grand Prince s'eft acquife fur la mer auffi bien que fur la terre. Deux belles femmes repréfentent des victoires. La premiére tient d'une main une trompette, dont la banderolle eft femée de fleurs-de lys. Elle embouche une autre trompette pour faire retentir par tout l'univers le nom de LOUIS LE GRAND. La feconde qui eft vêtuë d'un habit de couleur

changeante, tient un guidon blanc
doublé de drap d'or, au milieu duquel est un soleil qui est le corps de
la devise du Roy. Au dessus de cette
femme est un amour qui tient une
tige de lys. Il semble que ce soit au
bruit & à l'aspect de ces victoires que
Neptune arrive & se présente environné de Nymphes & de Tritons.
Il est debout dans un char de nacre
tiré par deux chevaux marins, & il
éléve les bras, les mains, & tout
son corps pour offrir sa couronne,
son trident qui est son sceptre, la
conduite de son char & sa personne
même à celuy dont il considére la
devise, & duquel il entend éclater
le nom. La taille de Neptune est
grande, l'air de son visage est plein
de majesté, & sa barbe est longue
& d'une blancheur tirant sur le verd
de la maniére dont on la représente
aux divinitez des eaux. Une des
Nymphes qui l'accompagnent est au
delà de son char, sur lequel elle
s'apuye d'une main, tenant de l'autre
une coquille pleine de perles. Le
char qui est devant elle empesche
qu'on la voye entiérement. Il y a
deux autres Nymphes assises sur un
loup-

loup-marin. Celle qui le conduit a les cheveux blonds noüez avec des fils de grosses perles. L'autre Nymphe d'un air fort enjoüé a l'action d'une jeune fille , & se détourne pour regarder deux petits amours qui sont à côté du char de Neptune sur un Dauphin. Ce n'est pas sans raison que le peintre s'est étudié à représenter ces trois Nymphes avec une beauté , une délicatesse & une fraîcheur admirable , puisque c'est ainsi que les Poëtes ont décrit les Néréides à qui la Reine Cassiope mere d'Andromede eut la hardiesse de se comparer. Mais c'est aussi avec beaucoup de jugement qu'il ne les a pas fait paroître avec cette humeur folâtre qu'on leur attribuë, & qui ne conviendroit pas à une action aussi serieuse que celle qu'il a peinte. Ainsi le peintre plûtôt que d'enrichir son sujet par de nouveaux ornemens, a choisi des poissons difformes & monstrueux pour porter les Nymphes & les amours. Cette oposition leur donne plus de lustre & de délicatesse, & sert aussi à faire avancer le devant de son tableau , où l'eau de la mer battuë & agitée par le

D d

mouvement des chevaux & des figures forment des vagues plus fortes & plus élevées.

Au delà & à côté des chevaux marins, & des autres figures qui tirent le char de Neptune, il y a un Triton, qui d'une main tient la bride de l'un de ces chevaux pour l'arrêter, & de l'autre main il soûtient les rênes. Ce triton est couronné de branches de corail & de feüilles d'eau. Il a les membres forts & la chair rouge ; parce que les Poëtes représentent ainsi ces habitans de la mer, & qu'Ovide dit que Triton a les épaules de pourpre. Il est couvert d'une draperie changeante de couleurs un peu fortes, qui font paroître avec plus d'avantage la blancheur du corps & la couleur des cheveux blonds de la Nymphe qui est devant luy.

Un autre Triton à demy enfoncé dans l'eau, est à la tête de l'autre cheval, qu'il retient par la bride & par les crins, comme pour donner le temps à Neptune de rendre ses hommages & d'offrir ses présens. Le premier est vû de front ; & le second pour faire une attitude différente, ne paroît que de profil.

Derriére le char il y a plusieurs Tritons qui ont aussi la tête couverte de corail & de feüilles. L'un avec une grande coquille pleine de corail & de perles, paroît presque hors de l'eau ; on le voit depuis la ceinture en bas, il se soûtient par des nageoires qui forment ses cuisses, & le reste de son corps se termine par une queuë de poisson.

Trois autres Tritons le suivent. Celuy qui est sur le devant tient d'une main un cornet, & de l'autre une conque, de laquelle il sonne comme d'une trompette. Il est à demy dans l'eau qui boüillonne autour de luy. Ses cheveux sont abattus & moüillez. L'air de son visage est plus grossier, & ses membres plus robustes que ceux des autres. L'effort qu'il fait en avançant dans l'eau, & en soufflant dans sa conque, rend ses muscles & ses nerfs plus aparens. Un jeune Triton d'une proportion moins forte, tient de la main droite une branche de corail, & de la gauche une conque pleine de perles & de croissances de mer. Plus loin le troisime Triton fend les vagues & semblant se hâter de joindre les pre-

miers, laiſſe à penſer qu'il y en a
encore qui le ſuivent.

Une mer d'une vaſte étenduë perce
le milieu du tableau, & l'induſtrie
du peintre a ſi bien réuſſi dans la
diminution du plan, que la vûë
venant à ſe perdre, on diroit que
l'eau n'a point de bornes de ce côté-
là, & qu'elle s'étend juſqu'au bout
du monde, n'eſtant terminée que du
ciel, auquel elle ſemble ſe joindre à
l'extrémité de l'horiſon.

A l'un des côtez de ce même tableau, on voit avancer dans la mer
une vile bâtie ſolidement, & d'une
maniére conforme à ſa ſituation. De
l'autre côté ſont des montagnes, les
unes plus éloignées que les autres qui
ſe dérobent inſenſiblement à la vûë.

Proche de ces montagnes & au
milieu de la mer calme & tranqui-
le, des vaiſſeaux dans des diſtances
& des éloignemens différens inter-
rompent la ſurface de l'eau, qui ſem-
bleroit une glace de miroir, ſans une
petite agitation qui éleve ſes ondes.

Une lumiére judicieuſement ré-
panduë par tout eſt jointe à une ſçavante dégradation de tous les corps.
Enfin comme le ſujet de ce tableau

regarde la gloire & la puiſſance du Roy qui ſe répandent par toute la terre, d'une maniére à faire aimer & admirer ſes grandes vertus & les hautes qualitez qu'il poſſéde; l'on voit que toutes les figures paroiſſent dans une admiration reſpectueuſe & pleine d'amour & de ſoûmiſſion, ce qui fait que l'on entre aiſément & avec plaiſir dans les mêmes ſentimens, c'eſt-à dire dans un profond reſpect, & une grande vénération pour la perſonne du Roy.

A. FE'LIBIEN.

EXPLICATION
DV PRINCIPAL TABLEAU
de la grande galerie.

LE Roy voulant qu'on embelît la galerie de Verſailles d'ornemens & de peintures couvenables à la grandeur & à la magnificence de ce bâtiment, on crut ne pouvoir rien faire de plus agréable ny de plus digne de cette Royale maiſon qu'en repréſentant dans des tableaux les plus mémorables actions que Sa Ma-

D d iij

jefté a faites depuis qu'il a pris luy-
même le foin de fon Royaume.

Mais parce que dans l'execution
de ce deffein, le peintre a accompagné fes fujets de figures allégoriques,
on a jugé neceffaire, pour les bien
faire entendre, d'expliquer fa penfée,
& de faire un plan de la diftribution
de tout l'ouvrage.

Il a feint dans l'étenduë du cintre plufieurs ouvertures, au travers
defquelles on voit les actions qu'il a
repréfentées ; & pour le refte de la
voûte qui marque de la folidité, il
l'a enrichi de différens ornemens. Au
plus haut du cintre & à l'endroit de la
clef, il a mis des bas-reliefs, dont les
figures font d'azur fur un fond d'or,
& en d'autres endroits, il a comme
enchâffé des tableaux de différentes
grandeurs.

Le tableau fur lequel on doit s'arrêter d'abord eft au milieu de la galerie. C'eft-là qu'on a repréfenté le
Roy lorfqu'après avoir mis le calme
dans fes Etats, & fait la paix avec
l'Efpagne par fon heureux mariage,
il joüiffoit au milieu de fa Cour d'un
doux & agréable repos. Il paroît
affis dans un trône ; les graces font

autour de luy figurées par trois belles femmes qui ont la tête couverte
de fleurs; les jeux, les ris, & les
divertissemens l'environnent, & sont
exprimez par de jeunes enfans. La
tranquilité est au pied du trône, &
la France dans un des coins du tableau. Elle est couverte d'un grand
manteau bleu, & apuyée sur un bouclier, au dessous duquel est la discorde écrasée. La Seine figurée par
une femme qui tient une urne d'où
sort une abondance de fruits est assise auprès de la France qui paroît
dans l'ombre, & n'est éclairée que par
le flambeau de l'hymen qui est derriére elle. Plus haut le Temps sous
la figure d'un vieillard leve une espéce de tapisserie, comme pour découvrir le Roy, pendant que Minerve déesse de la sagesse montre à
Sa Majesté une belle femme assise
sur des nuées, & dont les traits
du visage ont beaucoup de douceur,
de grace & de majesté. Sur ses cheveux blonds brille une couronne
d'or, & sa tête est toute environnée
de lumiére. Elle a la gorge & les
bras découverts. Une espece de tunique blanche qui luy couvre le reste

du corps est serrée d'une ceinture
d'or, & par dessus est un grand
manteau bleu rehaussé d'or. Cette
figure représente la gloire qui tient
une couronne d'or surmontée d'étoil-
les. Le Roy transporté de joye à la
vûë de cette divinité si charmante
paroît épris d'amour pour sa beauté,
& d'un ardent desir de posseder la
couronne qu'elle luy offre.

La Valeur figurée par le dieu Mars
est auprés de la Gloire, & semble in-
viter ce grand Prince à la suivre pour
recevoir de sa main cette couronne
immortelle.

Derriére la gloire & la valeur
paroît la victoire ayant des aîles au
dos, & tenant une lance. Au dessus
du Roy l'on voit sur des nuages toutes les divinitez assemblées pour fa-
voriser ses entreprises. Appollon qui
est dans son char précédé de l'aurore
& de l'étoile du jour, semble hâter ses
chevaux pour venir se joindre à elles.

Comme cette action paroît par
une ouverture feinte qui comprend
tout le ceintre de la galerie depuis un
des côtez jusqu'à l'autre, le peintre
a représenté dans le même espace &
à l'oposite du sujet dont on vient de

parler un groupe de trois figures de
femmes. Celle du milieu eſt plus
élevée que les deux autres. Elle eſt
aſſiſe ſur un nuage, & derriére elle
eſt un aigle qui étend ſes aîles &
avance le col. Cette femme a ſur ſa
tête une couronne fermée. Elle eſt
couverte d'un grand manteau en broderie. De la main gauche elle tient
un ſceptre; & s'apuye fiérement le
bras droit ſur ſa hanche.

La femme qui eſt à ſa droite a le
teint plus baſanné ; elle n'a pas
moins de fierté dans ſa contenance,
& outre cela on apperçoit dans ſon
viſage quelque choſe de moins humain. Auſſi à côté d'elle voit-on un
trône renverſé ; ſous ſes pieds un
lion qui dévore un Roy des Indes,
& tout proche une femme en furie
qui d'une main tient un flambeau
allumé dont elle embraſe des édifices, & de l'autre elle arrache la couronne de deſſus la tête d'un Prince
abatu ſous elle.

La troiſiéme femme qui eſt au côté
gauche de celle du milieu, a l'air
de ſon viſage aſſez différent des
deux autres. Elle eſt appuyée contre
un lion qui tient pluſieurs fléches

dans ses griffes. D'une main elle
tient un trident, & de l'autre le bout
d'une chaîne à laquelle une femme
couronnée de branches de corail est
attachée.

Le peintre par ces trois figures a
voulu représenter l'Empire, l'Espagne & la Hollande.

Au dessus de ces figures est Mercure tenant son caducée; il semble
descendre du ciel & parler à ces trois
femmes. La pensée du peintre est,
qu'il leur fait connoître que le Roy
attiré par la gloire & assisté de toutes ces divinitez sera bien-tost en
état d'abaisser leur orgueil, punir
leur cruauté, & renverser leurs am-
bitieux projets. On voit même Jupiter qui tient un foudre à la main, &
semble les menacer.

C'est par ces divinitez qui sont
au milieu de la voûte que le peintre
a joint ces deux sujets ensemble, &
qu'il n'en a fait qu'un seul tableau,
par lequel il a voulu faire connoître comme le Roy transporté du desir de la gloire, après avoir goûté
les plaisirs de sa Cour dans les premiers temps de son mariage, les
quite & s'en sépare pour s'apliquer

aux emplois où la gloire elle-même l'appelle, & aprés avoir établi l'ordre & la justice dans son Royaume, se rendre protecteur des peuples & l'arbitre des Nations.

A. FELIBIEN.

Tableau de le Brun.

CE tableau exprime d'une manière admirable l'état où nôtre Seigneur estoit dans le jardin des olives. Jamais l'art de la peinture ne représenta mieux une douleur excessive. Elle paroît dans tous les traits du visage de nôtre Seigneur, & sur toutes les parties de son corps : Et il n'y a point de coup de pinceau qui n'y marque quelque sensibilité, & quelque souffrance.

Mais si le corps est abbatu & languissant; si la sueur & le sang qui en coulent marquent de l'accablement & de la foiblesse, les yeux du Sauveur élevez en haut montrent que son ame toute divine n'est pas moins élevée vers le ciel que son corps est humilié sur la terre, & que s'il y a de la défaillance dans sa chair, il y a de la force & de la résolution dans son esprit pour remplir le decret éternel de Dieu son père.

A. F.

Tableau de Mignard.

D Ans ce tableau le peintre a pris le moment que Jesus-Christ se trouvant accablé du poids de sa croix au sortir de Jerusalem, les Juifs la chargèrent sur les époules d'un cyrénéen, nommé Simon. La figure de nôtre-Seigneur occupe le milieu du tableau, Simon est à côté, & plusieurs soldats sont autour d'eux. Plus loin on voit les deux larrons qui marchent au suplice, conduits par des bourreaux & par des Juifs qui portent divers instrumens de la passion de Jesus-Christ, le

fond de ce même tableau eſt une des
portes de la vile de Jeruſalem, & un
chemin pour aller au Calvaire, avec
un païſage dans l'éloignement. On
voit ſortir de la vile le Centurion à
cheval ſuivi de ſoldats Romains qui
marchent en ordre. Au devant de ces
ſoldats la ſainte Vierge mere de J. C.
ſaint Jean, ſainte Marie-Madelaine
& Marie Salomé ont toutes les yeux
attachez ſur la perſonne du Sauveur.
Un ſoldat ſemble vouloir les faire
retirer. D'autres femmes en pleurs
repréſentent les filles de Jéruſalem
pour marquer l'endroit de la prophé-
tie, qui dit : *Ne pleurez pas ſur moy,*
filles de Jéruſalem, mais pleurez ſur vous-
mêmes & ſur vos enfans. Quantité de
jeuneſgens qui ſemblent être accourus
pour voir ce triſte ſpectacle, ſont audevant des larrons. Et plus loin des
ſoldats à cheval & à pied s'avancent
vers le Calvaire, pendant que pluſieurs perſonnes de tout âge & de
tout ſexe occupent les chemins &
ſont placez ſur des hauteurs pour
voir de plus loin ce qui ſe paſſe.

Toute cette compoſition eſt trai-
tée avec beaucoup d'art. Et les figures en ſont ſi bien dégagées, quoy

qu'en fort grand nombre, qu'il pourroit y en avoir encore une plus grande quantité sans confusion ny sans
embaras. Elles sont très bien dessi-
nées, & il y paroît de la variété,
non-seulement dans les attitudes;
mais encore dans les airs de têtes,
dans les différentes expressions qui
marquent sur les visages les sentimens
intérieurs de chaque personne. L'on
distingue aisément les soldats Romains d'avec les Juifs. On juge que ces
derniers qui paroissent comme autant
de bourreaux se repaissent déja du
sang innocent du divin Sauveur. Et
J. C. léve la tête vers le ciel, comme
pour offrir ses souffrances au Pére
éternel. Sa douleur paroît sur son
visage, où l'on a aussi exprimé une
constance digne d'un Dieu souffrant,
il y a de la noblesse dans la douleur
qui accable la sainte Vierge. Enfin le
peintre s'est efforcé de donner à chacune de ces figures le vray caractére
qu'elles doivent avoir, & il y a une
convenance parfaite dans les vêtemens, desorte que l'on peut dire que ce
tableau est un des plus sçavans qui soit
sorti de ses mains. Il est à Versailles
dans le premier apartement du Roy.

CHANGE.

Changemens qui ont esté faits à Versailles en divers endroits du Château , pendant l'impreſſion de ce volume.

LEs nouveaux embeliſſemens que l'on vient de faire à Versailles dans le principal apartement haut du vieux Château doivent être décrits avec autant de ſoin , qu'on a eu de plaiſir à les conſidérer. L'eſcalier ſemble ètre fort agrandi par l'ouverture d'une arcade qu'on a faite en haut vers le ſeptentrion. Elle y aporte un nouveau jour , & y fait voir un palier, qui contient tout l'eſpace du veſtibule qu'on trouvoit proche de la ſale des Gardes de l'apartement du Roi. Ce nouveau palier eſt incruſté de marbre, ainſi que le reſte de l'eſcalier ; & il y a ſous l'arcade une baluſtrade auſſi de marbre pour y ſervir d'appuy. Une arcade avec une ſemblable baluſtrade orne de l'autre côté de l'eſcalier vers le midi une ouverture feinte de pareille hauteur & largeur que celle du palier ;

mais remplie d'un grand tableau representant une galerie ou espéce de colonnade en perspective. Outre plusieurs figures qui paroissent dans le lointain, on a peint sur le devant un jeune homme avec une corbeille de fleurs en ses mains.

L'on n'a rien changé dans la sale des Gardes. Pour l'antichambre du Roy, ou l'apartement de nuit de Monseigneur le Duc de Bourgogne a son entrée vers le midi; deux grandes portes qui sont aux côtez de la cheminée, font découvrir à l'occident un nouveau salon qui ne surprend pas moins par sa richesse, que par sa grandeur. Il contient tout l'espace d'une seconde antichambre, & d'une chambre où l'on a vû jusqu'ici le lit du Roi: ainsi ce nouveau salon a au moins 60 pieds de longueur sur environ 26 pieds de largeur; & son exhaussement qu'on a beaucoup augmenté, a donné moyen de faire une ouverture ovale de fenêtre dans le haut de l'extrémité vers le midi. Il y a en bas à cette même extrémité trois arcades, dont deux servent de fenêtres, & l'autre est la porte de l'escalier de dégagement par où l'on monte de l'apartement de Monseigneur à l'apartement du Roi. C'est au dessus de l'arcade du milieu que l'ouverture ovale de fenêtre, que l'on nomme un œil de bœuf, a été faite pour donner plus de jour au salon.

Ce salon a vers l'orient entre les deux portes de l'antichambre le grand tableau ou Paul Veronese a peint Ester à demi évanoüie entre les bras de ses compagnes en la presence du Roi Assuerus son époux. La bordure de ce tableau est portée sur la corniche d'une espéce de soûbassement, soûtenuë par deux consoles. Deux petits tableaux aussi de Paul Véronése sont audessus des portes de l'antichambre : L'un représente les pasteurs ou bergers qui adorerent Jésus-Christ à sa naissance ; & l'autre le corps de J. C. que l'on met au tombeau.

Le salon a du même côté quatre fenêtres, l'une au bout vers le midi, les trois autres à l'autre bout, & toutes accompagnées de tremeaux de glaces. Au côté vers l'occident on voit dans le milieu quatre arcades séparées aussi par des tre-

meaux de glaces, & qui donnent entrée dans la grande galerie, d'où le
ſalon reçoit encore un jour conſidérable par ces arcades. Du même
côté il y a vers le midi un grand
tableau repréſentant Judith qui tient
la tête d'Holopherne qu'elle a cou-
pée ; & à l'autre bout vers le ſeptentrion un tableau de Bethſabée dans
le bain à qui un ſerviteur de David
déclare la paſſion de ce Prince qui
la regarde du haut de ſon palais.
Ces deux tableaux ſont de Paul Vé-
ronéſe & trés-beaux. Deux eſpéces
de ſoûbaſſemens ornez chacun de
quatre petits pilaſtres attiques en
ſoûtiennent les bordures ; & pluſieurs grands pilaſtres compoſites
portent la grande corniche qui environne le ſalon. C'eſt au milieu de
la quatriéme face qui occupe l'extrémité du ſalon vers le ſeptentrion que
la cheminée eſt placée. Son chambranle eſt de marbre: De grandes glaces de miroir rempliſſent ſeuls l'eſpace qui eſt au deſſus, juſqu'à la grande corniche du ſalon : & plus haut
ſur cette même corniche, il y a un
tableau qui repréſente la fuite de nôtre Seigneur en Egypte peint par

Gentilleschi. Le tableau est placé dans l'enfoncement d'une ouverture ovale feinte qui fait simmétrie avec l'ouverture de fenêtre ou œil de bœuf, qu'on a remarquée vis-à-vis. La cheminée forme une espéce d'avant-corps entre deux pilastres, proche desquels il y a deux portes, l'une feinte & l'autre véritable pour entrer dans la chambre du Roi. Deux tableaux du Bassan ornent le dessus de ces portes. Mais quelque plaisir que l'on prenne à considérer dans ce salon tout ce qui fait la richesse & la beauté de ces lambris, où l'or est employé avec abondance à couvrir sur un fond blanc tous les ornemens du sculpture, & jusqu'aux moindres moulures, tant des chambranles de portes & de fenêtres, que des bordures de tableaux & de glaces, des simples compartimens de menuiserie, des pilastres, des corniches, & d'autres ornemens d'architecture. On considére néanmoins avec encore plus d'aplication une grande frise rampante d'une invention nouvelle qui environne tout le salon dans la naissance de sa voute audessus du grand

entablement. Cette grande frife eft
furmontée d'une autre corniche qui
forme deux efpéces de frontons ronds
audeffus de la nouvelle ouverture de
fenêtre & de l'ouverture feinte qui
lui eft opposée; Chacun des frontons eft porté par deux figures de jeunes hommes en bas relief, & le refte
de la frife à fond blanc eft enrichi de
rofes & de compartimens en façon de
refeaux d'or: Et il y a fur cette riche
mofaïque, quantité de figures en bas
relief auffi toutes dorées, qui repréfentent des enfans de grandeur naturelle; plufieurs femblent s'occuper à
courir aprés des oifeaux, à dompter
des lions, & d'autres bêtes feroces;
d'autres s'exercent à fauter, à dan-
cer, à manier diverfes armes,
quelques-uns font portez comme en
triomphe. Les corniches font toutes
dorées, & celle de deffous a des mo-
dillons, dont chaque intervalle eft
rempli d'une médaille, avec des feftons de fleurs, & des branches de palme & de laurier.

L'on ne peut trop confidérer dans
la chambre du Roi qui fervoit autrefois de falon, les changemens qu'on
y a faits, & les ornemens nouveaux

dont on l'a embellie. Elle eſt toute
boiſée, & preſque entierement dorée ſur un fond blanc, ainſi que le
grand ſalon ; mais ornée avec encore
plus de magnificence. La cheminée
eſt placée à préſent vers le ſeptentrion ; ſon chambranle de marbre occupe le bas d'une grande arcade remplie de glaces de miroir, & dont
le cintre eſt porté par des pilaſtres
ioniques, & chargé d'une caſſolette
fumante, accompagnée de feſtons de
fleurs, & de deux zéphires figurez
par des enfans en bas relief qui ont
des aîles de papillon au dos. Il y
a une ſemblable arcade vis-à-vis
auſſi toute remplie de glaces & accompagnée d'ornemens. L'on a doré
de nouveau les pilaſtres, & tous les
ouvrages de ſculpture qu'on a conſervez. Une grande arcade ſur-
baiſſée ſert du côté de l'occident
vis-à-vis des fenêtres, à augmenter
la profondeur de cette chambre pour
y placer plus commodément le lit
du Roi.

Deux figures de femmes aſſiſes ſur
l'archivolte de l'arcade tiennent des
trompettes en leurs mains pour repréſenter des renommées ; tout le dedans

F f iiij

du cintre de la même arcade au deſſus
de la corniche portée par des pilaſtres d'ordre compoſite dans les autres faces de la chambre, eſt rempli d'un compartiment doré de cadres & de roſes qui forment ſur un
fond blanc une eſpece de moſaïque.
C'eſt-là que l'on a repréſenté dans
l'étendûë du même cintre par des
ſculptures toutes dorées, la France
aſſiſe ſur un amas d'armes ſous un
riche pavillon ; Le reſte du même enfoncement ſous la corniche qui ſépare le cintre eſt tendu pour l'hiver
de tapiſſerie ; & le lit qu'on y a
placé eſt neuf, & d'un deſſein auſſi
beau que magnifique. Il eſt de velours cramoiſi couvert de broderie ſi
tiſſuë d'or, qu'à peine en peut-t'on
connoître le fond : On voit encore
dans cette chambre quatre portieres de tapiſſeries neuves à fond
d'or, ou des ornemens ingénieuſe-
ment travaillez, & des figures au
naturel repréſentent les quatre ſaiſons. Les portieres & les autres meubles du grand ſalon que l'on à décrit
& de deux cabinets dont il reſte à
parler ont eſté auſſi renouvellez. L'on
n'a point changé dans la chambre les

tableaux de deſſus les portes, ni les tableaux de l'attique; mais on a ôté la ſainte Cecile & le David, tous deux du Dominiquin, qui étoient l'un au deſſus de la cheminée & l'autre vis-à-vis.

De la même chambre à coucher, on entre par les portes vers le ſeptentrion dans le Cabinet du conſeil qu'on a beaucoup exhauſſé & accrû, en diminuant la grandeur d'une autre piéce, qu'on apelloit le cabinet des termes, & qui a vûë ſur la petite cour de l'apartement des bains. Ces deux piéces, la chambre à coucher & le grand ſalon ont à préſent à toutes leurs fenêtres des arriéres vouſſures qui en augmentent le jour, & qui ſont embellies d'ornemens dorez, où l'on voit ſur des compartimens de cadres remplis de roſes, les chiffres du Roi, & le ſoleil qui eſt le corps de la deviſe de Sa Majeſté.

Le Cabinet du conſeil eſt maintenant une grande & magnifique piéce, il eſt preſque tout doré & lambriſſé de glaces, tant du côté des fenêtres, que des trois autres côtez; La face oppoſée aux fenêtres à trois arcades, dont les cintres de mê-

me que les arriéres voussures des fenêtres font ornées de compartimens,
de cadres dorez remplis de roses, &
furchargé des chiffres & du corps de
la devise du Roi; Le reste de ces arcades est rempli de glaces de miroir.
L'arcade du milieu plus grande que
les deux autres à la clef de son archivolte ou bandeau ornée d'un sceptre,
& d'une main de justice passez en-
fautoir, avec la couronne royale audessus : Des frises d'ornemens aussi
toutes dorées embellissent les intervales des arcades; & les angles ou écoin-
çons des arcs audessus des bandeaux
font enrichis de compartimens en
mosaïque, de cadres remplis de
roses.

Pour les deux autres faces du même cabinet elles font femblables l'u-
ne à l'autre : La cheminée est dans le
milieu de la face vers le feptentrion;
Des glaces remplissent une grande arcade qui est audessus de la cheminée;
une arcade femblable que l'on voit au
côté opposé; & les tremeaux entre
chacune de ces deux arcades, & les
deux portes qui font de part & d'autre : Des chiffres du Roi dans des cartouches couronnez & accompagnez

de cornes d'abondance ornent le deffus des cintres de chaque arcade ; &
des tableaux du Pouffin font audeffus
des quatre portes , dont les deux vers
le feptentrion donnent entrée dans
l'ancien cabinet des termes. Une cinquiéme porte du côté des fenêtres,
fert à paffer du cabinet du confeil ,
dans les cabinets qui font vers l'o-
rient, où l'ancien cabinet des termes
conferve encore une porte particuliere.

Ce cabinet qu'on a diminué pour
accroître le cabinet du confeil a fa
cheminée du côté du midi. Il y a des
glaces audeffus & aux côtez de cette
cheminée entre deux portes qui font
de part & d'autre; Des glaces femblables, accompagnent la porte qui
donne entrée dans les cabinets vers
l'orient, couvrent auffi du côté du
feptentrion les tremeaux des fenêtres, & ceux d'une porte toute de
glaces qui fert à paffer aux garde-
robes du Roi, compofées de plufieurs cabinets, & d'une petite gallerie qu'on y a ajoûté nouvellement.

Cet ancien cabinet des termes n'a des
glaces vers l'occident que dans un in-

tervale affez petit, qui fépare deux
portes , dont une fert à paffer dans le
grand apartement du Roi ; Trois tableaux du Baffan font placez audeffus
des deux portes aux côtez de la cheminée ; & fur la porte par où l'on va
dans les cabinets vers l'orient.

Il eft à propos de dire icy quelque
chofe de ces cabinets pour en marquer
la difpofition mieux que nous n'a-
vons encore fait. Le premier où l'on
entre par le grand cabinet du confeil
& par l'ancien cabinet des termes,
eft celui où il y a eu un billard. Le
veftibule du petit efcalier du Roi fert
enfuite à paffer dans un autre cabinet qu'une arcade & deux autres ouvertures moins grandes qui l'accompagnent uniffent à la derniere piéce
de l'enfilade. Ici une porte fituée
au feptentrion donne entrée dans
un falon ovale tout doré & orné de
pilaftres & de quatre niches , où l'on
a placé autant de groupes de bronze.
Deux de l'Algarde repréfentent l'un
Junon & l'autre Jupiter , & les deux
autres l'enlevement d'Orithie par
Borée, & l'enlevement de Proferpine
par Pluton. Enfin dans ce falon
ovale, une porte donne entrée dans

un cabinet qui l'accompagne vers l'occident, & une autre porte vers l'orient conduit à la petite galerie peinte par Mignard, dont nous avons rapporté une description assez étendue, ainsi que des deux salons qui sont à ses extrémitez.

ADDITIONS.

ENtre plusieurs ornemens particuliers de Versailles que j'ai crû devoir me dispenser de décrire ; il y en a dont je suis à présent obligé de parler, afin de ne rien obmettre de ce qui se trouve de plus considérable parmi ces ornemens. J'ai donc oublié de dire que les figures qui sont autour de la petite cour pavée de marbre expriment par leurs attributs, les unes les vertus heroïques *pag.* du Roi, & d'autres les quatre parties 1 0 du monde. Par exemple, les figures de Mars & d'Hercules, assises sur le fronton du milieu de la principale face de cette partie du château désignent la valeur du Roi. La Renommée, l'Europe, l'Asie, l'Activité, la Prudence, la Justice, Minerve, la Paix, & la Magnificence ; sont représentées par neuf figures rangées vers le midi sur les balustrades du haut de cette face de bâtimens : & neuf autres qui font cimetrie avec les précédentes dans la face opposée, font la Victoire, l'Afrique, l'Amérique, la Gloire, l'Autorité, la Richesse, la Générosité, la Force, & l'Abondance.

pag. *50* J'ai encore oublié à faire remarquer que la place de la Chapelle dont il est parlé dans l'ancienne description a servi à augmenter la grandeur du petit escalier de marbre, dans le *pag,* *50* tems que l'on fit la Chapelle, qui est proche la nouvelle qu'on bâtit à présent.

Explication de la premiere plan-che, qui contient un plan de la Vile & du Château de Versailles, suivant la nouvelle description.

EN rapportant ici , ce que les chiffres marquez sur ce plan désignent chacun en particulier : J'ajoûterai à chaque article les pages où il en est parlé dans le présent volume. Et l'on trouvera à la fin de plusieurs de ces articles , une partie des suplémens qui ont esté promis dans l'avertissement.

Il est aisé de reconnoître sur le plan où aboutissent les chemins, tant anciens que nouveaux qui conduisent de Paris à Versailles, & dont il est fait mention au commencement de ce volume, pag. 2

Ce quartier a le long d'un côté de la grande place Royale, & juſ-que dans l'avenuë de ſaint Cloud divers hôtels & édifices conſidéra-bles qu'il eſt à propos de nommer ici ; ſçavoir dans la ruë d'Orleans, proche la ruë des Reſervoirs qui eſt vers le château, il y a le château d'eau, l'hôtel de Villeroy que la ruë des Bons-enfans ſépare de l'hôtel de Grandmont ; enſuite ſont les hôtels de Villacerf & de Choiſeüil, que la ruë de Marly ſépare de l'hôtel de la Feüillade ;
                                        celui

celui-ci est suivi des hôtels de Ma-
demoiselle, de la Mothe Hodencourt,
d'Aumont, de la Vieuville & de la
Rochefoucault que la ruë Dauphine sépare de hôtel de Gesvres, après
lequel on trouve les hostels de Lan-
glée, d'Estrées, de Guise, & divers
autres situez à l'entrée de l'avenuë
de saint Cloud, où il y a du côté de
la grande Ecurie & du Chenil, les
hôtels de Monaco, d'Espinoy &
de Saint-Simon. Il est parlé du château d'eau, pag.   24

15 La place Dauphine, pag.   22
    Cette place où il y a deux fon-
taines est traversée par deux grandes
ruës; l'une, qui commence du côté
du midi dans la grande place Royale, & qui se termine vers le septentrion dans la ruë de la Paroisse vis-
à-vis de l'Eglise, est apélée la ruë
Dauphine; & l'autre, est la ruë de
la Pompe; Elle commence vers l'occident dans la ruë des Reservoirs:
Elle coupe la ruë des Bons-enfans,
Depuis cet endroit jusqu'à la place
Dauphine; elle a d'un côté l'hôtel
de Noailles, & les Ecuries de la
Reine; & de l'autre côté entre la
ruë des Bons-Enfans & la ruë de

Tome I.   G g

Conty, l'hôtel de Boüillon, les anciennes Ecuries de Monsieur, & l'hôtel de Duras : Et cette même ruë de la Pompe entre la place Dauphine & l'avenuë de S. Cloud, où elle se termine vers le levant, a d'un côté l'hôtel de Montausier qui est grand & magnifique, & plus loin qu'une petite ruë, apellé la ruë des deux portes, l'hôtel du Plessis qui donne le nom à une des plus grandes ruës de la Vile neuve. Il est parlé des écuries de la Reine, pag. 23

16 La grande ruë de la Paroisse, pag. 22. 23

Cette ruë est la plus longue, non seulement de la Vile neuve, mais encore de tout Versailles. Vers la ruë des Reservoirs ou la grande ruë de la paroisse se termine à l'occident, il y a l'hôtel de Châteauneuf ou de la Vrilliére, les hôtels de Broglio, de Ternac, de Souches, & divers autres. L'Église paroissiale est dans la même ruë vis-à-vis la ruë Dauphine, avec la maison de la Charité & les logemens du Curé & de la Communauté des Peres de la Mission. La même ruë de la paroisse aprés avoir traversé la place du marché ſe termine vers l'orient dans l'avenuë de ſaint Cloud : Quelques-uns nomment cette partie la ruë de Paris. Il eſt parlé de l'Egliſe par-roiſſiale & des logemens qui l'accom-pagnent, pag. 23

Cette place eſt traverſée non-ſeule-ment par la grande ruë de la paroiſſe ou la ruë de Paris de l'orient à l'oc-cident ; mais encore par la ruë du Pleſſis, depuis l'hôtel du Pleſſis juſqu'à l'étang, dont quelques-uns donnent le nom à une partie de cette ruë.

La ruë de Clagny eſt entre ce parc & la Vile neuvé.

Il termine la Vile neuve du côté du ſeptentrion, & le parc de Clagny vers l'occident.

long de l'aîle neuve du château. Il y a le pavillon ou les écuries de Monſieur, une petite rue du même nom qui conduit dans la ruë des Bons-enfans, & les hôtels, de Lou-voys, de Richelieu, du Lude, d'al-luye, & de Boüillon, ſeparé par la

Gg ij

ruë de la Pompe de l'hôtel de Cré-
quy, l'hôtel d'Anguien, & l'hôtel de
Soiffons. On a parlé des écuries de
Monfieur pag.   24

21   La ruë des Bons - enfans eft
paralelle à la ruë des Réfervoirs
dont elle eft féparée par les hôtels
qu'on vient de nommer : il y a entre
plufieurs autres Hôtels, l'hôtel de
Bullion que la ruë de la Pompe féparé de l'hôtel de Noailles, & le
nouvel hôtel de la Feüillade.

22   La place de Bourgogne ou petite
place, pag.   23
Il y a dans cette place l'hôtel du
Maine, & aux environs de la ruë
fainte Anne, la ruë de Conty, & la
ruë de Marly, qui traverfent la place obliquement.

23   La Vile neuve a derriere le
manége de la grande écurie la ruë
faint Pierre qui conduit au chenil,
& d'où la ruë du chenil, la ruë des
coches, & la ruë du Belair s'étendent jufque dans la ruë de Montbor-
ron, & les allées qui traverfent les
avenuës de Verfailles. Il eft parlé
de cette partie de la Villeneuve,
pag.   23

24   Le vieux Verfailles, pag.   24.

Ce quartier du côté de la place Royale dans une ruë basse qu'on appelle la ruë de la Chancellerie contient les hôtels de Coëlin, de Dangeau, de Pontchartrain, de la Valliere, de Roquelaure, & de Duras, celui de l'extraordinaire des Guerres, l'hôtel de la Chancellerie, qu'un carrefour formé par les ruë de saint François, & de Satory, termine proche l'avenuë de Sceaux, l'hôtel des Bâtimens, l'hôtel des Fermes, le Bureau des coches & carrosses, l'ancien hôtel de Seignelay, & l'hôtel de la Marine & des Galeres. Il est parlé de quelques-uns de ces hôtels, pag. 24

G g iij

l'hôtel de Lorge, & un peu plus bas de l'autre côté la ruë Maziéres.

32 La Sur-Intendance.

33 La ruë de l'Orangerie. Elle est paralelle à la ruë du vieux Versailles, & plus longue. Il y a l'hôtel d'Humieres, l'hôtel de Courtenvaux, l'hôtel d'Arpajou, l'ancien hôtel Colbert, qui sert à présent de magazin pour les bâtimens du Roy proche de la petite ruë du potager qui sépare ce logement de la grille du parc aux cerfs, & qui conduit dans la ruë des Tournelles, où l'on trouve une des entrées du potager, & un logement pour divers Officiers & Commis des bâtimens, apellé l'hôtel des Inspecteurs.

34 La ruë de la Sur-Intendance s'étend le long de la grande aîle du château & commence vers le midi en face de la grille du parc aux cerfs, & à l'endroit où la ruë de l'Orangerie se termine à l'occident. Il y a dans la ruë de la Sur-Intendance vers cette extrémité au côté opposé à l'hôtel de la Sur-Intendance la porte du grand parc de Versailles la plus proche de l'Orangerie, l'hôtel de Beauvilliers, l'hôtel de Chevreuse,

& l'ancienne Sur-Intendance, qui
eft jointe à la grande aile du Château; La même ruë fépare cette aile
du logement qu'on nomme le grand
Commun, proche l'avant-cour du
château où cette ruë conduit vers le
feptentrion.

Le grand Commun, pag.   25

Il eft ifolé, fa principale entrée
eft du côté de la ruë de la Sur-
Intendance vers le couchant. La
ruë de la pofte eft vers le feptentrion; la ruë des Recolets vers l'o-
rient, & la ruë de faint Julien vers
le midi.

6 L'Eglife & le convent des Recolets, pag.   25

7 L'avant-cour du château, pag.
    27. 30. 31. 37

8 La grande cour & le principal corps du château, accompagné
d'autres cours, pag. 27. 29. 30.
    37. 42

9 La grande aîle avec fes cours,
pag.   30. 31. 40. 208

10 L'aîle neuve avec fes cours,
pag.   41. 106. 208

11 Refervoirs.

12 Les jardins du petit parc.

13 Partie du grand parc.

14 Le potager.

Explication de la deuxiéme planche, contenant le plan de Versailles suivant l'ancienne description qui commence à la page neuviéme, & qui est distinguée de la description nouvelle par des doubles virgules ou guillemets imprimez à côté des lignes.

Je marquerai aussi dans cette explication les pages de ce volume, ausquelles chaque article aura raport.

Bassins

H ij

Explication de la troisiéme planche, qui contient six vûës de Versailles.

1. Vûë ancienne de la vile, & du château.

2. Vûë ancienne de la principale entrée du château.

3. Autre vûë moins ancienne du château du dedans de l'avant-cour.

4. Autre vûë du même château, encore moins ancienne.

5. Vûë de la principale entrée du château en l'état qu'elle est aujourd'hui.

6. Vûë de la grande & de la petite écurie, & de la vile de Versailles de ce côté.

Explication de la quatriéme planche.

CEtte planche ne contient qu'une vûë en perspective de la grande gallerie de Versailles, & de l'un des deux salons qui l'accompagnent.

Explication de la cinquiéme planche, qui contient six vûës du Château de Versailles du côté des Jardins.

1. Vûë de l'ancien château, & du vieux Versailles.

2. Vuë du même château du côté de l'ancienne Orangerie qui ne subsiste plus.

3. Vûë moins ancienne du château du côté de la pompe où tour d'eau qui étoit autrefois proche l'étang, & qui ne subsiste plus aussi.

4. Vûë du château neuf, & de la grotte qui a été démolie pour faire place à l'aile neuve.

5. Vûë générale du château neuf, & des ailes telles qu'on les voit aujourd'hui.

6. Vûë du fer à cheval, & d'une partie du grand canal dans le temps qu'on le commença.

F I N.

H h ij

APPROBATION.

J'Ay lû fuivant l'ordre de Monſeigneur le Chancelier un écrit imprimé ſous le titre de deſcription ſommaire de Verſailles ancienne, & nouvelle, il n'y a rien qui puiſſe en empêcher le débit & l'impreſſion. A Paris ce 10. Mars 1703.

Signé, L'Abbé TALLEMANT.

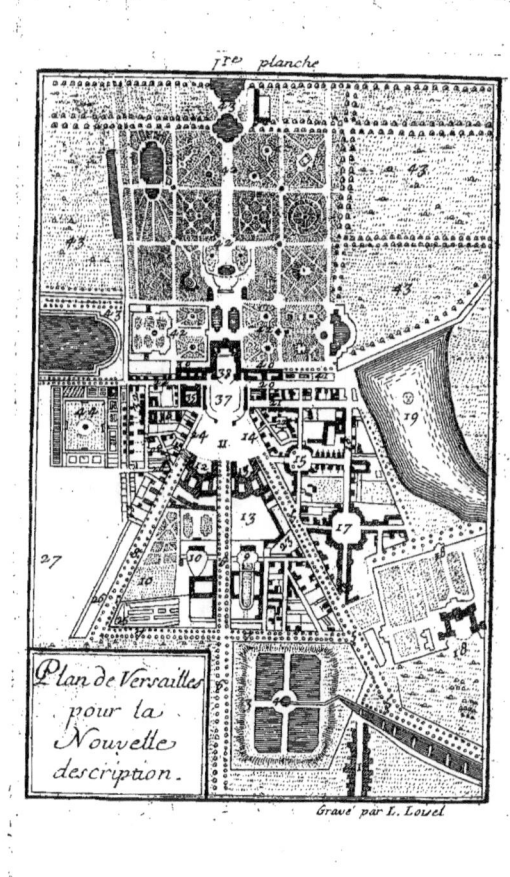

Plan de Versailles
pour la
Nouvelle
description.

Gravé par L. Lossel

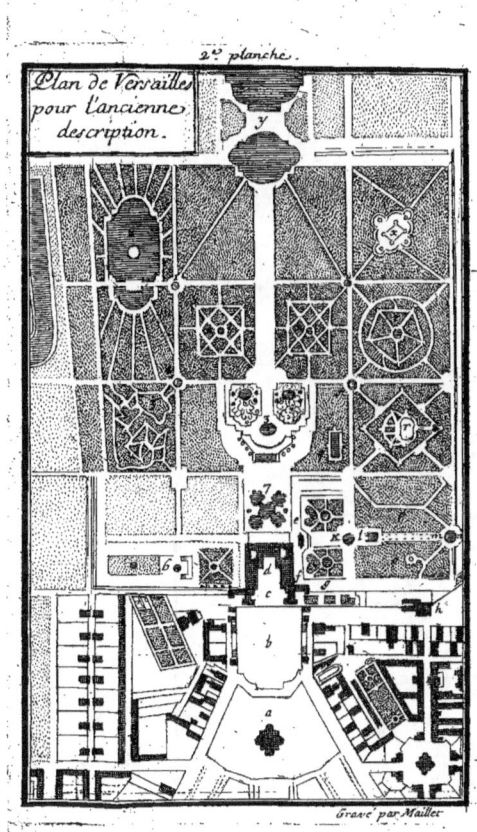

Plan de Versailles
pour l'ancienne
description.

Gravé par Maillet

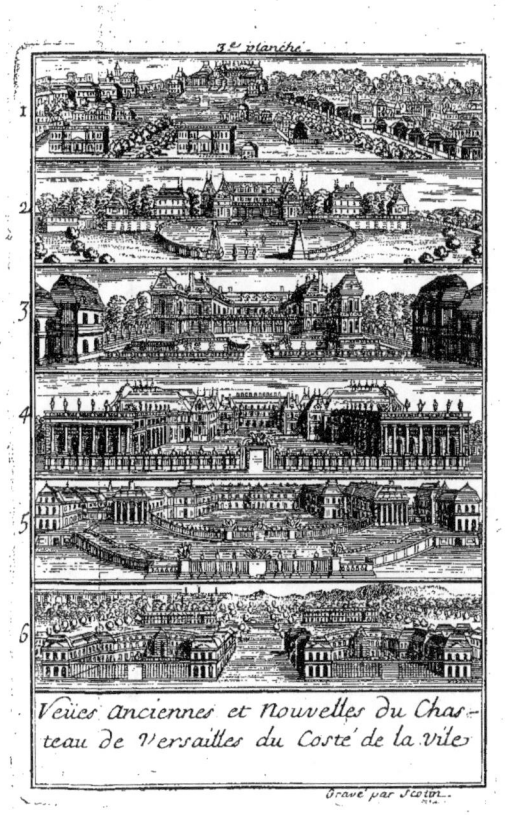

3. planche

Veües anciennes et Nouvelles du Chasteau de Versailles du Costé de la Vile

Gravé par Scotin.

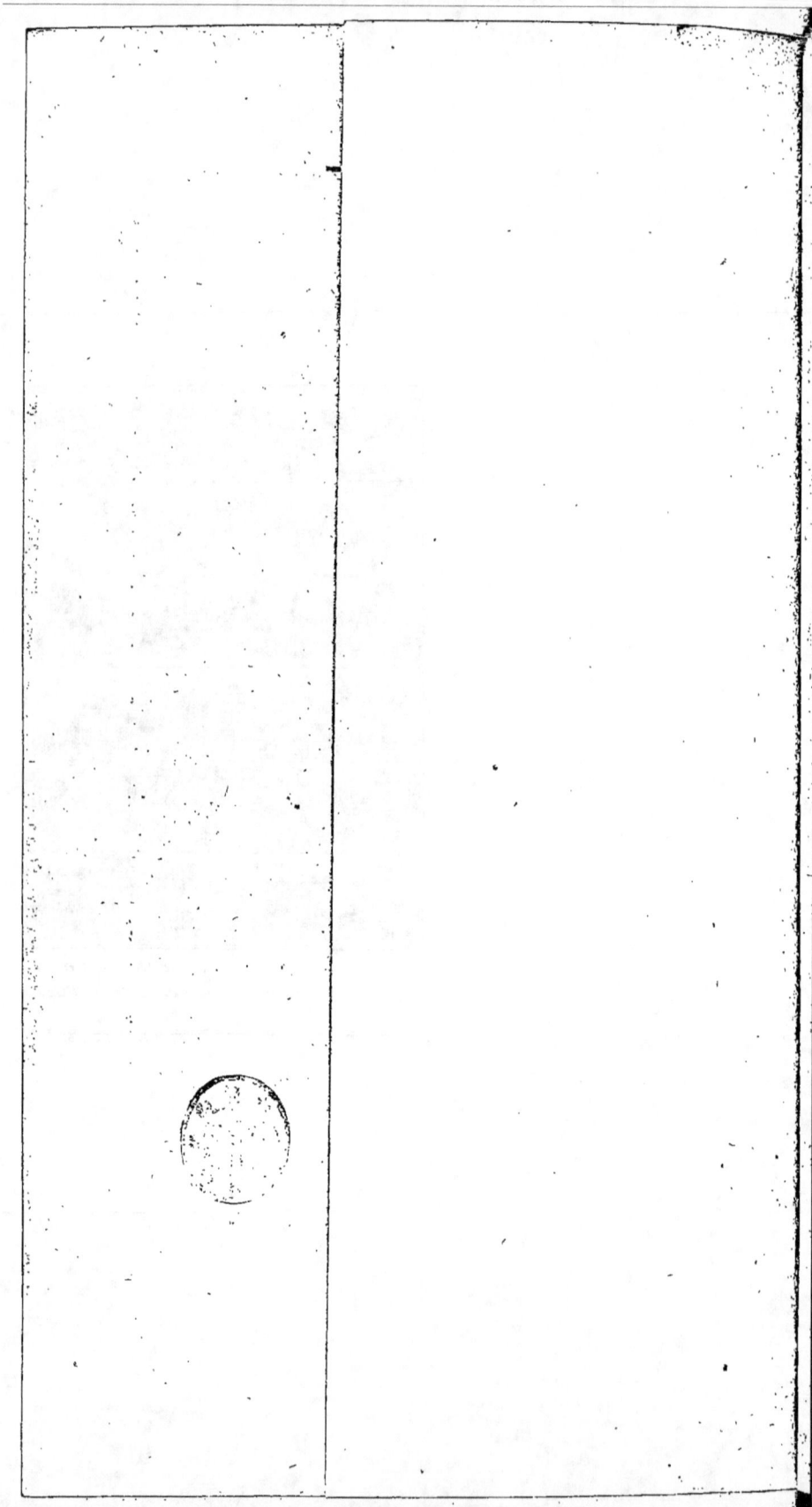

Veüe de la Grande Gallerie de Versailles.

Gravé par L. Loisel.

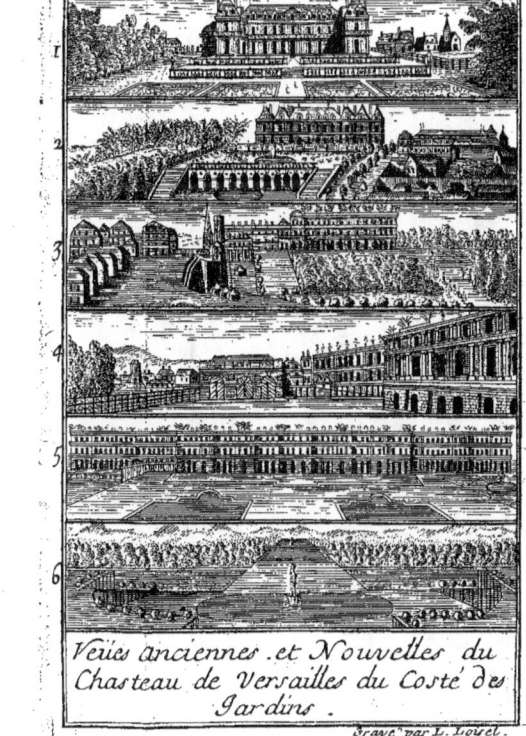

5e planche.

Veües anciennes et Nouvelles du
Chasteau de Versailles du Costé des
Jardins.

Gravé par L. Loisel.

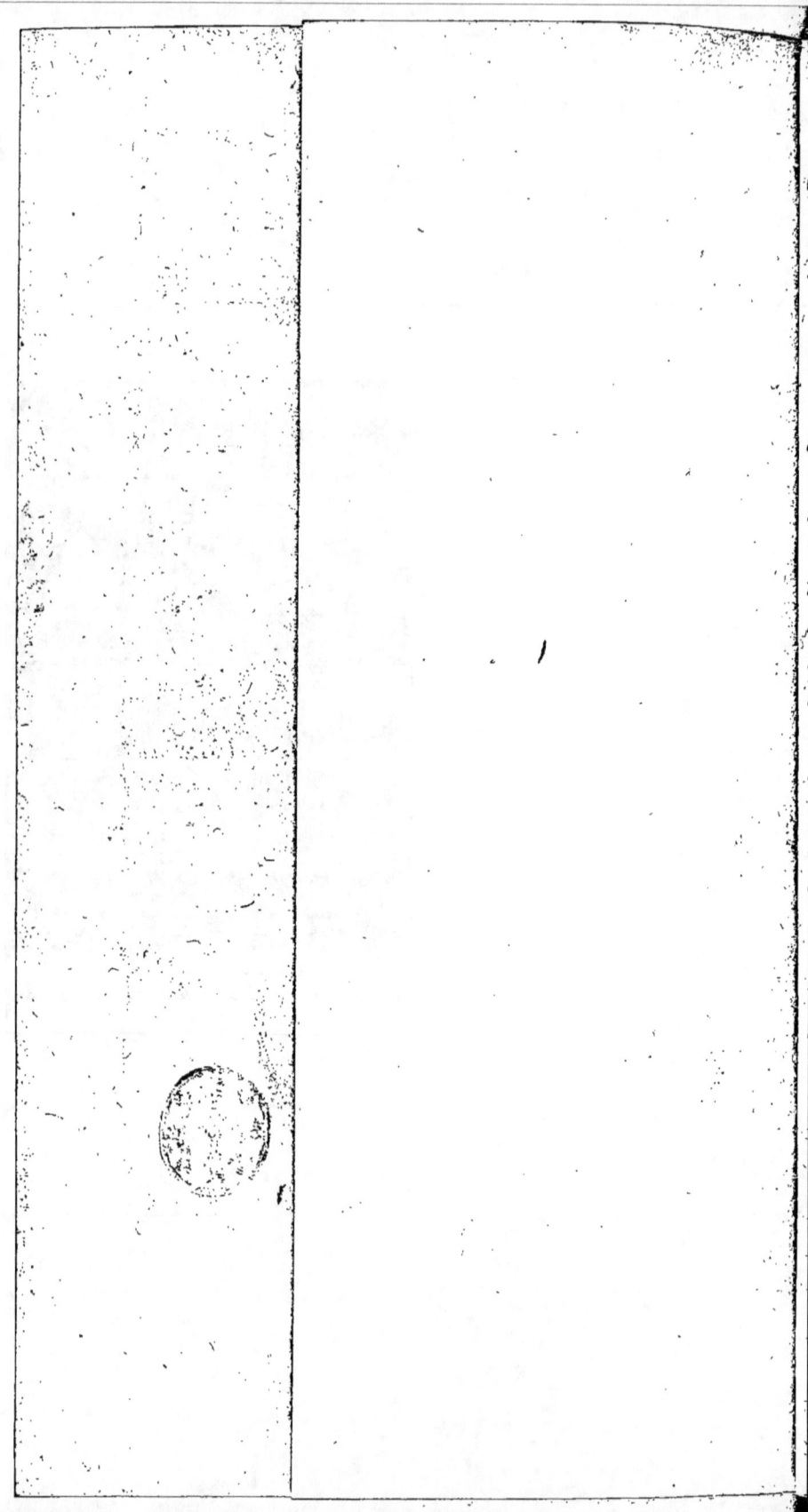

TABLE.

A.

H h iij

Table.

H h iiij

Table.

C

Table.

Table.

Table.

I i ij

L.

K k

M.

Table.

K k ij

K x iij

Table.

K k iiij

Table.

Table.

Table.

L l

Table.

Table.

Fin de la Table.

CORRECTIONS.

PAge 18. ligne derniére, aprés remifes, ajoûtez *pour les caroffes & caleiches du Roy*

Pag. 20. lig. 4. aprés *tournois*, ajoûtez *ou caroufels*

Pag. 25. lig. 15. *de la pépiniére*, lifez *du potager*

Pag. 28. lig. 21. *& autres offices*, lifez *& des autres offices*

Pag. 34. lig. 22. *eft de plein-pied*, lifez *eft prefque de plein-pied*

Pag. 40. lig. 2. *qui font occupez*, lifez *qui étoient occupez*

Pag. 44. lignes pénultiéme & derniére *noir, violet, bleu & jaunâtre*, lifez *noires, violetes bleuës & jaunâtres*

Pag. 48. lig. 22. *& embrafures*, lifez *& les embrafures*

Pag. 51. lig. 15. aprés *occupé*, ajoûtez *cy devant*

Lig. 16. aprés *Mr. le Duc du Maine*, ajoûtez *& apréfent par Mr le Comte de Toulouze*

Pag. 52. lig. 5. ôtez *deux grands*, lig. 24. *du cabinet*, lifez *du deuxiéme cabinet*

Pag.

Corrections.

Pag. 58. lig. 19. ôtez *l'on fert* ; & quand il

Pag. 62. lig. 14. *qui épouse l'enfant Jesus entre les bras de la Vierge,* lisez *à qui l'enfant Jesus met une bague au doit*

Pag. 65. lig. 8. *vûë vers*, lisez *vûë aussi vers*

Lig. 24. *croix ; & un*, lisez *croix. Un*

Lig. 28. *l'un des ferviteur*, lisez *l'un du ferviteur*

Pag. 81. ligne dernière *qui furpaffe ou égale même*, lisez *qui égale ou furpaffe même*

Pag. 82. lig. 26. *guerrier : il paroift,* lisez *guerrier ; & il paroift*

Pag. 212. ligne dernière aprés *autres* ajoûtez *côtez*

Pag. 134. lig. 28. *un ancien capitaine Romain*, lisez *Cyrus*

Ligne dernière *légions*, lisez *troupes*

Pag. 35. lig. 10. *Paliorcetes*, lisez *Poliorcetes*

Pag. 140. lig. 2, aprés *magnifique,* ajoûtez *aussi de point*

Pag. 141. lig. 9. aprés *peints*, ajoûtez *le premier* ; & aprés *Vandeik,* ajoûtez *& l'autre par Champagne*

Pag. 153. lig. 16. *le premier apartement*

L l

Corrections.

du, lifez *le premier ou petit apartement du*

Pag. 157. lig. 19. *babit*, lifez *habit*
Lig. 20. *& tient*, lifez *& il tient*

Pag. 165. lig. 10. *remplie*, lifez *remplies*

Pag. 168. lig. 13. 1666. lifez 1668.

Pag. 176. à la marge *le premier*, lifez
le grand

Pag. 196. lig. 18. aprés *Romains*,
ajoûtez *l'autre eft Harpalie qui dé-
livra fon pere Harpalus, que les Getes
emmenoient prifonnier*

Pag. 209. lig. 13. *à l'extrémité de
chacune defquelles il y a*, lifez *qui ont*

Pag. 211. lig. 4. *riton*, lifez *triton*

Pag. 323. ajoûtez à la marge *il faut
ôter toutes les infcriptions latines qui
font cy-aprés*

Pag. 324. lig. 24. aprés GLORIÆ,
ajoûtez AMORE

Pag. 325. lig. 11. VENDICANS,
lifez VINDICANS

Pag. 326. CONSILIUM, lifez CON-
CILIUM

www.ingramcontent.com/pod-product-compliance
Lightning Source LLC
Chambersburg PA
CBHW050742030726
47505CB00002B/356